Josch ist Schwimmmeister. Seit er denken kann, hat ihn das Wasser fasziniert. Am Beckenrand kennt er sich aus, hier weiß er, was zu tun ist. Aber in seinem eigenen Leben weiß er das schon lange nicht mehr. Seit seine Frau ihn verlassen und den gemeinsamen Sohn mitgenommen hat, findet er nur noch Halt im Alltäglichen.

Aber als er der 14-jährigen Leonie, die jeden Tag ihrer Sommerferien an seiner Seite verbringt, im entscheidenden Moment nicht helfen kann, bleibt ihm keine andere Wahl mehr. Josch muss sich dem Leben stellen. Und so nähert er sich der blinden und lebensfrohen Maria an und begibt sich schließlich mit ihr zusammen auf eine ungewisse Reise: eine Suche nach seinem Sohn, der Wahrheit und dem Leben überhaupt. Endlich geht er den Weg, den er sich nie traute zu gehen.

Oliver Wnuk, Jahrgang 1976, ist in Konstanz aufgewachsen, hat in München Schauspiel studiert und lebt heute in Berlin. Als facettenreicher Schauspieler etabliert, schreibt er seit mehreren Jahren auch für den Rundfunk, fürs Theater und verfasst Songtexte.

Nach seinem von Kritikern und Lesern hochgelobten Debüt ›Wie im richtigen Film‹ ist ›Luftholen‹ sein zweiter beeindruckender Roman.

Weitere Informationen, auch zu E-Book-Ausgaben, finden Sie bei
www.fischerverlage.de

Oliver Wnuk

Luftholen

Roman

FISCHER Taschenbuch

Erschienen bei FISCHER Taschenbuch
Frankfurt am Main, August 2014

© S. Fischer Verlag GmbH, Frankfurt am Main 2014
Satz: Pinkuin Satz und Datentechnik, Berlin
Druck und Bindung: CPI books GmbH, Leck
Printed in Germany
ISBN 978-3-596-19562-6

»Und die Liebe ist, wie wenn man seinen nackten Arm
in Teichwasser schwimmen lässt, mit Tang zwischen den
Fingern; wie die Qual, vor der der trunkene Baum knarzend
zu singen anhebt, auf dem der wilde Wind reitet; wie ein
schlürfendes Ersaufen im Wein an einem heißen Tag.«

Baal, Bertolt Brecht

für Jay

1.

Leonie macht ein Gesicht, als könne sie gar nicht fassen, was ich ihr da eben zu lesen gegeben habe. Sie ist stinkwütend. Das amüsiert mich, aber ich lasse es mir besser nicht anmerken.

Wie ein streunendes Kätzchen ist sie mir letztes Jahr zugelaufen. Im Gegensatz zu Katzen sind 14-jährige Teenager aber weder verschmust noch zutraulich und anschmiegsam, sondern eher kratzig, bissig und fordernd.

»Wie, Lanetanien soll nicht mehr zu retten sein? Sag ma' …? Du hast sie wohl nicht mehr alle!«, raunzt sie mich an, bevor sie sich wieder in meine Aufzeichnungen vertieft.

Leonie hatte vorigen Sommer eine Schnupperlehre in der Therme gemacht. Schwimmmeisterin zu werden war für sie ernsthaft eine Berufsoption gewesen. Natürlich konnte ich das nicht zulassen. Sie sollte nicht die beste Zeit ihres Lebens damit vergeuden, täglich über das Gelände zu tigern, um auf die Operationsnarben an Brustkörben geschwätziger Rentner und das abnorme Verhalten testosterongesteuerter Pubertierender zu achten. Während der zweiwöchigen Schnupperlehre tat ich alles, um Leonie von dieser Schnapsidee wieder abzubringen. Ich erzählte ihr von sämtlichen Krankheiten, die in diesem Biotop aus Schweiß und nackter Haut ihren Nährboden finden. Ich stellte ihr das gesamte Spektrum der unterschiedlichen

Fußwarzen vor und schilderte ihr alles Wissenswerte über Badedermatitis, erzählte ihr von Quaddeln, die durch das Eindringen von Entenkotlarven in den menschlichen Organismus entstehen. Nichts ließ ich aus. Ich berichtete ihr von Bakterien, Darm- und Vaginalpilzen, Altherren-Urin, der das freie Chlor bindet und letztendlich erst diesen typischen Chlorgeruch erzeugt, von Spermaschlieren, von Kopf-, Achsel- und Schamhaaren, den Unmengen an Speichel, Blut und Hautresten, den aufgeweichten Borkestückchen aufgeschürfter Kinderknie, den Kotpartikeln, und ich zeigte ihr die abgebissenen Fingernägel, die hundertfach im Badewasser aufzufinden sind. Ich berichtete von der Statistik, nach der fast jeder dritte Badegast an Fußpilz leidet. Eine ekelerregende Tatsache, wenn man bedenkt, dass die Therme jährlich von einer halben Million Menschen besucht wird.

Und siehe da, nach nicht einmal zwei Tagen war das Thema Schwimmmeisterin für sie vom Tisch gewesen.

»Und warum bist du dann Bademeister?«
»Hm ... Ich weiß nicht ... Ich muss wohl.«

Von da an wollte Leonie Schriftstellerin werden, und damit konnte ich schon eher leben.

Das sind jetzt schon die zweiten Sommerferien, in denen sie nicht von meiner Seite weicht. Sie begleitet mich auf meinen Runden und lässt dabei ihre Phantasie um Unterwasserwelten, Krieg und Frieden, Lanetanier und menschliche Kiemenatmung kreisen. Hat sie dabei eine gute Idee, verschwindet sie für ein paar Stunden unter irgendeinen Baum und bringt sie zu Papier.

Ich mag Leonie. Sehr sogar.
Manchmal denke ich, sie ist ein kleiner Teil meiner zweiten Chance.

Sie hat meine Verbesserungsvorschläge der letzten Nacht gelesen und wirft mir die losen Blätter um die Ohren.
»Hey!?«
»Wie, Xenon wehrt sich nicht und Almira sitzt nur doof rum?«, beschwert sie sich lautstark und scheint sich gar nicht mehr einzukriegen. »Hallooo? Almira? Die furchtlose Kämpferin?«
»Ja, weißt du ... ich bin mir selbst noch nicht ganz sicher ...«
»Jaahaa, das denke ich aber auch!«, übt sie sich in pubertärem Zynismus.
»Aber vielleicht muss Lanetanien fallen, damit etwas Neues, Größeres entstehen kann. Weißt du, vielleicht wird die Geschichte dadurch am Ende sogar noch spannender.«
»Findest du sie etwa langweilig?«, fragt sie, wobei ihr vor lauter Entrüstung der Mund offen stehen bleibt.
»Nein, natürlich nicht.«
»Natürlich nicht!«
Während Leonie ganz offensichtlich um Fassung ringt, ärgere ich mich, denn in der Ferne sehe ich Ihh-Mann, wie er gerade über die Rasenfläche in Richtung Solariumkabinen schlendert.

Ich nenne ihn so, weil dieser unsympathische Mittvierziger die Angewohnheit hat, erst einen kleinen Spaziergang zu machen, bei dem er sich an den halbnackten Gästen aufgeilt, dann in einer der Kabinen verschwindet und sich einen runterholt. Danach setzt er sich ganz selbstverständlich wieder zu seiner

Familie auf das Badehandtuch. Bislang war es mir einfach zuwider, meine Entdeckung den Kollegen mitzuteilen oder ihn mit den spermagetränkten Taschentüchern zu konfrontieren, die er achtlos auf dem gekachelten Fußboden hinterlässt.

»So ... und was soll dann deiner Ansicht nach mit König Xenon passieren?«

»Tja ...«, antworte ich genauso abgelenkt wie vorschnell, »vielleicht muss er mit Lanetanien zusammen untergehen?«

»Sag mal, Josch, ganz ehrlich jetzt. Bist du völlig Banane?«

»Hm? ... Wie Banane?«

»Na, Ban... ach, vergiss es!«

Leonie sitzt wütend neben mir am Sprungturm, umgeben von einem Meer an losen Blättern und Plastikfolien, in denen sie die Skizzen von Xenon, Aquoden, den Unbekehrbaren und anderen Phantasiewesen vor dem Spritzwasser schützt.

Es ist immer wieder erstaunlich, dass die Pummeligkeit eines Teenagers in keinerlei Relation zum Spritzvolumen seiner Arschbombe steht.

»Ey, sag ma', geht's noch, du Vollasi?!«, brüllt sie dem eben Eingetauchten hinterher.

»Leonie, nun komm. Beruhig dich ... Alles halb so schlimm.«

»Sagt gerade der Richtige«, versucht sie zu kontern.

»Was meinst du denn jetzt damit?« Ich kann diese verbalen Spitzen nicht ausstehen, und das weiß sie auch.

»Nix ... Josch! 'tschuldige«, rudert Leonie zurück. »Aber die Geschichte läuft doch so gut an. Warum willst du Xenon denn nur so ablosen lassen? Und dann soll er auch gleich noch sterben ...?«

»Was ist denn daran so schlimm?«

»Was daran schlimm ist? Also manchmal verstehe ich dich

nicht. Xenon ist voll der Held. Und Helden sterben nicht einfach so. Guck doch mal bei ›Herr der Ringe‹ oder ›Harry Potter‹ oder so. Wie soll ich denn da mehrere Teile schreiben, wenn der schon gleich tot ist?«

»Sag mal, gab's heute nicht Zeugnisse? Wie war's denn?«

»So, Josch, jetzt mal ganz easy. Ich hab die nächsten sechseinhalb Wochen Sommerferien. Ich muss dich jetzt jeden Tag sehen. Verscherz es dir nicht mit mir, okay? Außerdem will ich endlich mal wieder mit zum Tauchen. Damit könntest du bei mir echt punkten.«

Ständig kommt sie mir damit und scheint nicht müde zu werden, auch immer dieselbe Antwort zu bekommen. Wieder eine Gemeinsamkeit, denn auch ich kann viele Dinge nicht verstehen, obwohl ich sie längst begriffen habe.

»Leonie, du weißt, ich nehme dich gerne mit, aber nur, wenn wieder einer von deinen Eltern mitkommt. Ansonsten brauchst du es auch gar nicht weiter zu versuchen.«

Neben uns platscht wieder ein Mensch ins Wasser. Das tat weh. Völlig unbeeindruckt davon redet sich Leonie gerade in Rage.

»Du hast doch nur keinen Bock, weil du jetzt immer mit deiner neuen Freundin abhängst.«

»Ich hab keine Freundin.«

»Na, hier Frau Maulwurf.«

»Leonie?!«

»'tschuldige ... Bist aber auch empfindlich heute.«

»Ich bin kein Tauchlehrer, du bist ein minderjähriges Mädchen, und es geht sowieso nur nach der Spätschicht. Das heißt: mitten in der Nacht. Ich will einfach keinen Ärger, verstehst du?«, bete ich zum hundertsten Mal meinen Sermon runter.

»Ja, vielen Dank auch. Nach 'm Tauchen lief es voll super

mit dem Schreiben. Das Tauchen löst irgendwie voll meine Blockaden, weißte? Da ist es irgendwie so, als würde die ganze Welt vor einem auftauchen und dann ... dann muss ich es nur noch runterschreiben ... Josch, verstehst du das denn nicht? Es ist echt wichtig, dass du mir da hilfst.«

»Und mir sind die Gründe echt wichtig, die ich dir gerade aufgezählt habe.«

»Ist das dein letztes Wort?«

»Ja«, lache ich. »Sag mal, nimmst du mich nicht für voll, oder was?«

Platsch.

Leonie zuckt beleidigt mit den Achseln. »Pfff.« Sie wendet sich genervt von mir ab, kramt in ihrer Tasche nach ihrem iPod, stöpselt sich weg, und um ihrem Trotz die Krone aufzusetzen, schließt sie die Augen.

Die Sonne hat ihren Höchststand und für mich den Rand der Unerträglichkeit erreicht. Auf jedem Quadratmeter des Schwimmbades befindet sich ein Mensch, und wäre ich in der Lage, meiner Aufsichtspflicht uneingeschränkt nachzukommen, hätte ich gut zu tun.

Seit einiger Zeit fällt es mir zunehmend schwer, die Gäste im Auge zu behalten. Ich schweife schnell ab, bin nicht bei der Sache. Das Rumstehen am Beckenrand macht mich unruhig, das Warten auf nichts müde. Ich denke immer öfter darüber nach, ob mein ganzes Leben nicht nur ein Ausharren ist.

Ich blicke über das Gelände und entdecke Raimund auf einem der Düsenbetten im Thermalbecken liegen.

Raimund war früher mein Handballtrainer gewesen. Als Jugendlicher hatte ich mal gespielt. Nicht lange. Und ich hätte auch schon früher wieder damit aufgehört, wenn Raimund nicht gewesen wäre. Ich habe ihn bewundert.

Raimund ist vielleicht nur fünf Jahre älter als ich, aber er ist groß und war, jedenfalls damals, von beeindruckender Statur. Er war ein Beschützertyp mit Bassstimme und riesigen Händen. Niemand wollte im Tor stehen, wenn Raimund abzog. Wenn er mir während eines Spiels quer durch die ganze Halle ein Lob zubrüllte, durchfuhr mich ein wohliger Schauer. Raimund war beliebt, charismatisch und alle klopften ihm anerkennend auf die Schulter.

Heute, zwanzig Jahre später, liegt Raimund jeden Dienstag stundenlang wortkarg im Thermalbecken und seine blondgefärbte Freundin streichelt ihm den untrainierten, schlaff herabhängenden Bauch. Aus einem Kraftprotz mit Vorbildcharakter ist ein Fettsack geworden, der es nur zu einem griesgrämigen Türsteher einer schlechtbesuchten Großraumdiskothek gebracht hat.

Leonie nimmt plötzlich die Kopfhörer ab und spricht ruhig und überlegt: »Also, hör zu, Josch. Mein Vater ist nie da. Der arbeitet. Immer. Außerdem gibt's jedes Mal Stress, wenn ich bei ihm schlafen will. Meine Mutter kennt seine neue Freundin nämlich noch nicht, und sie will nicht, dass ich ein Verhältnis zu ihr aufbaue und wir dann Friede-Freude-Eierkuchen-Familie spielen – was wir eh nicht tun würden. Sie will nicht, dass ich groß Zeit mit meinem Vater verbringe, bevor sie seiner Freundin nicht in die Augen geguckt hat. So. Aber da mein Vater überhaupt kein Bock darauf hat, dass die beiden sich kennenlernen, ist jetzt halt ... Essig. So. Und meine Mutter kann abends nicht. Das war voll die Ausnahme, dass die mal mit hier war, beim letzten Mal. Wenn die nämlich normalerweise von der Arbeit kommt, knallt sie sich erst mal 'ne Flasche Sekt oder Rotwein rein und pennt schon vor der Tagesschau ein. Meistens schleppt sie sich dann erst nach Mitternacht vom Sofa ins Schlafzimmer, damit sie morgens ja nicht den Wecker verschläft, der sie an den Beginn eines neuen armseligen Tages in ihrem armseligen Leben erinnert. So. Und jetzt sag mir bitte, wer wie wann wo zum Tauchen mitkommen soll.«

»Gib mir eure Nummer. Ich sprech mal mit deiner Mutter.«

»Find ich aber ... doof, weil ... Ach, ich red selbst mit ihr. Und mit dir rede ich gar nicht mehr. Das macht genauso wenig Sinn.«

Frustriert drückt sich Leonie wieder die Kopfhörer in die Ohren, womit sie das Gespräch auf ihre Art für beendet erklärt. Sie zieht ihren Skizzenblock hervor und schraffiert mit einem Bleistift lustlos an einer Zeichnung von Xenon herum.

Xenon ist eigentlich der Name eines Gases. Eines der seltensten auf der Erde. In der Atmosphäre tritt es dagegen häufiger auf. In Leonies Geschichte ist Xenon der König und Herrscher von Lanetanien. Zu Xenon schauen alle auf. Xenon weiß auf alle Fragen eine Antwort. Umso erstaunlicher ist es, dass für Leonie ganz viel von mir in diesem Xenon stecken soll. Ich bin müde, sie immer wieder auf die Lächerlichkeit dieses Vergleichs hinzuweisen.

Überhaupt bin ich müde. Unfassbar müde.

Mein Handy piepst. Martin schreibt:

Was hast du dir überlegt? Ich erwarte einen Vorschlag

Ich habe keinen Vorschlag. Nicht mal ansatzweise. Wie stellt er sich das nur vor? Soll ich eine Bank ausrauben? Die

Wocheneinnahmen klauen? Schwimmbadinventar im Internet versteigern? Es hat einfach keinen Zweck.

»Ich mach mal 'ne Runde, Leonie, ja?«

Leonie schmollt immer noch und versucht, mich zu ignorieren. Unter Protest einiger Jugendlicher, die den jungen Mädchen am Beckenrand mit missglückten Saltos und Arschbomben imponieren wollen, schließe ich den Fünf-Meter-Sprungturm. Auf der Anhöhe, neben der Treppe zur Wasserrutsche, ist es relativ ruhig. Ich überlege kurz, dann wähle ich Martins Nummer.

»Deutsche Bank, Giesebrecht?«

»Ähh ... Hallo, Martin. Hier Josch.«

»Ah ... Josch. Du, ich bin gleich in einer Besprechung ... Ich hab kaum Zeit.«

»Ja, also, um ehrlich zu sein ... ähm ... hab ich dir auch kaum was zu erzählen ... Ich hab nämlich keinen Vorschlag.«

»Tja, Josch ... das ... das ist wirklich ... schlecht.«

»Ich weiß, aber vielleicht ...«

»Ruf deine Ex an. Frag Christiane nach dem Geld. Die haben doch genug.«

»Ähm ... Martin, hör mal ... das geht nicht ...«

»Warum nicht? Warum soll das nicht gehen?«

Martin klingt gereizt.

Ich sehe Ihh-Mann zu seinem Handtuch zurückschlendern. Er spürt meinen Blick aus der Ferne. Er nickt mir freundlich zu. Man kennt sich.

»Ich ... also, wenn überhaupt, ja ... dann bekommt Christiane Geld von mir«, sage ich.

»Tja ... Josch.«

Mir wird heiß. »Also, ich weiß jetzt auch nicht ...«

Über dem See ziehen dunkle Wolken auf. Der Wind tut gut.

Bald wird es gewittern. Ich liebe das Kraftvolle daran. Das Unvorhersehbare.

»Josch, ich muss jetzt los. Wir … wir hören voneinander.«

Was auch immer das zu bedeuten hat.

»Ja, okay. Tschüss …«

Martin hat aufgelegt.

Wenn ein Gewitter aufzieht, stelle ich mich am liebsten auf die Terrasse des Saunaruheraums. Dort hat man den besten Blick über das gesamte Areal und kann die Badegäste dabei beobachten, wie sie bei den ersten Regentropfen panisch ihre Sachen zusammensuchen, sich in Windeseile anziehen, ihre Kinder herbeibrüllen und fluchtartig das Gelände verlassen. Innerhalb weniger Minuten ist es menschenleer. Völlig übertrieben. Schließlich geht ja nicht die Welt unter. Es ist doch nur ein Gewitter. Das amüsiert mich.

Ich brauche Geld. Und das ziemlich schnell.

2.

»Sie zahlen also keinen Unterhalt?«
»Nein.«
»Und wie lange schon nicht mehr?«
»Weiß nicht, etwa …ja, seit etwa viereinhalb Jahren.«
»Was sagt ihre Exfrau dazu?«
»Gar nichts … Sie ignoriert so gut es geht alles, was mit mir zu tun hat. Wir reden kaum … Eigentlich kann ich mich gar nicht mehr daran erinnern, wann wir überhaupt das letzte Mal miteinander gesprochen haben. Sicher schon vier Jahre her.«

Der Mann von der TrustInkasso schwitzt. Kleine Schweißperlen glänzen auf seiner Oberlippe. Sein kurzarmliges Oberhemd klebt an seinem fülligen Körper.
›Das Brautpaar‹ von Chagall passt hier überhaupt nicht hin. Weder an diesen Ort noch zu diesem Menschen.
Braut und Bräutigam sitzen auf einer Henne, dahinter die Silhouette des Eiffelturms in Blau. Die rotgelbe Sonne. Ein Olivenbaum, vielleicht.
Ein fröhliches Bild. Aber selbst das wirkt durch die dunkle Holzvertäfelung drumherum seltsam traurig.

»Heißt das, dass Sie auch nicht mehr hinfahren, nach Menton, zu Ihrem Sohn?«

»Genau.«

»Nicht? ... Gar nie?«

»Seit ein paar Jahren nicht mehr, nein.«

»Darf ich fragen, warum?«

»Ehrlich gesagt ... Seien Sie mir nicht böse, aber: nein ...«

»Aha ... Gut. Ja, dann entstehen uns ja auch schon mal keine weiteren Kosten ... Wie Sie mit den Forderungen umgehen, falls Ihre Exfrau irgendwann doch welche stellen sollte, hat mich ja erst mal nicht weiter zu interessieren. Heute geht es darum, wie Sie Ihre akuten Außenstände tilgen möchten.«

Ich frage mich, ob der Inkasso-Mensch den billigen Kunstdruck vor vielen Jahren zur eigenen Hochzeit geschenkt bekommen hat. Ob er seit diesem Tag hier hängt. Hinter seinem Schreibtisch, an der Wand seines miefigen Büros. Irgendwann hat er sich bestimmt an diesen Anblick gewöhnt, der Herr Bender von der TrustInkasso. Wahrscheinlich beachtet er es kaum mehr. Hinter seinem Rücken zeigt sich die Welt von seiner schönen Seite und er kriegt nichts davon mit. Sie gehört zum Inventar. Genau wie seine Ehefrau zu Hause, die wahrscheinlich so überhaupt gar nichts mehr von der geheimnisvollen Schönheit auf dem Gemälde hat.

Aber nur wahrscheinlich.

»Private Schulden haben Sie auch noch?«

»Ja.«

»Bei wem und wie viel?«

»Also, wie gesagt, die 15 000 auf der Bank und dann noch mal ... ja, so knapp 30 000 Euro bei Herrn Giesebrecht, meinem Bankberater. Der ist nämlich auch gleichzeitig ein langjähriger Freund von mir ... Zumindest war er es.«

»Aha? ... Ungewöhnlich.«

»Ist 'ne lange Geschichte ...«

»Ja?«

»Ähm ... wollen Sie es hören?«

»Ja, sicher.«

»Gut ... also ... ich hab damals geerbt. Von meinem Vater. Und Herr Giesebrecht hat das Geld verwaltet. Er wollte mir eine Freude machen mit so einem ›todsicheren Ding‹ und dann war da noch mal so eine ›ganz sichere Sache‹. Und dann kam plötzlich die Wirtschaftskrise und auf einmal war alles weg. Restlos. Alles. Ich brauchte aber Geld, um mein Kind in Südfrankreich zu besuchen. Mein Gehalt reicht ja gerade mal für die Fixkosten, Miete, Essen, Unterhalt und so was. Und ich brauchte immer mehr Geld für die Flüge, die Mietwohnungen, Hotels, Geschenke. Herrn Giesebrecht plagte sein Gewissen und er fing an, mir das Geld privat zu borgen, und irgendwann hat er bei der Bank auch meinen Dispokredit erweitert. Den hat er später zu einem normalen Kredit umgewandelt ... Ja ... und so ging das immer weiter und weiter. Ich kann mit Geld nicht besonders gut umgehen, wissen Sie. Und jetzt ... jetzt geht halt gar nichts mehr ... Frau Giesebrecht bekommt ein Kind und will ein Haus bauen, und Herr Giesebrecht braucht sein Geld zurück ... Tja ... Das war's.«

»So lange war die Geschichte doch gar nicht.«

Herr Bender macht sich ein paar Notizen. Ich glaube, ich langweile ihn.

Ich hefte wieder meinen Blick auf das Bild hinter ihm. Das Brautpaar – dass ich den Namen kenne, ist reiner Zufall. Ich habe mit Kunst eigentlich nicht viel am Hut. Aber Chagall mag ich. Über ihn habe ich gelesen. Weil mir die Fenster in Zürich so gefallen haben. Die in der Kirche mit dem seltsamen Namen. Fraumünster. Vor vielen Jahren war ich mit Christiane da. So hatte ich Farben noch nie zuvor strahlen sehen, wie dort, als das Sonnenlicht durch diese Fenster fiel.

»Und wie lange lebt Ihr Kind schon von Ihnen getrennt?«
»Was? ... Ähm ... zehn Jahre.«
»Und ich gehe davon aus, dass Ihre Exfrau ein so gutes Einkommen hat, dass sie auf den Kindesunterhalt nicht angewiesen ist?«
»So kann man das sagen, ja. Sie hat einen Architekten zum Mann, der ständig halb Monaco umbaut.«
»Schön ... Also gut. Ich habe jetzt alles, was ich brauche. Ich sehe mir das jetzt mal übers Wochenende an und dann sprechen wir uns nächste Woche wieder.«
»Gut.«
»Ich glaube, wir finden da einen Weg.«
»Gut.«
»Sie sind ja ein bescheidener Mensch. Da wird Ihnen das Sparen schon nicht allzu schwerfallen, nicht wahr?«
»Ja.«

Chagall war schon über achtzig, als er die Fenster schuf. Ich bin achtunddreißig.
Und weil Herr Bender merkt, dass ich ihm nicht richtig zuhöre, sage ich:

»Schönes Bild haben Sie da.«
»Bitte ...? Ach so ... ja, ja.«

3.

Unter der großen Eisenbahnbrücke werden die Wellen immer ein wenig heftiger. Wahrscheinlich, weil dort das Wasser gebündelt wird. Aber so genau weiß ich das auch nicht. Heute sind sie jedenfalls nicht so hoch, dass es für Maria irgendwie unangenehm werden könnte. Im Gegenteil. Sie scheint es sehr zu genießen, ganz vorne im Boot zu liegen, dem Wasser zu lauschen, wie es rhythmisch unter den Bug schlägt und damit das beruhigende Dröhnen des Motors unterbricht.

Die wärmende Sonne, das Gewiege und Geschunkel, die kleinen Wasserspritzer auf der Haut, die sich anfühlen, als ob man sein Gesicht ganz nah über ein Glas Sprudelwasser hält, das alles habe ich als Kind auch schon sehr geliebt. Wenn ich mit meinem Vater zum Fischen rausgefahren bin. Das Fischen selbst hat mich immer gelangweilt und Fische mag ich bis heute nicht sonderlich. Weder im Wasser noch auf dem Teller. Aber während der Fahrt ganz vorne auf den Holzplanken zu liegen, das war immer ein unvergleichlich wohliges Gefühl.

Heute liegt Maria dort. Auf einem geliehenen Boot. Eines, das ich mir eigentlich gar nicht leisten kann. Es ist zwar nur ein kleines Boot, vielleicht vier Meter lang und zwei Meter breit, ein Mini-Touristenbadeboot, aber trotzdem eines, das ich mir zurzeit definitiv nicht leisten kann.

Wir fahren eine ganze Weile, bis ich irgendwann den Motor drossele. Die Ufer sind weit entfernt. Nur vereinzelt kreuzt ein Segelboot das Panorama. Ein paar Tretboote in der Nähe der Seepromenade, einige Fischerboote, ansonsten sind wir allein.

Um uns herum herrscht völlige Stille.

Da es nun keinen Fahrtwind mehr gibt, wird die Kraft der Sonne augenblicklich spürbar. Ihr Kopf ist mir zugewandt. Durch die Gläser ihrer Sonnenbrille kann ich nicht erkennen, ob sie die Augen geschlossen hält.

»Schläfst du?«

»Nein.«

»Du solltest dich vielleicht noch mal ein bisschen eincremen, oder ich spann mal den Sonnenschirm auf, hm? ... Soll ich?«

»Sag mal, Josch«, plötzlich richtet sie sich auf, »das Wasser ist doch nicht blau, oder? Ich hab es mir gerade vorgestellt und da war es blau, aber eigentlich ist es doch grün, nicht wahr?«

»Ja. Es ist grün. Nur abends oder ... wenn Wolken aufziehen, dann wird es blau. Aber auch nicht wirklich. Eher ... tief dunkelblau. Fast schon schwarz.«

»Ah ja, stimmt ... Aber jetzt ist es grün?«, versichert sie sich noch einmal.

»Hellgrün. Ein saftiges hellgrün.«

»Schön. So schön.« Beruhigt lehnt sie sich wieder zurück.

Ein Segelflugzeug gleitet durch den wolkenlosen Himmel, an einer Uferseite schießt eine Wasserfontäne hoch in die Luft. Ihr Plätschern ist aber bis hierher nicht zu hören. Noch weiter weg, in der Nähe des Freibades, lässt sich eine Gruppe Fahrradfahrer erahnen.

»Maria?«

»Mhm?«

»Vergisst du eigentlich die Farben?«

»Die Farben? Nein.«

»Und die Menschen? Vergisst du, wie die Menschen um dich herum aussehen?«

»Hm? ... Bei manchen ja.«

»Weißt du denn noch genau, wie du aussiehst?«

Sie denkt kurz nach, der Gedanke scheint ihr nicht zu gefallen.

»Ja, schon ... meistens ... Aber weißt du, Josch«, sie atmet tief durch, »das ist mir gar nicht mehr so wichtig. Ich vergesse Dinge, wenn sie mir nicht so wichtig sind.« Sie wendet ihr Gesicht wieder der Sonne zu.

»Ich finde, dass du sehr schön aussiehst«, sage ich.

Maria lacht auf eine Art, die mich im Unklaren lässt, ob ich vielleicht gerade etwas Falsches gesagt habe.

»Nur falls du es vergessen haben solltest«, ergänze ich.

»Danke, Josch. Nett von dir«, lacht sie. »Sehr hilfsbereit.«

Manchmal stehe ich auch vor dem Spiegel und frage mich, woran ich mich eigentlich erkennen soll. Es gibt sogar Momente, in denen ich mich nicht mehr daran erinnern kann, wie mein Sohn aussieht.

»Seit wann bist du eigentlich ganz blind?«

»Das ist mein zweiter blinder Sommer.«

»Aha ... und ähm ... wie ist das, wenn du allein zu Hause bist und du nachts aufwachst und nicht weißt, ob es schon hell ist oder ...?«

»Josch, bitte.« Maria setzt sich auf. »Ich kann zwar verstehen, dass es für dich interessant ist, mich über das Blindsein auszufragen, aber wenn's nach mir geht, können wir auch gerne über etwas anderes sprechen. Für mich ist das Ganze nämlich nicht so spannend, weißt du?«

»Entschuldige ... aber du hast doch damit angefangen, hier

von wegen, welche Farbe hat das Wasser und so«, verteidige ich mich gespielt empört.

»Stimmt«, lacht Maria. »Da hast du recht ... Lustig bist du, Josch.«

»Manchmal.«

»Weißt du, für mich ist das kein Thema mehr. Für mich ist das okay.«

Hätte sie dabei nicht diesen einen Hauch zu tapfer wirken wollen, beinahe hätte ich es ihr geglaubt.

»Okay«, sage ich und im selben Moment finde ich dieses Wort aus meinem Mund einfach nur merkwürdig. Bei Maria muss ich immer mehr reden und kommentieren, als mir lieb ist. Sie kann mir meine Haltung zu den Dingen nicht vom Gesicht ablesen. Dieses ›Okay‹ passiert, weil es mich am wenigsten anstrengt.

»Weißt du, Josch, man kann alles auch mit Humor nehmen.«

»Kann man ...? Also ... kann man das wirklich, ja?«, frage ich ernsthaft interessiert.

»Ja. Man muss sogar.«

»Okay.«

»Josch?«

»Ja?«

»Bist du glücklich?«

»Oh ... ob ich ... Na ja, wie soll ich sagen? Glück ... Glück fängt bei mir immer irgendwie da an, wo ich normalerweise aufhöre.«

»Ach, Josch! Du bist so ein Klugscheißer.« Sie taucht ihren Arm ins Wasser und spritzt in meine Richtung. »Getroffen?«, fragt sie.

»Und wie!«, antworte ich, obwohl es nicht stimmt.

»Gut. Geht's dir denn gerade schlecht?«

»Nein.«

»Bist du entspannt?«

»Eigentlich schon. So gut es geht, eben.«

»Erfreust du dich denn nicht an der Sonne und an der Ruhe?«

»Doch«, sage ich, obwohl weder die Sonne noch die Ruhe besondere Emotionen in mir auslösen.

»Und hat das Ganze dann nicht auch ein wenig vom Glücklichsein?«

»Ja, doch ... schon möglich.«

»Na, also.« Maria stöhnt. »Du bist aber auch schwierig ... Weißt du, wenn ich zum Beispiel in der Badewanne liege, ja? Dann schaltet sich nach ein paar Minuten automatisch immer der Lüfter ein. Weil ich nämlich kein Fenster im Bad habe, das man aufmachen könnte, und deswegen gibt es da so ein altes Ding. Und das ist ziemlich laut, aber wenn ich in der Badewanne liege, dann stört es mich nicht. Denn man kann es entweder nervig finden oder aber, man stellt sich vor, dass es das Rauschen des Meeres ist. Und dann finde ich es ganz schön. Aber das hier gerade alles: der See, das Boot, die Sonne ... und du natürlich, das ist insgesamt alles viel toller als meine olle Badezimmerlüftung, verstehst du? Und das ist der Grund, warum ich gerade glücklich bin ... Ziemlich simpel, oder? Aber das ist dir bestimmt zu einfach, stimmt's?«

»Ich mag deine Geschichten, Maria.«

Sie schenkt mir ihr Maria-Lächeln.

Ich kann mich nicht erinnern, jemals jemanden kennengelernt zu haben, der mit so wenig Einsatz so viel bewirken kann.

»Gehen wir jetzt endlich ins Wasser?«, fragt sie.

Während ich mich instinktiv höchstens eine Körperlänge hinter Maria halte, die ihrerseits völlig angstfrei aufs Geratewohl drauflosgeschwommen ist, denke ich darüber nach, wann ich das letzte Mal ein Boot gemietet habe. Sechs oder sieben Jahre muss es bestimmt schon her sein.

Louis war da etwa neun Jahre alt.

Es war in seinen Sommerferien und es war eines der wenigen Male, wo Christiane ihn alleine von der Côte d'Azur zu mir zu Besuch hatte kommen lassen.

In Menton hatte ich auch ab und an eines dieser Touristentretboote mit draufmontierter Wasserrutsche gemietet. Louis hat diese Dinger geliebt und immer einen Riesenspaß gehabt. Mich störte dabei eher der Gedanke, dass der deutsche TÜV diese veralteten Teile wahrscheinlich nie zugelassen hätte.

Alles so lange her.

»Maria, lass uns mal besser umdrehen, wir sind schon ganz schön weit weg vom Boot.«

Vorhin waren wir beide einfach ins Wasser gesprungen, jetzt wieder zurück ins Boot zu klettern ist viel komplizierter. Da die Badeleiter dummerweise beweglich ist und ihre Tritte permanent unter das Boot gesogen werden, kriegen wir es so nicht hin. Wir schwimmen nach hinten zum Außenbordmotor. Über eine schmale Trittfläche an der Schiffsschraube gelingt es uns schließlich, uns hochzuziehen. Wir halten uns am Benzintank fest und stemmen uns ins Boot. Leider ist auch das nicht so einfach, und da ich mir nicht noch mal einen Sprich-mich-ja-nicht-mehr-auf-mein-Blindsein-an-Rüffel einhandeln will, wird alles noch viel schwieriger, als es ohnehin schon ist. Maria scheint hingegen alles wieder einmal mit Humor zu nehmen, denn meine etwas ungelenken Bemühungen treiben sie von einem Lachanfall in den nächsten und somit bin ich, nach kräftezehrendem Drücken und Schieben, zwar wieder mit ihr im Boot, aber auch etwas genervt und ziemlich erschöpft. TÜV-mäßig mag es vielleicht einwandfrei sein, in punkto Alltagstauglichkeit fällt der Kahn dafür glatt durch.

»Danke«, sagt Maria, nachdem ich ihr ein Handtuch und eine Flasche Wasser in die Hand gedrückt habe. Sie trinkt einen Schluck, und noch etwas atemlos vom Schwimmen, dem Lachen und der Freude, fragt sie mich, ob wir allein sind.

»Wie allein? Wie meinst 'n du das?«

»Na, um uns herum? Kann uns jemand sehen?«

»Nee, eigentlich nicht.« Ich blicke mich um. »Das nächste Boot ist bestimmt ein paar hundert Meter weit weg. Wieso?«

»Würde es dich stören, wenn ich mich dann mal ein bisschen ohne Klamotten in die Sonne lege? Ich habe nämlich sonst nie die Möglichkeit dazu. So unbeobachtet, meine ich.«

»Nee, warum auch? Klar. Mach. Ist doch … schön.«

»Toll.«

Maria löst die Schleife ihres Bikini-Oberteils und entblößt ihre Brust.

Sie legt sich wieder auf die Holzplanken, hebt ihr Becken und streift sich schnell die Hose herunter. Beides legt sie zum Trocknen auf den Bootsboden neben sich, bevor sie sich wieder mit einem zufriedenen Ach-Herrlich der prallen Sonne hingibt.

Es stört mich. Sehr sogar. Auch wenn ich gerade das Gegenteil behauptet habe. Es stört mich. Und ich verstehe nicht, warum sie das macht? Auch wenn das nächste Boot hundert Meter weit weg ist, ich bin da. Und natürlich sehe ich hin. Selbstverständlich schaue ich mir ihren Körper an. Das müsste sie doch wissen. Warum macht sie so etwas? Will sie mich provozieren, mich anmachen? Oder ist sie tatsächlich diese unbekümmerte, personifizierte Lebensfreude, die sie vorgibt zu sein?

Sie ist schön. Ihr braunes, kurzes Haar, ihre entspannten Gesichtszüge. Ich mag die Form ihres Schlüsselbeins. Marias Brüste gefallen mir. Wohlgeformt, auch im Liegen. Christiane hatte Louis damals mehr als ein Jahr gestillt und ihre Brust wurde dadurch flacher und auch kleiner. Dadurch wirkten die Höfe unproportional groß und die Brustwarzen härter. Funktionserprobt. Ich mochte die Brüste meiner Frau deswegen nicht weniger, aber Marias Brust sieht hingegen sehr weich und fest zugleich aus. Die Höfe sind klein und umschließen die nur durch die Frische des Wassers hartgewordenen Brustwarzen. Die letzten Tropfen perlen, sonnenglanzveredelt, seitlich an ihnen herab. Um ihren Bauchnabel herum haben sie sich zu einem See in Miniaturgröße zusammengetan. Beim Anblick ihrer sportlichen Figur bin ich ganz froh darüber, dass sie sich neulich nur die Konturen meines Gesichts und nicht die meines untrainierten Körpers ertastet hat.

Ihr Venushügel, über den sich dunkle Haarlöckchen gelegt haben, die ihre Scham bedecken, ist besonders ausgeprägt. Ihre braungebrannten Beine wirken jetzt, wie sie über die Reling ragen, noch länger.

Es ist still.

Das Wasser in meinem Ohr lässt mich meinen Herzschlag hören. Mir ist heiß. Der See um uns herum ist wieder zur Ruhe gekommen. Ich schmeiße den Motor an, um durch den Fahrtwind auf andere Gedanken zu kommen.

Hoffentlich werden wir später beim Bootsverleih kein Fiasko erleben. Ich müsste mit EC-Karte bezahlen. Bargeld habe ich keines mehr. Ich kann nur hoffen, dass Martin nicht schon mein Konto hat sperren lassen, wie er es mir gestern in der Mail so ungewohnt förmlich angedroht hat. ›Bis der Sachverhalt geklärt ist.‹ Das waren seine Worte. Der Sachverhalt unserer Freundschaft scheint für ihn demnach schon ausreichend geklärt zu sein. Im Anhang hat er gescannte Briefe beigefügt. Es müssten die gleichen sein, die ungeöffnet auf meiner Küchenablage liegen.

Beinahe muss ich wieder lachen, dass ausgerechnet ich mir, mit meiner Augen-zu-und-durch-Taktik, diesen blinden Passagier an Bord geholt habe. Einen Menschen, der bei all seinem Unglück immer ein Stück vom Glück findet, wobei ich es geschafft habe, aus meinem Stück vom Glück nur einen riesigen Haufen Scheiße zu machen.

»Alles gut?«, ruft mir Maria gegen das Dröhnen des Zweitakters zu. Als könne sie Gedanken lesen.

»Ja, alles gut.«

Sie scheint mit der Antwort zufrieden und dreht sich auf den Bauch.

Ich möchte das nicht mehr. Ich will nicht länger auf ihren Körper sehen müssen. Sie soll sich anziehen. Einerseits. Andererseits auch wieder nicht. Ich brauche einen Moment, um mich zu entscheiden, und damit ich nicht so brüllen muss, nehme ich ein wenig Gas weg.

»Du ... da vorne kommt irgendwann gleich der Hafen, und da sind wir dann auch wieder näher am Land und da werden dann bald immer mehr Boote nah an uns vorbeischippern und so und ...«

»Oh ... Na, dann ...«

»Ja ... blöd, ich weiß ...«

»Schade.«

Ihre Brustwarzen sind jetzt wieder weich und heben sich kaum mehr von den Brüsten ab. Sie ertastet sich ihre Bikiniteile.

In der nächsten Stunde werden wir zwar in keinen Hafen einlaufen, auch wird kein Mensch Einblick in unser Boot haben, aber ich fühle mich jetzt wohler in meiner Haut.

»Hast du nicht was von einem Picknick erzählt, Josch? Ich hab einen Bärenhunger.«

Glücklicherweise bleibt das Fiasko aus. Maria besteht darauf, die Bootsmiete zu bezahlen, und ich wehre mich nur zum Schein. Anschließend bringe ich sie nach Hause. Auf dem Weg dorthin reden wir nicht viel. Die frische Luft und die Sonne haben uns müde gemacht. Sie mehr als mich.

Luft und Sonne gehören zu meinem Arbeitsplatz, genauso wie gechlortes Wasser und Kindergeschrei. In dieser mir vertrauten Umgebung werden wir uns das nächste Mal wieder sehen. Morgen. In der Therme.

Heute war ein außergewöhnlicher Tag.

Mehr für mich als für sie, vermute ich.

Als ich nach Hause komme, klappe ich den Laptop auf und sehe, dass Louis online ist. Vielleicht geht er heute noch auf eine Schulparty oder ins Kino. Vielleicht trifft er sich auch mit einem Mädchen. Ich weiß es nicht.

›Bonsoir‹ schreibe ich in das Eingabefeld des Chats. Ich warte.

Während ich auf das weiße Feld starre, beginnen meine Augen zu tränen. Zum zweiten Mal heute.

Louis wird nicht antworten.

4.

Als der Minutenzeiger mit kurzer Verzögerung auf der Zwölf einrastet, scheint das verchromte Metallgehäuse der großen Peweta-Schwimmbaduhr leicht zu beben.

Acht Uhr.

Ich bin mir ziemlich sicher, dass ich jede mögliche Zeigerstellung schon einmal gesehen habe. Seit meiner Kindheit gucke ich auf dieses Ding. Ein Würfel mit vier Zifferblättern, der auf einem fünf Meter hohen Metallpfahl steckt. Die Uhr auf der Seite, die man vom See aus sehen kann, hat schon vor etlichen Jahren den Geist aufgegeben. Darauf ist es immer vier Uhr und acht Minuten. Nie hat sich einer darum gekümmert, sie reparieren zu lassen. Ein Relikt aus einer anderen Zeit. Da ich die Lichtverhältnisse hier so gut kenne und mich deshalb meistens nur um wenige Minuten verschätze, brauche ich eigentlich gar keine Uhr mehr. Sie war aber schon immer da. Auch vom großen Umbau blieb sie verschont. Damals, als aus dem gewöhnlichen Freibad eine Schickimicki-Seetherme wurde.

Nachdem ich die finnische Rinne vom Lindenlaub befreit habe, sitze ich mit meiner zweiten Tasse Kaffee im gläsernen Schwimmmeisterraum. Die luftperlenden Unterwasserliegen und die Massagedüsen sprudeln friedlich vor sich hin. Bilderbuchwetter.

Noch kann ich das Zwitschern der Vögel hören. In wenigen Stunden werden sie, verschreckt durch das johlende Kindergeschrei, bis zum Eintreten der Dunkelheit den Schnabel halten.

Es könnte mir eigentlich gutgehen.

Soweit ich weiß, bin ich gesund. Körperlich.

Die Schrauben der Startblöcke sollten wieder einmal nachgezogen werden, und ich muss gleich in der Gärtnerei anrufen und fragen, warum heute keiner zum Rasenmähen gekommen ist. Außerdem wäre es gut, einen Termin bei Dr. Sauer zu vereinbaren. Es hört einfach nicht von selber auf und mich beschleicht der Verdacht, dass sich das vorerst auch nicht ändern wird. Auch wenn ich das Gefühl hätte, es würde mir bessergehen. Auch wenn ich ein Hoch durchleben würde, es würde wiederkommen. Das hatte mir Dr. Sauer prophezeit, und er hat recht.

In einer knappen Stunde, pünktlich zur Öffnungszeit, werden die ersten Rentner am Drehkreuz stehen. Wie an jedem Morgen. Ich mache einen letzten Kontrollgang über das Gelände.

Alles ruhig. Alles sauber.

Spiegelglatte, ungestörte Wasseroberfläche.

Im Ruheraum des Saunabereichs lege ich mich auf eine der Liegen und blättere in einer Zeitschrift.

Die Kollegen duschen immer noch um kurz vor neun. Damit man für den Gast gepflegt aussieht. Unsinn. Ich sehe auch so gepflegt aus.

Louis wollte als Kleinkind nie unter die Dusche. Am liebsten hat er gebadet. Wie ich. Haare waschen mochten wir besonders gerne. Dazu legte ich ihm meine Hand in seinen Nacken und hielt ihn so, dass sich seine Haare wie ein kleiner Fächer auf der Wasseroberfläche ausbreiteten. Er schloss dabei die Augen, entspannte.

Das war schön.

Ich bleibe an einem Artikel hängen, der sich mit dem Thema Langeweile befasst.

›Langeweile entsteht, wenn das Gehirn seine Zeitwahrnehmung an der Menge der Ereignisse und Eindrücke ausrichtet: Wenn nichts passiert, erscheint einem die Zeit unendlich lang.‹

Ich schließe die Augen, konzentriere mich auf meinen Atem, ohne dabei vor Müdigkeit einzuschlafen. Langweilig ist mir hier oft. Die meisten Tage sind so gewöhnlich, dass ich mich manchmal an ganze Monate nicht mehr erinnern kann.

Durch das Panoramafenster kann man fast über den ganzen See blicken. Merkwürdigerweise nehme ich ihn immer nur dann bewusst wahr, wenn er sanft und ruhig ist. Für diesen Anblick lohnt es sich, die Augen wieder zu öffnen.

Es ist nicht die Langeweile, die mich stört, sondern die Unruhe, die daraus entsteht. Dieses leichte Taubheitsgefühl in den Beinen. Der Druck auf der Brust. Immer das Gefühl, sofort aufspringen zu müssen, um etwas zu tun, aber ohne eigentlich genau zu wissen, was.

Das Beruhigende der Natur spüre ich nicht. Das Einzige, was ich spüre, ist die Vibration in meiner Hosentasche. Eine SMS.

HiHo. Na, alter Mann ... Wann tauchen wir gemeinsam ab? Umarmelung – Leonie

Ich raffe mich zu einem letzten Kontrollgang auf und gehe über die alte Holzbrücke, die vom Freibad zum Schwimmsteg führt. Mit einem kleinen Ruderboot fahre ich rüber zum Badefloß. Obwohl ich hier den eingetrockneten Enten- und

Taubenkot von den Holzplanken bürsten muss, bin ich gerne hier. Hier bin ich allein.

Hier kann ich atmen.

Alles wird überschaubar.

Wie auf einer kleinen Insel.

Nach einer Weile rudere ich zurück.

Die Schwimmbaduhr und ich drehen noch ein paar Runden und irgendwann stehe ich wieder an derselben Stelle. Nichts. Rein gar nichts ist passiert. Nichts verändert sich.

Nie.

Die meisten Rentner haben das Gelände inzwischen wieder verlassen. Dafür sind die jungen Mütter mit ihren Kleinkindern eingetroffen und haben die Schattenplätze um das Baby-Schwimmbecken unter sich aufgeteilt.

Es ist heiß. Viel zu heiß für diese Uhrzeit.

Die Jugendlichen stürmen die Wasserrutschen, und die Touristen, die heute keine Lust auf Sightseeing haben, tummeln sich im Thermalbecken, frühstücken im Bistro, schreiben mit aufgeweichten Händen Postkarten oder schauen den sonnengegerbten Stammgästen beim Schachspielen zu.

So viele Menschen.

»Hallo ... Entschuldigung. Können Sie uns helfen?«

Vor mir steht eine Frau mit einem etwa fünfjährigen Jungen. Sein Knie blutet.

»Um was geht's denn?«, frage ich.

»Mein Sohn hat sich ...«

»War ein Scherz.« Niemand lacht. »Ich seh schon. Sieht aber nicht so dramatisch aus. Tut's denn weh?«

»Nö«, antwortet der Junge mit den rotgeweinten Augen und zieht die Nase hoch.

»Na, dann komm mal mit.«

Kurze Zeit später höre ich mich »So, das war's schon wieder« sagen. Der Junge springt von der Liege und rennt wortlos aus dem Schwimmmeisterraum. Die Mutter sagt »Danke«, ich sage »Gerne«. Sie wartet. Mir fällt nichts weiter ein, was sich zu sagen lohnt. Sie steht unschlüssig vor mir, und ich sage »Na, dann«, und sie sagt »Ja«. Dann geht sie.

Manchmal scheine ich wohl etwas komisch zu sein.

Die anderen aber auch.

»Gehst du oder kommst du?«

»Du bist ja geschminkt!«, sage ich verwundert. Ich hätte sie fast nicht erkannt.

»Ja, und …???« Leonie versucht, ihre Unsicherheit zu überspielen, was ihr aber nicht wirklich gelingt.

So ist sie mir ganz fremd.

Seit über einem Jahr nehme ich Leonie ausschließlich in ihrem schwarzen Badeanzug und den durchsichtigen Schlappen wahr. Erwachsen sieht sie aus. Mit dem bisschen Make-up im Gesicht gelingt es ihr, erstaunlich viel Kind zu kaschieren.

»Also, was jetzt: kommst du oder gehst du?«

»Es ist halb vier. Schichtende. Ich gehe.«

Wir stehen im Föhnbereich. Ich habe meine Arbeitskleidung gegen Leinenhose und T-Shirt eingetauscht. Manchmal komme ich mir in meinen Privatklamotten wie verkleidet vor. In diesem Aufzug erkennt mich auch kaum mehr jemand. Dagegen lässt sich, wieder angezogen, der feine Herr Oberstudienrat vom gemeinen Dachdecker unterscheiden. Die einen kämmen sich ihren Seitenscheitel, die anderen wuscheln sich ihre Haare so hin, als wären sie gerade erst aufgestanden. Es wird sich gepflegt und eingecremt. Eltern föhnen ihre Kinder. Ruhig, ohne viele Worte, auf das Wesentliche konzentriert. Der Föhn ist zu laut, es wird nur gesprochen, was gesprochen werden muss. Das sehen auch die Kinder ein.

Ich mag das.

»Hä ... Feierabend? Wieso das denn? Du hast doch Spätschicht die Woche.«

»Ja, stimmt«, sage ich und fühle mich ein wenig geschmeichelt, dass Leonie meinen Dienstplan besser zu kennen scheint, als ich selbst. »Eigentlich schon, aber ich hab gestern mit Günther getauscht. Der zieht gerade um und ...«

»Das hättest du mir doch sagen können!«

»Ähm ... Und weshalb, wenn ich fragen darf?«

»Na super! Erst antwortest du nicht auf meine SMSen und dann ... So. Und was soll ich dann hier?«

»Schwimmen. Entspannen. Spaß haben. So wie es die anderen auch machen. Genieß dein Leben, die Sonne, die Schulferien ...«

»Sülz mich nicht voll, Josch.«

»Ach, Leonie ... Weißt du, ich finde, du solltest dich sowieso mehr mit Gleichaltrigen treffen. Mach doch mal was mit deinen Schulkameraden oder so. Mit denen kannst du dann auch in so einem Ton reden.«

»Ja, ja, Josch, ist schon gut ...«

Eine der Griesgram-Badewärterinnen kommt an uns vorbei und wischt hastig über einen der Betonhocker. Und auch sonst tut sie so, als wäre sie ständig auf der Flucht. Ich versuche ihren garstigen Blick zu ignorieren, lege meine Umhängetasche auf dem Frisiertisch ab und setze mich zum Trotz auf den von ihr eben gewischten Hocker.

»Jetzt hör mir mal zu, Leonie.«
Mein Blick streift mein Spiegelbild. Ich sehe alt aus. Müde.
»Leonie ... ich mag dich, ja?«
Ich habe lange nicht mehr in den Spiegel gesehen.
»Sehr sogar ... Das weißt du ...«
Auch nur einfühlsam zu wirken kostet mich enorm viel Kraft. »Aber ... ja ... die Leute, die gucken manchmal so blöd und neulich erst ... neulich, ja? Da wurde ich wieder von einem der Badegäste gefragt, ob du meine Tochter wärst, und als ich nein gesagt hab, fragte die, was du denn dann sonst wärst und dann ... dann guckte die so komisch. Verstehst du? Das will ich nicht. Das ist irgendwie uncool, weißt du?«
Vielleicht sollte ich mal zum Arzt gehen? Blut untersuchen lassen. Vielleicht fehlt mir ja irgendein Stoff, ein Vitamin. Eisen oder so was.
»Die Leute können uns doch egal sein. Seit wann geht's denn darum, was andere Leute sagen?«, empört sich Leonie.
»Natürlich geht's da nicht drum, aber ich finde ... ja, vielleicht kann ich dir auch gar nicht so viel geben, wie du denkst. Es ist bestimmt viel besser und ... bestimmt auch interessanter für dich, wenn du dich mit Altersgenossen rumtreibst. Nutze doch mal deine freie Zeit. Wenn du später irgendwann mal arbeiten gehen musst, dann wirst du sehen, dass ...«
»›Altersgenossen‹ – was ist das denn für ein Scheiß? Außerdem mach ich das doch. Ich nutz meine Zeit. Ich arbeite. Wie du vielleicht mitgekriegt hast, schreib ich ein Buch und du ... du bist so was wie ... mein Mentor, Josch. Du bist der, der mir die entscheidenden Tipps gibt. Du bist der Einzige, mit dem ich sprechen kann ... will ... Du bist Xenon.«
»Ich bin nicht Xenon ... Das ist doch Quatsch jetzt. Hör doch mal auf mit dem Blödsinn.«

»Doch. Bist du. Für mich bist du Xenon oder zumindest ein Teil von ihm.«

Es hat keinen Sinn.

»Ich muss jetzt zum Bus, Leonie. Sonst muss ich wieder 'ne halbe Stunde warten.«

Als ich aufstehen will, greift sie nach meinem Arm und hält mich fest.

»Können wir nicht doch zusammen tauchen gehen, hm? Bitte.«

»Jetzt fang doch nicht schon wieder damit an.«

»Bitte!! Echt jetzt!«

»Nein, Leonie! Ich werde nicht mehr mit dir tauchen gehen. Wenn du tauchen gehen willst, dann besuch 'nen Kurs.«

»Was soll ich denn in 'nem verschissenen Kurs? Ich will es von dir lernen.«

»Das nervt mich jetzt aber auch langsam 'n bisschen. Echt!«

»Ich nerve dich?«

»Ja … ein bisschen. Ja.«

Aber ein bisschen ist sie auch süß, wie sie so bockt und auf erwachsen macht.

»Meine Güte, Leonie. Jetzt sei doch nicht gleich eingeschnappt. Das ist doch kindisch, jetzt.«

»Nee, ist schon okay. Ich bin kindisch. Alles klar.«

»Leonie … Leonie, bitte! … Schau mich an.«

»Was?!«

»Schau mich an … So. Jetzt mach dir doch einfach mal 'n schönen Tag, hm? … Komm mal … komm mal her.«

Sie zickt zwar ein wenig, aber kaum, dass ich sie im Arm halte, merke ich, wie sie nachgibt.

Wie ein wildes Fohlen, denke ich.

»Ich lese mir auch weiterhin gerne durch, was du so

schreibst. Falls du das überhaupt noch willst und ich das überhaupt kann … okay?«, flüstere ich ihr ins Ohr.

»Okay.« Wir lösen uns voneinander.

»Tschüss, Leonie. Mach's gut.«

»Ja, du mich auch.« Leonie grinst mir noch kurz zu, dreht sich um und verschwindet dann in einem der Kabinengänge.

Eine knappe Stunde später stehe ich vor meiner verschlossenen Wohnungstür und finde den Schlüssel nicht.

Eben habe ich schon mit den Kollegen in der Therme telefoniert, aber auch die haben meinen Schlüsselbund nicht gefunden. Die Nachbarin ist auch nicht zu Hause. Vor vielen Jahren habe ich ihr mal einen Zweitschlüssel gegeben, damit sie, wenn ich nach Menton fahre, die Post aus dem Briefkasten holt, die ich nicht öffne, und die Blumen gießt, die ich nicht habe.

Draußen ist Sommer.

Weil ich nicht weiß, was ich jetzt tun soll, gehe ich spazieren, obwohl ich es hasse. Vor allem tagsüber, wenn der Himmel so klar ist wie der Verstand.

Am Seeufer angekommen, gehe ich über eine Fahrradbrücke, die in Richtung Altstadt führt. Ein paar Jugendliche machen sich einen Spaß daraus, am höchsten Punkt vom Geländer ins Wasser zu springen. Ich würde so etwas niemals tun, wenn es nicht unbedingt sein müsste. Niemals würde ich freiwillig irgendwo runterspringen. Weder aus Spaß noch aus Verzweiflung.

Einen Moment sehe ich den Jungs verstohlen gebannt bei ihrer Waghalsigkeit zu, genauso wie es auch die jungen Mädchen am Uferrand tun.

Statt von Brücken zu springen, habe ich mich in deren Alter fast jede Nacht auf den Weg zu einer kleinen Anhöhe gemacht, um von dort auf das Dachfenster meiner Angebeteten zu schauen. Juschka. Ich ging fast immer dann erst wieder nach Hause, wenn in ihrem Zimmer das Licht ausging. Ich war ein Romantiker. Heute würde man das wahrscheinlich Stalker nennen. Irgendwann hatten sich meine nächtlichen Ausflüge herumgesprochen. Juschka erfuhr davon und ließ mir ausrichten, dass sie mich jetzt noch viel ätzender finden würde als zuvor. Vor einiger Zeit habe ich gehört, dass aus ihr eine erfolgreiche Familienanwältin geworden ist. Nun denn.

»He, Herr Bademeister«, brüllt einer der Jungs zu mir rüber. »Schieben Sie jetzt hier auch Dienst, oder was?«

Ein paar der Jugendlichen haben mich erkannt. Sie lachen. Ein unfreundliches Lachen. Eines, das bedeuten soll: Hier haben Sie uns nichts zu sagen. Ich zwinge mir ein Lächeln ab, nicke und gehe weiter.

Ein paar Gedankengänge später stehe ich vor Marias Haustür.

In ihrer Wohnung brennt kein Licht.

Brauchen Blinde ja auch keins, denke ich mir und klingle. Einfach so.

Es dauert einen Moment, bis sich Maria durch die Gegensprechanlage meldet.

»Ja?«

»Maria? Ich bin's ... Josch.«

»Oh, hallo ...« Ein fremdes Hallo.

»Ja ... ich war gerade zufällig in der Gegend und ... ich wollte dich jetzt nicht überfallen oder so ...«

Es knackst und Maria ist weg.

»Maria? Hallo …?«

Sekundenlang passiert nichts. Ob es zu forsch gewesen war, einfach so zu klingeln?

Ich habe den Finger wieder auf dem Knopf neben ihrem Namen, entscheide mich aber dann doch lieber zu gehen. Gerade als ich mich umdrehe, summt es in der Tür.

Hätte ich bei Juschka wahrscheinlich auch machen sollen. Einfach mal klingeln.

»Na?«, fragt sie amüsiert, als sie hört, wie ich mich die letzten Treppenstufen in den fünften Stock hochschleppe.

»Na-ha …?!«

»Bist du etwa außer Puste?«

»Nö, bin … ich …! Doch, bin … ich!«

»Dann kannst du gleich wieder runter. Ich würde gerne spazieren gehen«, sagt Maria in einem Ton, an dem jeglicher Gegenvorschlag abschmettern würde, und deshalb sage ich:

»Spazieren? … Schön.«

Wir gehen die Seepromenade entlang.

»Alles gut, Josch? Du sagst ja gar nichts?«

Erstaunlich viele Menschen sind hier jetzt unterwegs. Sie nutzen den Feierabend, um noch etwas von den letzten Sonnenstrahlen des Tages abzubekommen.

»Nee, alles gut.«

Manchmal macht mich Maria einfach sprachlos, ohne dass ich mir erklären kann, woran das liegt.

Der Föhn bläst den Himmel frei, und so kommt man, neben der Aussicht auf den See voller Segelboote und Ausflugsdampfern aller Größen und Farben, zusätzlich noch in den Genuss eines mindestens genauso klaren wie kitschigen Alpenpanoramas. Wir setzen uns auf eine Parkbank und schauen übers Wasser. Jeder auf seine Weise.

Nach einer Weile, in der ich befürchte, dass wir uns eigentlich gar nichts zu erzählen haben, unterbricht Maria die Stille.

»Im Sommer bin ich oft hier, weißt du? Und wenn ich ganz viel Glück habe, dann knallen die Platanen.«

»Platanen knallen?«

»Ja. Wenn sie sich schälen. Wusstest du das nicht? Sie wachsen, werden älter und dicker und sprengen dann die äußere Rinde ab. Dann lösen sich große Platten vom Stamm und von den Ästen.«

»Okay.«

»Ja. Ich mache doch nebenher diese Stadtführungen für Blinde und bei schönem Wetter komme ich am Ende der Führung mit der Gruppe hierher und wir befühlen die Baumrinde und ich erzähle was dazu. Um den ganzen See herum gibt es diese Bäume, weißt du? Und alle Platanen schälen sich überall zur gleichen Zeit und dabei weiß man gar nicht, warum sie das alle immer gleichzeitig tun. So etwas finde ich toll.«

Maria ist niemand, bei dem man mitleidig die Augenbrauen hochzieht, weil sie in der Gruppe Bäume befühlt. Maria gehört zu denen, die man dafür bewundert.

»Der Baum wächst über sich hinaus. Er sprengt seine Fesseln. Das ist doch ein beeindruckendes Bild, findest du nicht?«

»Sollen wir ein Stück weitergehen?«

5.

Zum ersten Mal habe ich Maria gesehen, als ich das Aquafit-Programm gerade beendet hatte und die Teilnehmer froh waren, sich wieder entspannt im Thermalbecken treiben lassen zu dürfen.

Maria, die ich während des ganzen Trainings nicht aus den Augen lassen konnte, verließ das Becken, griff nach ihrem Blindenstock und Handtuch, die beide am Treppengeländer oben am Beckeneinstieg hingen, tastete mit den Zehen flink nach dem richtigen Paar Badeschuhen, klappte den Blindenstock auseinander und ging schnurstracks auf mich zu. Ich stand noch am Beckenrand und eine der Rentnerinnen fragte mich aus dem Wasser heraus nach Übungen gegen ihre Hüftbeschwerden. Im Grunde wollte sie nur meine Aufmerksamkeit.

Für einen kurzen Moment hatte ich überlegt, Maria einfach auszuweichen, den Rentnerplausch abrupt abzuwürgen und mich an der fremden Blinden vorbeizuschleichen. Stattdessen blieb ich wie angewurzelt stehen, bis sie mich gefunden hatte. Sie neigte den Kopf ein wenig zur Seite und lauschte unserem langweiligen Smalltalk.

Und natürlich lächelte sie.

»Hallo?«, sagte sie, als ihre Anwesenheit den Redefluss der Rentnerin allmählich versiegen ließ.

»Hallo ...« Etwas Besseres fiel mir auch nicht ein.

»Sind Sie der Bademeister?«

»Ja, das ist er, junges Fräulein«, moderierte die Rentnerin. »Das ist er, der Herr Bademeister. Und was für ein netter. Nicht wahr? Na ja, also gut ... wir können uns ja auch das nächste Mal weiter unterhalten, nicht? Gut, dann ... einen schönen Abend Ihnen noch.« Sie rückte ihre orange-geblümte Badekappe zurecht und bevor sie sich von uns abgewandt hatte, konnte sie nicht anders, als Maria einmal von oben bis unten zu inspizieren. Mir war es irgendwie peinlich, obwohl Maria es wahrscheinlich gar nicht mitbekam.

»Ja ... ähm, ja. Also, das heißt jetzt eigentlich nicht mehr Bademeister«, sagte ich, als ich mir sicher war, dass uns die ältere Dame nicht mehr hören konnte. »Wir nennen uns Schwimmmeister. Weil ... na ja ... ist eigentlich egal ... Was ... ähm, was kann ich denn für Sie tun?«

»Hat mir gefallen, Ihre Aquagymnastik. Die Ines macht es zwar alles ein wenig flotter und erklärt dabei trotzdem noch alles ein bisschen genauer, damit auch ich es nachvollziehen kann. Aber Sie konnten ja nicht wissen, dass da noch so ein Maulwurf unter den ganzen Senioren herumplanscht. Dafür konnte ich bei Ihnen ganz gut abschalten. Es war irgendwie ... wohltuend. Danke.«

Eigentlich stimmt das gar nicht – wahrgenommen hatte ich Maria zum ersten Mal, als sie wenige Tage zuvor auf dem Sprungturm gestanden und sich lautstark erkundigte hatte, ob jemand in ihrem Eintauchradius schwamm.

Und dann hatte sie einfach einen Schritt nach vorne gemacht, sich lächelnd vom Geländer gelöst und war gesprungen.

Dabei schrie und jauchzte sie vor Freude, wedelte mit den Armen und zappelte mit den Beinen.

Das war das erste Mal, dass sie mich dazu brachte, gemeinsam mit ihr zu lachen.

Maria lässt einem da keine andere Wahl.

Als sie wieder auftauchte, stand ihr die Glückseligkeit ins Gesicht geschrieben. Sobald sie aus dem Becken gestiegen war, überprüfte sie mit flinken Fingern, ob ihr Badeanzug auch noch an den richtigen Stellen saß, bevor sie sich gleich wieder an den Aufstieg machte, um einen zweiten Sprung zu wagen. Als sie wieder auf der Plattform war und sich mit sichtlicher Vorfreude in die Reihe der Jugendlichen tastete, wirkten diese plötzlich wie ausgetauscht. Merkwürdig gezähmt und mucksmäuschenstill ließen sie dieser Frau Anfang dreißig den Vortritt, und das offensichtlich nicht aus Mitleid oder Nachsicht, sondern aus Respekt.

Und nun stand sie plötzlich vor mir und sprach mich an. Obwohl mir klar war, dass sie mich nicht sehen konnte, wusste ich nicht recht, wo ich hingucken sollte.

Sie verunsicherte mich.

Ihr selbstbewusstes Auftreten entsprach nicht meinen Erwartungen von einem behinderten Menschen.

»Ich bin übrigens Maria.«

Warum auch immer, am meisten irritierte mich, dass sie ihre Augen geöffnet hatte. Und wie ich in diese verschleierten, orientierungs- und funktionslosen Augen sah, fiel mir auf, dass ich in meinem ganzen Leben noch nie zuvor mit einem Blinden gesprochen hatte.

»Soll ich Sie weiter Bade ... ähm, ich meine Schwimmmeister nennen, oder haben Sie auch einen Namen?«

»Ja, ähm ... hab ich. Josch ... Ich heiße Josch.«
»Guten Abend, Herr Josch.«
»Nur Josch. Und Sie ... also du kannst mich ruhig duzen ... 'n Abend.«
»Schön.«

Die untergehende Sonne blendete mich. Ich wollte ihr ein wenig aus dem Weg gehen, traute mich aber nicht. Denn wenn ich einen Schritt zur Seite gegangen wäre, hätte sie ja in die falsche Richtung gesprochen und wenn sie das dann bemerkt hätte, wäre es vielleicht uns beiden unangenehm gewesen.

»Kann ich mich denn an dich wenden, wenn ich hier was verloren habe?«
»Hm, ja, na klar. Wir haben da so eine ... Fundsachenkiste im Büro und wenn ...«
»Ein Goldkettchen mit einem Anhänger?«, unterbrach sie mich.
»Eine Kette? Ja ... weiß ich jetzt nicht ... Müsste ich mal gucken.«
»Und wenn du dann geguckt hast oder wenn sie sich erst später noch finden sollte, könntest du mich dann vielleicht anrufen? Sie ist mir ziemlich wichtig.«
»Ja, klar. Kann ich machen.«
»Gut.«
»Gut.«

Wir standen direkt voreinander. Ich war nervös und verlegen, aber mein Ärger darüber half mir jetzt auch nicht weiter.

»Möchtest du dir dann auch meine Nummer notieren, oder hast du hellseherische Fähigkeiten?«, schmunzelte sie.
»Ach, so. Ja, nee ... Ich hab jetzt aber gar nichts zum Schreiben. Möchten Sie ... ähm ... willst du kurz warten, ich geh schnell ins Büro ... das ist gleich hier um die Ecke ...«

»Ich kann ja auch mitkommen.«

»Stimmt. Ja, ähm … warum nicht? … Gut. Ja, gut.«

»Dann können wir ja gleich zusammen in dieser Fundkiste nach meiner Kette gucken?«

»Genau, gute … ja.« Mein Gestottere wurde langsam peinlich.

»Dann … reichst du mir deinen Arm, Josch?«

»Hm?«

»Deinen Arm. Dann geht's schneller.«

»Ach so … ja … Entschuldigung.«

Maria klappte ihren Blindenstock zusammen und hakte sich bei mir unter. Auf dem Weg ins Büro fiel mir ein, dass ich die Telefonnummer natürlich auch in mein Handy hätte eintippen können, aber den Vorschlag wollte ich ihr nun nicht mehr machen. Ich hatte mich schon blöd genug angestellt, da musste ich mir diese Blöße nicht auch noch geben. Außerdem fühlte es sich schön an. Mit Maria am Arm. Fast schon wie ein kleiner Spaziergang. Ungewöhnlich. Ich fand Maria ungewöhnlich. Ich mochte den Gedanken, dass sie nicht wusste, wie ich aussah. Dass sie ein Bild von mir haben musste, was mit hoher Wahrscheinlichkeit nicht mit der Realität übereinstimmte. Maria war meine willkommene Abwechslung. Wie eine frische Brise. Wir sprachen nicht. Das erzeugte eine merkwürdige Spannung. Nicht unangenehm. Einfach nur spannend. Ich wusste, dass ich sie anrufen würde. Da war ich mir sicher. In dem Moment fühlte es sich sogar so an, als hätte ich es schon längst getan.

Sie lächelte. So als sei sie mir einen Schritt voraus gewesen.

Heute, wenige Wochen später, stehe ich in Marias Badezimmer und putze mir die Zähne mit einer Bürste, die sie noch vorrätig hatte.

Wenn man sich in der Wohnung umsieht, gibt es vieles, was sie noch vorrätig hat. Putzmittel, Unmengen an Toilettenartikeln, Konserven, haltbare Lebensmittel. Bestimmt kauft jemand für sie ein.

Ein sozialer Dienst, bei dem jemand, statt nachzusehen, was wirklich benötigt wird, ganz stoisch das besorgt, was auf der Liste steht.

Über dem Waschbecken hängt ein Kosmetikschränkchen. Die Spiegeltüren sehen frisch geputzt aus, aber irgendwie auch achtlos beiseitegeschoben. Passend zu meinem Gesicht, denke ich und grinse mich schräg an.

Alles hier hat seinen zugewiesenen Platz. Nichts liegt einfach nur so rum. Unordnung kann sich Maria nicht leisten. Alles hat System. Es hängen keine Bilder an den Wänden, nichts ist dekoriert, man erkennt keinen Stil. Die Wohnung ist mitnichten das, was man schön eingerichtet nennen würde. Sie hat noch nicht mal Charme. Bei einem so farbenfrohen Menschen wie Maria überrascht diese Flut an kalter Funktionalität.

Nachdem wir von unserem Spaziergang nach Hause gekommen waren, hatten wir uns etwas zu essen gemacht. Nudeln mit Tomatensoße und Gurkensalat. Ich bewundere sie für ihre Selbständigkeit und dafür, wie souverän sie scheinbar ihren Alltag meistert.

»Wie heißt das noch mal, was du da hast?«

»Was habe …?«

»Na, das mit den Augen.«

»Ach so … Retinopathia Pigmentosa.«

»Genau … Retino … Und … ähm … Kann das eigentlich jeder kriegen?«

»Ja ... theoretisch schon ... Aber mach dir keine Sorgen, Josch. Ich bin mir ziemlich sicher, dass du nicht blind wirst.«
»Pfff ... So war das doch nicht gemeint ... War das jetzt 'ne blöde Frage?«
»Geht so.«

Mein Schlüsselbund wurde auch im Laufe des Abends nicht mehr gefunden und Frau Langenbach, meine Nachbarin, konnte ich auch nicht erreichen.

Sicher, ich hätte es beide Male etwas länger klingeln lassen können, aber eigentlich hoffte ich, dass Maria mir im Laufe des Abends anbieten würde, bei ihr zu übernachten.

Ich weiß nicht genau, was das ist, zwischen uns. Worauf es hinauslaufen soll. Neulich hat sie einmal gesagt, dass sie den Klang meiner Stimme mag. Weil da anscheinend so viel mitschwingen würde. Und dass sie sich freue, mich kennengelernt zu haben.

»Nein, ich bin nicht einsam«, antwortet Maria auf meine Frage.

Wir sitzen auf ihrem kleinen Balkon. Es ist Nacht geworden, und da der Himmel bewölkt ist, kann man weder Mond noch Sterne sehen. Der Wind trägt frische Seeluft zu uns herüber. Ich fühle mich wohl hier. Sie hat Blumen auf dem Tisch, in der Ecke steht eine große Engelstrompetenpflanze und an dem Balkongeländer hängen Blumenkästen mit Geranien. Optik interessiert sie nicht, aber wenn es nach Sommer duftet, das mag sie.

Die meiste Zeit redet Maria. Obwohl ich befürchte, zu wenig von mir preiszugeben, und sie so einen falschen Eindruck von mir bekommt, schaffe ich es nicht, mich mehr in das Gespräch einzubringen. Ich habe Angst, sie mit Belanglosigkeit zu enttäuschen. In meinem Kopf ist es ganz wirr. Daher beschränke ich mich aufs Zuhören.

»Weißt du, Josch, ich bin eigentlich immer irgendwie allein. Also, auch wenn jemand da ist. Das ist so ein ganz besonderes Alleinsein. So ein Allein-in-mir-Sein. Das meine ich aber jetzt nicht negativ. Klingt wahnsinnig pathetisch, stimmt's? Also, bitte nicht falsch verstehen. Das ist, weil ich …, also, wie soll ich das erklären …? Ich kann ja nicht in die Weite sehen. So. Also bin ich immer irgendwie bei mir, verstehst du? Auch wenn ich zum Beispiel auf ein großes Pop-Konzert gehe oder so. Da höre ich Tausende Menschen, spüre die Wärme ihrer Körper, rieche sie und das alles … Aber all das ist außen. Und da ich nichts davon sehe, kann mich nichts ganz von meiner Mitte ablenken. Is' ja logisch, dass ich mich heute viel mehr als Mittelpunkt von allem sehe, als noch zu der Zeit, als ich nicht blind war.«

Sie hält kurz inne, überlegt, und bevor sie weiterspricht, nippt sie an ihrem Rotwein. »Hm … Ich bin oft allein, ja. Aber um einsam zu sein, bin ich viel zu neugierig – auf ein Konzert, die Wärme der Körper, den Geruch meiner Umwelt. Verstehst du, was ich meine? Fühlst du dich manchmal auch allein, Josch? Kennst du das?«

»Nee … Bei mir … bei mir ist das alles eher umgekehrt.«

»Wie meinst du das?«

»Na, im Gegensatz zu dir kann ich alles sehen. Außerdem bin ich fast nie allein, weil ich ständig arbeite. Aber trotzdem bin ich dabei fast immer einsam. Ob jetzt Leute um mich rum sind oder nicht, ist mir ehrlich gesagt eigentlich egal. Also, das ändert jetzt nichts an dem Zustand, mein ich …«

»Josch?«

»Hm?«

»Sei mir bitte nicht böse, aber du nervst mich mit deinem Selbstmitleid.«

»Weißt du, was? ... Es nervt mich selbst.«

»Dann tu was dagegen.«

»Ich kann nicht.«

»Warum nicht?«

Maria schlägt die Beine übereinander, wobei der Rock ihres grünen Kleidchens ein wenig nach oben rutscht und den Blick bis kurz vor ihren Schoß freigibt.

»Auf welchem denn?«, frage ich.

»Auf welchem was?«

»Auf welchem Pop-Konzert du warst?«

»Du bist echt 'ne Nummer«, lacht sie, fährt sich mit der Hand durch die Haare, um anschließend ihren Rock wieder zurechtzuzupfen.

Später beziehen wir gemeinsam ihr Schlafsofa.

6.

Maria schlief noch, als ich ging. Heute hat sie frei. Neben den Stadtführungen, die sie veranstaltet, jobbt sie seit diesem Frühjahr zusätzlich noch in einem Callcenter.

Ihre Aufgabe besteht hauptsächlich darin, Anrufern einen Abschleppwagen zu schicken, wenn die eine Autopanne haben oder sonst Hilfe brauchen.

Wenn ich ehrlich bin, hätte ich nichts dagegen, wenn die Nachbarin und mein Schlüssel noch eine weitere Nacht unauffindbar bleiben würden.

Ich kann nicht genau sagen, was mich stört, als ich die Eingangshalle der Therme betrete, aber irgendwas stimmt hier heute nicht.

Seltsam, es kommt mir vor, als wäre das Licht verändert.

»Herr Andersen? Josch Andersen?«

»Ja?« Ich drehe mich um.

»Mein Name ist Dannenberg, Kriminaloberkommissar, und das ist meine Kollegin Frau Hauser. Kripo.«

Bevor ich mich fragen kann, woher die Beamten gerade aufgetaucht sind, werden mir Ausweise gezeigt, und es wird seltsam gelächelt. Wie im Film.

»Ja, ähm … was …?«

»Wir würden uns gern mit Ihnen unterhalten. Geht das?«

Sie sind freundlich und leise. Der Kommissar wirkt müde, seine Kollegin nicht.

»Ja, klar. Natürlich. Und, ähm … wieso, also … wie kann ich Ihnen weiterhelfen?«

»Wollen wir das denn nicht lieber draußen besprechen? Oder wenn Sie mögen, können Sie unsere Fragen auch in dem Büro Ihrer Vorgesetzten beantworten. Wir haben uns eben schon mit Frau Schreiber unterhalten können.«

Mit einer beiläufigen Geste zeigt Herr Dannenberg auf meine Chefin, die normalerweise jetzt, um kurz nach halb sieben, noch gar nicht hier sein sollte. Sie steht etwas abseits in der Nähe des Kassenraums und verfolgt skeptisch die Szene. Ich meine sogar, etwas Ängstliches in ihrem Blick erkennen zu können. Das beunruhigt mich am meisten.

»Lieber raus. Also, ich meine … draußen wäre es mir lieber«, sage ich.

»Gut, wie Sie möchten.«

Auf dem Vorplatz, neben dem kleinen Thermalspringbrunnen, kommen wir zum Stehen.

»Worum geht es eigentlich?«

Ich richte meine Frage bewusst an die Kollegin des kräftig gebauten Kriminalbeamten. Sie hat zwar bisher noch nichts gesagt, trotzdem ist sie mir wesentlich sympathischer. Auch dieses Mal spricht nur Herr Dannenberg, während Frau Hauser mich mit keinem Wimpernschlag aus den Augen lässt.

»Uns liegt eine Vermisstenanzeige vor. Sie kennen Leonie Senftenberg?«

»Klar, kenn ich … Wie, Leonie? Vermisst? … Was soll das denn heißen?«

»Das soll heißen, dass sie gestern Abend nicht nach Hause gekommen ist. An sich ist das bei Jugendlichen in ihrem Alter nichts Ungewöhnliches. In den meisten Fällen tauchen die Kinder im Laufe des nächsten Vormittages wieder auf. Aber wir müssen dem natürlich dennoch nachgehen.«

Der Kommissar macht eine Pause. Wartet, ob ich nicht doch irgendetwas zu sagen habe. Habe ich aber nicht. Er lächelt trotzdem.

»Leonies Mutter sagte uns, dass sie ihre Tochter seit gestern Morgen nicht mehr gesehen hat. Sie vermutet aber, dass sie nachmittags hierher wollte. Wie an jedem Tag ihrer Schulferien.«

»Ja, das stimmt ... Sie war hier. Wir haben uns noch unterhalten.«

»Wann war das?«

»So kurz nach halb vier. Zum Ende meiner Schicht. Ich war gerade auf dem Heimweg.«

Plötzlich wundere ich mich darüber, dass der Springbrunnen aus ist. Scheint kaputt zu sein. Wahrscheinlich ist die Pumpe wieder defekt. Ich sollte Günther Bescheid geben. Günther ist der Mann für so was ...

Und dann spüre ich kalten Schweiß auf meiner Haut.

»Sagen Sie, wie würden Sie denn Ihr Verhältnis zu Leonie beschreiben?«

Zum ersten Mal spricht die junge Kommissarin. Ihre Stimme klingt herb und viel dunkler, als ich es erwartet habe.

»Wir sind Freunde.«

»Freunde?«, hakt sie nach.

Frau Hauser versucht sachlich zu wirken.

Und genau in diesem Augenblick entkommt meinem Unterbewusstsein dieser furchtbare Gedanke. Was sich vor mir auftut, dreht mir schlagartig den Magen um. Ein Gedanke, den man gar nicht denken darf. Den man nicht ausspricht.

»Kommen Sie mit ... Kommen Sie!«, platzt es aus mir heraus, und bevor die Kommissare reagieren können, bin ich schon fast wieder zurück im Hauptgebäude. Im ersten Moment denkt Kommissarin Hauser bestimmt, ich will die Flucht ergreifen, so unvermittelt, wie ich plötzlich wegrenne. Pfeilschnell holt sie auf, wird zu meinem Schatten, während ihr Kollege Mühe hat uns zu folgen.

»Was ist denn jetzt los ...? Meine Güte ...!«, höre ich ihn hinter uns her schnaufen.

Die Tür zum Sport-Taucherraum ist tatsächlich unverschlossen. Ich will es nicht beschwören, aber ich glaube, eine der Taucherausrüstungen fehlt. Kurz darauf findet Frau Hauser Mädchenkleidung und ein paar Sandalen hinter den Ständern, in denen die Sauerstoffflaschen stehen. Ich bin mir fast sicher, dass es Leonies Klamotten sind. Die, die sie gestern anhatte. Wem sollten sie sonst gehören? Neben der Tür an der Pinnwand hängt der Kursplan der Tauchergruppe. Was für ein Tag war gestern? Ich kann mich nicht konzentrieren. Meine Finger zittern, als ich über den Plan streiche. Meine Vermutung stellt sich als richtig heraus. Gestern hat kein Kurs stattgefunden.

Was hast du nur angestellt, Leonie?

Sie muss mir meine Schlüssel geklaut haben. Während unseres Gesprächs gestern. Vielleicht habe ich meinen Schlüsselbund auf dem Tisch liegen lassen. So muss es gewesen sein. Und nach Thermenschließung, nach 22 Uhr, muss sie noch einmal hierhergekommen sein. Oder sie ist gleich hiergeblieben und hat sich irgendwo versteckt. Leonie kennt jeden Winkel dieses Schwimmbads. Kurz nach Thermenschließung schalten sich die Überwachungskameras aus. Auch das weiß sie. Frau Schreiber steht plötzlich im Raum. Mir ist schlecht und ich habe das Gefühl, nicht alles mitzubekommen, was besprochen wird. Das irritiert mich, denn ich stehe ja genau daneben. Die Beamten legen Frau Schreiber nahe, die Anlage heute Vormittag für den Publikumsverkehr geschlossen zu halten.

Plötzlich überschlagen sich die Ereignisse.

Ines, unsere Azubi, hat soeben meine Schlüssel in der geöffneten Eisentür entdeckt. Diese Tür hat den Zweck, Unbefugten den Zugang über die Brücke zum See, beziehungsweise vom See aus auf das Thermengelände, zu verwehren.

Sofort wird eine großangelegte Suchaktion eingeleitet.

Der Uferbereich rund um die Therme wird weiträumig abgesperrt. Leonies Eltern werden benachrichtigt.

Ihre Mutter identifiziert die aufgefundene Kleidung zweifelsfrei als die ihrer Tochter.

Ich bete. Den ganzen Tag über. Jeder erfolglose Tauchgang der Rettungskräfte gibt Anlass zur Hoffnung. Hoffnung, dass es anders gekommen sein muss. Dass sie nur abgehauen ist, als ihr klargeworden ist, was sie da angestellt hat. Dass sie nun voller Reue und schlechtem Gewissen den Tag mit einer Schulfreundin verbringt und gleich wieder um die Ecke geschlendert kommt. Aber ohne Kleider? In Taucherausrüstung? Das ist nicht logisch. Zu logischem Denken bin ich aber nicht mehr fähig. Es muss eine Alternative geben. Es muss!

Vielleicht will mir Leonie einfach nur eins auswischen? Einen bösen Streich spielen? Aufmerksamkeit erzwingen? Von mir aus auch Liebe.

Und das alles nur, weil ich ihr gestern einen Korb gegeben

habe? Ich war nicht fair zu ihr gewesen und jetzt rächt sie sich an mir. Ganz bestimmt. So muss es sein. Sie will mir nur klarmachen, wie wichtig sie mir eigentlich ist.

Den ganzen Tag über versuche ich mich mit solchen Gedanken zu trösten. Dutzende Male versuche ich, sie auf ihrem Handy zu erreichen. Anfangs spreche ich ihr noch auf die Mailbox. Flehe, schimpfe, beschwöre sie, sich doch bitte bei mir zu melden. Später lasse ich es nur noch klingeln. In jeder Pause zwischen den Freizeichen stockt mir der Atem, weil ich jeden Augenblick damit rechne, dass sie rangeht. ›Na, Josch, Schiss gekriegt?‹ Gegen Abend bekomme ich zufällig mit, dass ihr Handy längst in ihrer Hosentasche gefunden wurde.

Ihre Eltern würdigen mich keines Blickes. Niemand spricht mit mir. Ich stehe den ganzen Tag nur rum. Drücke mich von einer Ecke in die andere. Die Kollegen gucken komisch. Manche tuscheln. Sehen in meine Richtung. Ich habe ständig das Gefühl, dass mich einer der Polizisten im Auge behalten soll. Natürlich denke ich keine Sekunde darüber nach zu gehen, aber ich spüre auch, dass sie mich in dieser Situation wahrscheinlich gar nicht gehen lassen würden. Keiner richtet ein klares Wort an mich. Ich habe nichts getan. Das weiß ich, dennoch spüre ich diesen Druck auf meiner Brust. Unbändige Sorge und diese Leere in mir.

Eine Leere, die normalerweise nur durch dieses gefräßige Gefühl der Schuld hinterlassen werden kann.

Das Einzige, was mir bleibt, ist die Hoffnung. Aber irgendwann hilft auch die mir nicht mehr weiter. Auch ihren Eltern nicht. Auch nicht der Belegschaft, die geschlossen nach der Frühschicht geblieben ist, nicht dem Rettungsteam, der Polizei und auch nicht den zahlreichen Schaulustigen, die sich im Laufe des Nachmittags hinter dem Absperrband versammelt haben. Alles Bitten und Flehen, alles Bangen und Beten – es wird nicht erhört.

Um kurz vor 21 Uhr, wenige Minuten bevor die Suche abgebrochen werden soll, kurz bevor die Hoffnung noch eine Nacht hätte weiterleben dürfen, wird Leonies Leiche von Tauchern der Wasserschutzpolizei geborgen und an die Wasseroberfläche gehievt.

7.

»Das Tagebuch, Josch, das Frau Senftenberg uns von ihrer Tochter ausgehändigt hat – es ist voller Kleinmädchenschwärmerei für Sie. Haben Sie dafür eine Erklärung?«

»Wie ... wie soll ich das erklären? Wir mögen uns ... wir ...«

»Was da drinsteht, in dem Buch, das geht aber über ... normales Mögen hinaus. Hier geht es eindeutig ... um Phantasien, die ...«

»Hören Sie auf! Ich kann das jetzt nicht hören. Das ist widerlich«, unterbreche ich den Kommissar. »Was ... was wollen Sie von mir? Für wen oder was halten Sie mich?«

»Das tut nichts zur Sache, Josch. Wir müssen Sie mit den hier gegebenen Tatsachen konfrontieren.«

»Ist mir egal, was Sie müssen. Ich bin müde. Es ist nach Mitternacht ... Ich kann gar nicht ... Ich begreife noch gar nicht, was da passiert ist.«

»Was denken Sie, wie sich jetzt wohl Leonies Eltern fühlen? Was glauben Sie? ... Müdigkeit ist hier nicht das schlagende Argument. Also ... es wäre schön, wenn Sie uns auch ihretwegen bei der Aufklärung unterstützen würden.«

»Was soll ich denn machen? Herrgott nochmal. Was soll ich denn da aufklären? Das ist doch Ihre Aufgabe. Ich kann ... ich kann nichts machen.«

»Doch. Bestimmt können Sie uns helfen zu verstehen, was da ... und vor allem, warum es passiert ist?«

»Ich weiß es nicht.«

»Josch, Ihre Arbeitskollegen äußerten sich uns gegenüber unter anderem so, ich zitiere: ›Die beiden waren wie unzertrennlich‹, ›Anfangs fand ich das auch noch komisch, aber dann habe ich mich an den Anblick gewöhnt‹, ›Ich dachte erst, er wäre ihr Vater‹ und ›Ja, gestern hat sich Josch irgendwie komisch verhalten.‹«

»Ich war nicht komisch. So ein Blödsinn. Wer erzählt denn so was ...?«

»Josch, Sie müssen weder laut werden, noch müssen Sie sich angegriffen fühlen ...«

»Ach ...«

»Heben Sie doch bitte den Kopf, wenn wir mit Ihnen sprechen. Ich würde Ihnen gerne in die Augen sehen ... Josch, wir wollen doch nur ausschließen, dass Sie irgendetwas mit der Sache zu tun haben.«

»Hab ich nicht!«, schreie ich den Kommissar an, ohne zu ihm aufzusehen. »Das habe ich Ihnen schon ein Dutzend Mal gesagt. Was wollen Sie eigentlich von mir?«

»Informationen. Das wollen wir. Informationen zu dem, was geschehen ist.«

»Ich hab Ihnen doch schon alles gesagt. Herrgott nochmal! Ich war die Nacht über bei Maria. Hab ich doch gesagt ... Bei Maria Schäfer.«

»Das haben Sie gesagt, ja.«

»Ja, also?!«

»Frau Schäfer hat das bestätigt. Sie hat aber auch gesagt, dass es das erste Mal gewesen ist, dass Sie bei ihr übernachtet haben.«

»Ja und? Das stimmt ja auch.«

»Was für ein Verhältnis haben Sie zu Frau Schäfer?«

»Was?«

»Ist Frau Schäfer Ihre Freundin?«

»Ja ... nein, sie ... keine Ahnung. Wir mögen uns.«

»Aha.« Die Kommissare sehen sich an.

»Sie haben bei Frau Schäfer übernachtet, weil Sie den Schlüssel zu Ihrer Wohnung verloren haben und weil Sie sie mögen. Richtig?«

»Ja.«

»Den Schlüssel, der dieses Unglück erst ermöglicht hat. Dass Sie den verloren haben, hatten Sie ein paar Stunden zuvor telefonisch den Kollegen von der Spätschicht gemeldet.«

»Ich hab den Verlust nicht gemeldet, ich hab die Kollegen gefragt, ob mein Schlüsselbund gefunden wurde, ja. ... Ja, und? Ist doch vollkommen normal. Ein ganz normaler Vorgang, oder nicht?«

»Doch, Josch, natürlich. Wir fassen ja auch nur zusammen.«

»Das tun Sie eben nicht. Sie werten. Sie urteilen, Sie verurteilen mich ...«

»Das versuchen wir nicht zu tun, Josch. Das hier ist nichts weiter als eine Zeugenbefragung ... Warum sind Sie nicht selbst noch mal zurück an Ihren Arbeitsplatz, um nach dem Schlüssel zu suchen?«

»Was ...? Ich ... So halt. Der würde sich schon wiederfinden, habe ich mir gedacht.«

»Aha ...«

Meine Faust schlägt auf den Tisch.

»Meine Güte, wie mich Ihr bedeutungsvolles Kommissar-Aha nervt, können Sie sich gar nicht vorstellen.«

Die Kommissare bleiben unbeeindruckt, aber mich kostet

dieses Aufbäumen die letzte Kraft. »Ich bin müde, ich weiß nicht mehr, was ich sagen soll ...«

»Auf unsere Fragen Antworten zu finden kann so anstrengend nicht sein. Anstrengend wird es nur, wenn man etwas zu verbergen hat. Aber das haben Sie doch nicht? Stimmt's, Josch? Oder etwa doch?«

»Ich hab nichts zu verbergen, verdammt nochmal. Wie reden Sie eigentlich mit mir?«

»Ich rede mit Ihnen, wie ich es für richtig und notwendig halte.«

»Ach ja? ... Die Art ... diese Art, wie Sie Ihre Fragen stellen ... die ist affig und ... und, und ... bescheuert. Das ... das ist ermüdend.«

Alles schmerzt.

»Jetzt hören Sie mir mal zu, Josch, es gilt noch nicht als ausgeschlossen, dass Sie während des Unfalls, falls es überhaupt einer gewesen ist, nicht auch anwesend waren. Die Leiche wird erst noch obduziert, und was dabei herauskommt, erfahren wir morgen Nachmittag. Sie haben Ihren Kopf noch nicht aus der Schlinge gezogen. Dafür bleiben zu viele Fragen offen. Ist Ihnen das klar?«

Der Ton des Kommissars wird schärfer. »Außerdem, und diese Tatsache gibt Ihnen in keinster Weise das Recht, sich so anzustellen: Selbst wenn Sie mit dem Unglück nichts zu tun haben sollten, tragen Sie zumindest eine nicht unerhebliche Mitschuld.«

»Was ...? Wieso das denn?«

»Weil Sie, nach unserem Wissen, überhaupt keine Qualifikation besitzen, die es Ihnen erlauben würde, Minderjährige oder überhaupt irgendjemanden zu einem Tauchgang mitzunehmen. Oder bin ich da falsch informiert, Josch?«

»Ich …«

»Josch, es handelt sich nur um eine Befragung. Das ist kein Verhör. Sie haben den Zeugenstatus. Sie sind kein Verdächtiger. Nur dass wir uns nicht missverstehen.«

»Meine Güte, ich … Ich kann aber nichts bezeugen. Was soll ich … Bitte … Hören Sie: Heute ist ein lieber … Mensch gestorben, ja. Ein Kind! Ich hab das Mädchen wirklich … sehr, sehr gern gehabt, ja? Und Sie … Sie versuchen mir Dinge zu unterstellen, die ich nicht getan hab, verstehen Sie?«

»Wir unterstellen Ihnen nichts, Josch.«

»Ich bin nicht müde, weil ich irgendwas zu verbergen hätte, sondern weil ich traurig bin. Weil sie … nicht mehr da ist. Weil ich gerade ein Kind, dass ich … dass ich sehr lieb habe, und zwar auf eine ganz saubere Art, auf eine völlig normale Art, ja … dieses Mädchen, das gestern noch für mich absolut … da war, das … das ist jetzt weg! Deswegen kann ich nicht mehr auf Ihre sinnlosen Fragen antworten. In Ihre Gesichter gucken. Deswegen kann ich jetzt nicht mehr. Ist das denn so schwer zu verstehen, verdammt nochmal? … Ich gehe jetzt nach Hause, ja? … Ist das in Ordnung? Ich geh jetzt … Ich kann einfach nicht mehr …«

»Stehen Sie unter Schock?«

»Ja, Sie Arschloch! … ich stehe unter Schock.«

»Ich verstehe.«

8.

Ich verlasse die Therme. Es ist still.

In meinem Kopf hingegen ist alles laut. Laut und schnell.

Meine Hände zittern. Zittern ist was Psychisches, habe ich gelesen. Man könne es einfach so abstellen. Ich weiß das schon lange, aber funktioniert hat es bei mir noch nie. Wahrscheinlich lässt sich meine Psyche nicht verarschen.

Mittlerweile stehen nur noch wenige Fahrzeuge auf dem Parkplatz. Das Technische Hilfswerk, die Taucheinheit, die Krankenwagen, Leonies Familie, das Personal, die Schaulustigen – alle weg.

Die Kripobeamten werden sich wohl noch abschließend mit der Chefin besprechen. In ihrem Büro brennt Licht und ihr Wagen steht noch hier.

Sie wird Entscheidungen treffen müssen. Kühle, diplomatische Entscheidungen. Das kann sie. Sie muss nun genau überlegen, wie sie sich zu verhalten hat. Ihre oberste Priorität wird sein, dass alles so bald wie möglich wieder seinen gewohnten Gang geht. Ruhe rein bringen, das ist ihre Devise.

Die Polizei hat mir angeboten, mich nach Hause zu fahren. Das will ich nicht. Ich laufe.

Mein Weg führt mich entlang eines Waldstücks, dann einer

Straße, vorbei am Casino, dem einzigen Ort, an dem um diese Uhrzeit noch was los ist, dann über die Brücke – noch eine Straße, eine gute halbe Stunde, dann bin ich zu Hause.

Mein Zuhause. Bei dem Gedanken muss ich lachen. Was ist das überhaupt?

Ich rieche das frische Moos neben mir.

Vor ziemlich langer Zeit, ich muss etwa in Leonies Alter gewesen sein, da habe ich mal in diesem Wald ein verletztes Rotkehlchen gefunden. Der Flügel war gebrochen und es piepte pausenlos vor sich hin. Ich wusste nicht, was ich tun sollte. Es würde nicht überleben, das war mir klar. Aber es einfach da liegen und leiden lassen, wollte ich auch nicht.

Damals nahm ich den erstbesten Stein in die Hand und zielte auf den Kopf des Vogels. Das kleine Wesen versuchte verzweifelt und vergebens, sich mit dem intakten Flügel vorwärtszubewegen. Von mir weg.

Ich warf den Stein. Im ersten Moment dachte ich, er wäre tot. Aber ich hatte nicht fest und nicht genau genug geworfen. Nach einer Schrecksekunde, war ein zartes und hauchiges Fiepen zu hören. Ein schmerzender Atemzug. Ein klagender Ton, den man von so einem Tierchen gar nicht erwarten würde. Der Körper bewegte sich zwar nicht mehr, aber es zuckte unkontrolliert mit dem Köpfchen. Aus dem Auge rann Blut. Ich wollte ihm nicht noch mehr Leid zu fügen.

Ich hatte noch nie die Absicht, jemanden zu verletzen.

Es passiert mir einfach.

Dr. Sauer sagt das auch. Er meint, er weiß, woran es liegt. Warum es passiert und woher es rührt. Dass das nur die Äste seien, sagt er, aber die Wurzel, die sei krank. Da müsse man ran. Die müsse man behandeln. Aber das brauche Zeit und Energie und den Willen weiterzugeben, sagt er. Aufmachen, alle Deckel von den Töpfen nehmen, zurückgehen, dahin, wo es weh tut.

Das sagt Dr. Sauer.

In weniger als sechs Stunden beginnt meine Schicht. Keiner hat von Beurlaubung gesprochen.

Heute wird viel los sein. Samstag. Es soll heiß werden.

Es wird in der Zeitung stehen. Der fette Tourist wird sich am Bauch kratzen, sich die Sonnencreme ins Gesicht schmieren und seine fette Frau wird aus der Zeitung vorlesen, dass hier gestern die vierzehnjährige Leonie gestorben ist, und der fette Tourist wird sagen ›Schrecklich‹ und seine Frau wird sagen ›Ja, schrecklich.‹ Und eine Stunde später beschließen sie, ins Bistro rüberzugehen, um sich zwei Jägerschnitzel mit Pommes zu bestellen.

Schweine essen Schweine.

Ich bin so lange auf dem Tier herumgetreten, bis ich mir ganz sicher war, dass ich jeden Knochen, jeden Lebenswillen unter meinen Füssen zertrümmert hatte.

Dann war es still.

So still wie jetzt.

Mir wird schwindelig.

Ich brauche einen Punkt, auf den ich mich konzentrieren kann.

Auf der Beerdigung meines Vaters hat Louis seinen ersten Anzug getragen. Die ganze Zeit hatte er unsicher an seinem Jackett herumgenestelt. Er hatte nicht gewollt, dass seine Mutter weint. Verzweifelt hatte er unaufhörlich ihre Hand gestreichelt und in ihr trauriges Gesicht gestarrt.

»Louis, siehst du den Spatz da oben?«, hatte ich ihm ins Ohr geflüstert.

»Wo?«

»Na, da! Da, oben. Über dem Balken, ganz rechts.«

»Ah, ja. Ich sehe ihn.«

»Das ist bestimmt der Opa. Der hat die Gestalt von dem Spatz angenommen und guckt uns hier zu.«

»Glaubst du echt, Papa?«

»Ja, mein Großer. Das glaube ich echt.«

»Ich glaube das auch.«

Seine Mutter hatte versucht, uns zuzulächeln, und das war der glücklichste Moment auf der Beerdigung meines Vaters gewesen.

In dieser ganzen Unheimlichkeit hatte er einen Punkt, auf den er sich konzentrieren konnte. Den Großvater-Spatz.

Ich bin haltlos. Ich brauche jemanden, der mich hält. Ich habe das Gefühl zu fallen.

Als sie realisiert hat, dass es kein Entkommen mehr gibt, was hat sie da gefühlt?

Ich sehe dich, Leonie. Wie du mir zulächelst, dabei hast du nur ganz selten gelächelt. Ich sehe, wie du ins Wasser springst, dabei kann ich mich kaum daran erinnern, dich jemals springen gesehen zu haben. Ich sehe dich, wie du zu mir sprichst, aber ich kann dich nicht hören.

Gleich. Gleich bin ich zu Hause. Endlich.

9.

Piep.

»Guten Morgen, Maria. Ja, ich bin's … Josch. Du bist wahrscheinlich gerade bei der Arbeit. Also … das muss alles ziemlich verwirrend für dich gewesen sein … Das mit der Kriminalpolizei und den Fragen und alles … Also, Fakt ist, dass … dass sie tot ist, das Mädchen, Leonie, meine … Bekannte. Sie ist ertrunken. Beim Versuch zu tauchen. Genaueres weiß man noch nicht … und … ähm … ja, es gab da viele Fragen. Eben auch an mich, und da musste ausgeschlossen werden, dass ich irgendwas damit zu tun habe. Habe ich aber nicht. Also, nicht direkt, aber vielleicht … Ja, ich weiß nicht, wie lange du heute noch arbeitest, und ich … weiß gar nicht, ob ich selbst noch zur Arbeit muss, oder … nicht. Aber vielleicht würde ich heute Abend gerne mal vorbeikommen … bei dir. Das würde ich gern … Geht das? Also, dann vielleicht bis später … und … entschuldige, dass ich dich gestern nicht zurückgerufen habe. Das war nicht fair. Entschuldige.«

10.

Eben aufgestanden, kaum geschlafen, mit einer Tasse Kaffee in der Hand, stehe ich vor dem Küchenfenster. Draußen macht alles den Eindruck, als wäre es ein ganz normaler Morgen nach einer völlig gewöhnlichen Nacht.

Vor der offenen Haustür des Studentenwohnheims gegenüber steht ein Postfahrrad. Eine junge Frau, wahrscheinlich wohnt sie in dem Haus, vielleicht war sie gestern auf einer Party, hat einen netten Jungen kennengelernt, getanzt, getrunken und heute morgen lange ausgeschlafen, sonnt sich mit geschlossenen Augen in der wärmenden Morgensonne.

Eine junge Mutter mit Einkaufstüten in den Händen eilt an meinem Fenster vorbei. Ohne sich umzusehen, fordert sie ihr Kind auf, schneller zu laufen. Der Junge sieht mich an und statt sich zu beeilen, bleibt er stehen und winkt mir freudestrahlend zu.

Ich muss schlucken.

Bevor ich zurückwinken kann, beschäftigt sich der kleine Trödler aber schon mit dem Hund meiner Nachbarin, der ihm gerade kläffend entgegengesprungen kommt. Sein Frauchen entdeckt mich, lächelt und fordert mich gestisch auf, das Fenster zu öffnen.

»Hallo, Josch. Ich hab gesehen, Sie haben gestern ein paarmal versucht, mich zu erreichen. Ich war den ganzen Tag unterwegs. Was war denn? Ist alles in Ordnung?«

»Ja … Es … Ich hatte nur meinen Schlüssel verlegt.«

Als ich pünktlich zu meinem Arbeitsbeginn den gläsernen Schwimmmeisterraum betrete, verstummen die Kollegen der Frühschicht. Die beiden wissen nicht recht, wie sie mit mir umgehen sollen. Damit stehen sie nicht alleine da.

»Josch.« Günther, der Dienstälteste unter uns Schwimmmeistern, sucht nach den passenden Worten. »Wir waren uns nicht sicher, ob du heute kommen würdest. Ja, weil … die Chefin hat dich zwar nicht ausgetragen, aber ähm … ja, wir wussten eben nicht, wie du so drauf bist.«

»Jetzt bin ich ja hier.«

Ich lege mein Handy vor mir ab und mache mein Schlüsselbund mit einem Karabinerhaken am Gürtel fest.

Andreas. Der Jüngste von uns. Ein Kollege, der erst vor ein, zwei Jahren aus einem noch kleineren Kaff hierhergefunden hat. Der mir von allen bislang der Fremdeste geblieben ist. Seine Finger trommeln nervös auf den Tagesprotokollen herum.

»Ja … hör mal, wir wissen ja nicht genau, was da passiert ist«, druckst Günther herum, »aber jedenfalls ist das 'ne ziemlich schreckliche Angelegenheit.«

Mir fällt auf, dass Andreas Probleme damit zu haben scheint, mich anzusehen.

»Alles gut, Andi?«, fordere ich ihn auf.

Er zuckt leicht zusammen. Dann dreht er sich energisch zu mir um, starrt mich an und entscheidet sich dann aber doch nur für ein langsames Nicken.

»Sag mal, Andi«, frage ich ihn so ruhig wie möglich, »hast

du vielleicht der Polizei erzählt, ich wäre an dem Tag komisch gewesen?«

Ihm ist nicht wohl in seiner Haut. Mir auch nicht. Es nervt mich, dass ich ausgerechnet heute zum ersten Mal Ähnlichkeiten zwischen uns feststellen muss.

»Oder warst du etwa derjenige, der gemeint hat, dass mein Verhältnis zu Leonie irgendwie seltsam war?«

Andreas sieht aus dem Fenster in Richtung der Thermalbecken. Er versucht sich zu sammeln. Schließlich wendet er sich mir wieder zu. Bevor er aber etwas sagt, steht er plötzlich auf und verlässt fluchtartig das Büro.

»Was ist dein Problem? Komm, raus damit!«, rufe ich ihm nach. Aber statt mir zu antworten, geht er aus der Halle, ohne sich noch einmal nach mir umzusehen.

»Nimm's nicht persönlich, Josch. Wir sind eben alle noch ein bisschen durch den Wind. Wegen der Polizei und den Fragereien und so. Ich mein … ausgerechnet dieses Mädchen.«

»Leonie.«

»Ja eben, ausgerechnet … Leonie.«

»Gab's sonst noch was?«, frage ich kühl.

»Was …?«

»Ob's heute hier sonst noch was gab? Übergabe.«

»Nee, alles wie immer. Also, ich meine …«

»Schon gut, Günther. Na, dann … schönen Feierabend.«

Günther sieht mich an und ich entkomme seinem Blick, indem ich mich an den Schreibtisch setze.

»Mach's gut, Josch«, sagt mir Günther in den Rücken.

Ich spüre, wie er zögert, bevor er mir auf die Schulter klopft. Als Nächstes höre ich die eiserne Wendeltreppe knarren, die in die Katakomben der Therme führt. Neben der Wassertechnik und einigen Büros befinden sich dort auch die Umkleideräume für die Angestellten.

Ich atme tief durch.

Dennoch, es ist gut, dass ich hier bin. Das spüre ich.

Ich blicke auf die Rasenfläche, die aussieht wie ein Flickenteppich, voller verschiedenfarbiger Handtücher, mit und ohne Mensch darauf, und entdecke unter ihnen einen unserer Stammgäste. Frau Erlenbach scheint sich langsamen Schrittes Richtung Bistro zu schleppen. Weder ihre sonnengegerbte Haut noch die modische Badetasche, die sie scheinbar lässig über die Schulter hängen lässt, und auch nicht ihr weißer Sonnenhut können von ihrer gekrümmten Körperhaltung ablenken. Ich weiß um die Operationsnarben, die mittlerweile ihren ganzen Körper bedecken. Von den Schmerzen ihrer Gelenke, die nun nach jahrzehntelangem Dienst ihren Tribut fordern.

Ich sehe rüber zum Nichtschwimmerbecken. Selbst durch die Scheiben des gläsernen Bürowürfels höre ich gedämpft das Jauchzen der Kinder, den Befehlston der Mütter und das Grölen der Jugendlichen.

Das Wasser ist voller Menschen.

Menschen sind voller Wasser.

Wir bestehen zu neunundneunzig Prozent aus einfachsten Wasser- und Kohlenstoffverbindungen. Das ist Fakt. Was da im Wasser schwimmt, ist nicht viel anders als das Wasser selbst. Was ist dann ein Leben wert?

Meine Gedanken werden durch das viel zu leise Piepsen des Telefons gestört. Ich spiele mit der Idee, es zu überhören. Ich ahne, wer mich sprechen will. Als ich den Hörer abnehme, sehe ich zu ihrem Büro hoch.

Die Chefin steht vor der raumhohen Fensterverglasung und sieht mich an, während sie mich zu sich bittet.

11.

»Beurlauben wollte sie mich. Bis Gras über die Sache gewachsen sei. Was für ein Scheißsatz. Hat mich wahnsinnig aufgeregt. Zum Glück konnte ich mich einigermaßen zusammenreißen. Und am Ende habe ich sie doch davon überzeugen können, mich einfach weiter arbeiten zu lassen.«

»Warum denn? Warum gönnst du dir denn nicht die Auszeit?«

Maria nimmt die Decke von ihren Beinen und deckt auch mich damit zu.

»Weil ich dann den ganzen Tag, ohne die geringste Ablenkung, um diesen einen Gedanken kreisen würde.«

»Verstehe ... Hat die Polizei sich noch mal gemeldet?«

»Ja. Sie ... also, die haben Leonies ... also ... ihren Leichnam, der wurde mittlerweile aufgemacht ... Wie heißt das noch mal?«

»Obduziert.«

»Ja genau, obduziert. Alle Vermutungen haben sich bestätigt. Der Unfallhergang ist so gut wie aufgeklärt. Sie ist ertrunken. Die haben gesagt, dass sie jetzt ein Verbrechen mit ziemlicher Sicherheit ausschließen können, aber ... dass ich mich trotzdem für weitere Fragen zur Verfügung halten soll.«

»Und wie geht's dir jetzt?«
»Weiß nicht ... Nicht gut. ... Und dir?«
»Ich mache mir Sorgen um dich, Josch.«
»Musst du nicht ... Ich krieg das hin.«

Angezogen liegen wir nebeneinander auf ihrem Schlafsofa und starren ins Dunkel.

Nachdem ich hier übernachtet habe, hat Maria alles unberührt gelassen. Bevor ich heute Abend nach meiner Schicht zu ihr gekommen bin, hat sie das Bett gemacht und die Decke schön aufgeschlagen. Als wenn das jetzt mein fester Platz bei ihr wäre.

Es muss schon nach Mitternacht sein.

Endlich entspanne ich mich ein wenig. Der Rücken tut weh. Ich habe wenig geschlafen in den letzten Nächten.

Wenn ich die Augen schließe, dreht sich alles.

Wie früher.

»Willst du nicht vielleicht was völlig anderes machen? Eine Umschulung? Weg vom Wasser? Ganz neu anfangen?«

»Ich kann nichts anderes.«

»Blödsinn. Natürlich kannst du«, insistiert sie.

»Ja, aber ich ... Also ... einerseits hasse ich ja dieses ganze Schwimmmeisterding, aber andererseits ...«

Ich reibe mir die müden Augen. In der Dunkelheit weiß ich gar nicht, ob sie geöffnet oder geschlossen sind.

»In meiner Erinnerung war dann doch alles ganz okay ... Weißt du, die Erinnerung ist ... immer ein Stück weit erträglicher als die Gegenwart. Wie bei Zahnschmerzen. Im Moment selbst ziemlich unerträglich, aber in der Erinnerung ... in der Erinnerung waren sie dann doch nicht ganz so dramatisch.

Ja, und so ist es eben auch bei meinem Job. Weißt du, was ich meine?«

»Man muss sein Leben aber nicht immer nur rückblickend betrachten, Josch. Man kann zur Abwechslung ja auch mal nach vorne schauen.«

»Ich wollte das als Kind schon ... Bademeister werden ... Ich erinnere mich noch genau an den Tag, an dem ich das für mich beschlossen habe. Ich hab mich am Beckenrand festgehalten und ähm ... weil wir immer die ganzen Sommerferien im Schwimmbad waren, war es mir damals schon langweilig.«

Ich höre Maria schmunzeln. Das Erzählen tut mir gerade gut.

»Ich war, glaube ich, gerade dabei, vor lauter Langeweile die kleinen weißen Fliesen der Beckenumrandung vor mir abzuzählen, als ich plötzlich so ... Gesundheitsschlappen an mir hab vorbeigehen sehen. Bademeister sieht man ja meistens immer nur von unten. Aus dem Wasser heraus. Und diese Perspektive, so von unten, das ... das gibt denen so etwas Heldenhaftes ...«

Einfach drauflosreden. Nicht nachdenken, weiterreden.

»Der Schwimmmeister, den kannte jeder. Vor ihm hatten alle Respekt. Ob Alt oder Jung. Und Herr Ellegast, so hieß der nämlich damals, ist für mich noch immer der Inbegriff des Schwimmmeisters schlechthin.«

Ich werde ruhiger, bin aber immer noch zu schnell, zu nervös. Als wäre ich aus dem Takt.

»Ellegast hatte 'ne Halbglatze, war stets braungebrannt, auch im Winter, hatte kräftige, graubehaarte Hände und so ein schweres Silberarmband. Aber Herr Ellegast war überhaupt nicht prolethaft oder so. Er entsprach nicht dem Klischeebild von 'nem Bademeister. Im Gegenteil. Er strahlte so eine ganz besondere Ruhe aus und gleichzeitig hatte er seine Augen überall. Man hörte ihn nur ganz selten sprechen, aber immer wenn man sich umschaute, war er da und hatte einem im Blick ... Eine absolute Respektsperson. Das hat mir gut gefallen ... Das war so eine Form von Respekt, wie man sie als Kind nur noch vorm Nikolaus hat ... Kann alles, weiß alles, sieht alles und zusätzlich hat man noch 'n bisschen Angst vor ihm. Weißt du, was ich meine?«

»Du, ich glaube, ich kann mich sogar noch an deinen Herrn Ellegast erinnern. Ich kenn den ...«

»Echt jetzt, ja?«

»Ja. Nur dass der mich, glaub ich, damals nicht so beeindruckt hat wie dich. Ich wollte als Kind lieber Rennfahrerin werden oder Pilotin. Ich wollte raus, weit weg. Ich kann mich erinnern, dass mir alles um mich herum immer irgendwie zu eng war. Schneller sein als die anderen, das fand ich gut.«

»Und jetzt ...? Wie findest du's jetzt?«

»Dass das nicht geklappt hat? Ich hatte ja Zeit, mich darauf einzustellen. Die ersten Symptome sind aufgetreten, als ich knapp zehn war. Da hatte ich schon 'ne dicke Brille auf der Nase und das mit dem Pilotin-Werden, konnte ich da schon abhaken.«

»Hm ...«

»Die Diagnose, dass ich irgendwann mal blind sein würde, kam dann knapp zwei Jahre später. Ich hatte fast zwanzig Jahre Zeit, mich damit abzufinden. Statt davon zu träumen, Menschen von A nach B zu fliegen, musste ich mich immer mehr darauf konzentrieren, nicht ständig auf die Schnauze zu fliegen, weil ich irgendwelche Dinge übersehen hatte.«

»Du hast zwanzig Jahre lang gewusst, dass du irgendwann mal blind sein würdest?«

»Ja. Das kam alles nach und nach, und ich kann dir sagen,

diese Krankheit weiß sich zu genießen. Sie lässt dich ziemlich lange zappeln, bis sie das Licht ausmacht. Erst wirst du nachtblind, dann wird alles um dich herum unscharf und das Gesichtsfeld schränkt sich immer mehr ein. So von außen nach innen. Bis du nach vielen … vielen Jahren nur noch durch einen ganz engen Tunnel gucken kannst. Die Netzhaut stirbt.«

»Okay …«

»Willst du was trinken?«

»Nein danke.«

»Wir sind beide ganz schöne Stimmungskiller, was?« Maria stößt mir leicht in die Seite und ich kann ihr Lächeln hören. Sie riecht gut. Moschus. Ungewöhnlich für eine Frau.

»Warum bist du allein? Ich meine … warum ist hier niemand? Eine Frau wie du? … Warum hast du keinen Freund?«

»Tja … Das Leben ist kein Wunschkonzert. Das weißt du doch selber.«

»Aber ich finde … du bist eine Frau, der man nicht so viele Wünsche ausschlagen kann.«

»Du Vogel.« Maria lacht leise. Als stünden wir auf dünnem Eis, das durch nichts zerbrochen werden will.

»Ich hatte einen Freund. Fünf Jahre her. Irgendwann hat er es wohl nicht mehr ausgehalten, eine Frau mit Behindertenausweis an seiner Seite zu haben. Ich war damals schon ziemlich lädiert … Aber weißt du, im Grunde genommen bin ich immer ein Vorzeigefall geblieben. Viele der Erkrankten bekommen Depressionen, manche bringen sich lieber um. Natürlich hatte ich auch meine traurigen Phasen, klar. Immer noch, immer wieder. Aber im Großen und Ganzen habe ich immer versucht, alles so positiv wie möglich zu nehmen.«

»Das tut mir leid.«

»Was? Dass ich versuche, alles positiv zu nehmen?«

»Nee ... Es tut mir leid, dass du niemanden gefunden hast, der diese Einstellung mit dir teilt.«

Schweigend scheint sie diesem Gedanken einen Moment nachzuhängen, dann sagt sie: »Weißt du eigentlich, warum ich so gerne zu euch ins Schwimmbad komme?«

»Weil du das Vom-Fünfmeterturm-Springen für dich entdeckt hast?«

»Ja«, lacht sie, »das auch. Aber am meisten liebe ich das Gegacker, das Gekreische und Gebrabbel der vielen Kinder. Bei euch gibt's den Sound in Dolby-Surround-Super-Stereo.« Maria legt sich auf die Seite und mir zugewandt, faltet sie die Hände unter ihrem Gesicht. Sie spricht leise und langsam. Das ist schön. Das beruhigt mich.

»Ich wollte auch immer Kinder. Eine eigene kleine Familie. Und das so schnell wie möglich. Ich hätte meine Babys einfach noch gerne gesehen, bevor ... Hm ... aber mein Problem wurde leider auch immer mehr zu seinem. Außerdem wurde er aggressiv ... Und wenn mir dann irgendwas passiert ist, also, ich gefallen bin oder etwas umgestoßen habe, dann hat er sich immer ziemlich aufgeregt. Er konnte sich nicht damit abfinden, dass es mit dem Sehen bei mir wohl bald vorbei sein würde ... Vielleicht brauchte er auch meine Augen, um mich lieben zu können. Vielleicht konnte er es nicht ertragen, nicht gesehen zu werden ... Tausend Gedanken habe ich mir darüber gemacht ... Jedenfalls, eines Tages hat er mich dann verlassen. Kurz und schmerzlos. Er ist sogar in eine andere Stadt gezogen. Anfangs haben wir noch telefoniert. Eines Tages hatte er plötzlich eine neue Nummer. Die hat er mir nicht mehr gegeben. Tja, das war's dann ... Man muss erst mal jemanden finden, der mit einer Blinden eine Familie gründen will.«

»Das wirst du schon noch.«

»Ach, Josch ...«

»Nein, ich glaube wirklich, dass da noch jemand kommt. Ganz sicher.«

Wir schweigen einen Moment, und ich merke, wie ich wegnicke, und plötzlich befinde ich mich wieder auf dieser Schräge, von der ich drohe, hinunterzurutschen. Mein Körper zuckt heftig zusammen.

»Huch ...«, auch Maria erschrickt, »eingeschlafen?«

»Nee, ich weiß auch nicht ... nee, nee. Ich bin da ... Ich hör dir zu.«

Seit Jahren der gleiche Traum. Immer wieder verdränge ich ihn und immer wieder vergesse ich, Dr. Sauer davon zu erzählen.

Vergeblich versuche ich darin, auf dieser Schräge nach oben zu gelangen. Rechts und links von mir passiert auch irgendwas, an das ich mich aber nach dem Aufwachen nicht mehr erinnern kann. Alles in einer Art Zeitraffer. Je höher ich auf dieser Schräge komme, desto mehr nähern sich die Abläufe der Echtzeit an. Rutsche ich wieder zum Ausgangspunkt herunter, beschleunigt sich alles um mich herum. Das Schlimmste daran ist aber das Aufwachen. Mir dreht sich dann der Kopf und ich kann meinen eigenen Rhythmus nicht finden. Ich schalte dann immer den Fernseher ein, um wieder ein Gefühl für die reale Zeit und den normalen Ablauf der Dinge zu bekommen.

Keine Ahnung, was das soll.

»Willst du nicht lieber schlafen, Josch?«

»Nein, nein. Erzähl weiter ... Erzähl mir von dir. Das ist ... schön«, flüstere ich.

»Ach, nee. Ein paar Geheimnisse müssen wir uns doch noch aufheben, stimmt's?«

»Ja ... Wahrscheinlich«, antworte ich schlaftrunken.

»›Der Kummer, der nicht spricht, raunt leise zu dem Herzen, bis es bricht.‹ Das ist erstens Shakespeare und zweitens richtig.«

»Und drittens ist mir das gerade ein bisschen zu hoch für die Uhrzeit«, murmele ich.

»Schlaf gut.«

»Du auch, Maria ... Danke ... Danke für alles.«

Kaum, dass ich das gesagt habe, verschwimmen Raum und Zeit, und als ich das nächste Mal aufwache, liegt Maria nicht mehr neben mir. Hinter der Jalousie kann ich die Morgendämmerung erahnen. Ich denke an Leonie und dass sie viel zu selten gelächelt hat, atme tief durch und schlafe wieder ein.

12.

Alles war so einfach.

Ganz leise habe ich mich aus Marias Wohnung geschlichen und kurz darauf stand ich schon vor dem Haupteingang. Auf dem Vorplatz, unter einem der Steine des Springbrunnens ist ein Generalschlüssel für Notfälle versteckt. Ich ging hinein. Die gelblich-rote Notbeleuchtung warf meinen Schatten in den menschenleeren Korridor.

Irgendwo musste sie doch sein. Ich konnte sie spüren. Ich schloss die Augen und ließ mich lenken. Vielleicht in einer der Umkleidekabinen? So schnell ich konnte, schlug ich eine Tür nach der anderen auf. Ich wollte laut sein.

Nichts.

Vielleicht im Taucherraum.

Die Tür war ein Spaltweit offen. Vorsichtig, mit einer Fingerkuppe drückte ich die Türe auf, trat ein, entdeckte ihre Kleidung, ihre Spur.

Ich zog mich aus. Legte meine Kleidung gefaltet neben ihre, zog einen Neoprenanzug an, griff nach Flasche und Atmungsgerät und ging hinaus.

Ich war ihr ganz nah.

Durch das Panoramafenster sah ich sie. Ungelenk hantierte sie an dem Automatismus der Beckenverdeckung herum.

»Kriegst du es nicht hin?«

Erschrocken wirbelte es sie zu mir herum. Äußerlich ruhig stand ich in ihrem Rücken.

»Josch …!«, außer Atem vor Schreck. »Ich …«

»Eine der wenigen Dinge, die ich dir nicht gezeigt habe, stimmt's? Aber im Becken tauchen ist sowieso langweilig. Komm, wir gehen in den See.«

»Du bist nicht sauer?«, fragte sie ungläubig.

»Ich weiß doch, dass du die Dinge durchziehst, die du dir in den Kopf gesetzt hast, Leonie … Na, komm. Komm mit mir.«

Und ich gab ihr meinen Schlüssel, damit sie das Tor zur Brücke öffnen konnte. Den Schlüssel ließen wir stecken.

Wir tauchten ein.

Sie machte es gut. Sie hätte eine gute Taucherin werden können. Ihre großen Rehaugen blickten mich freudestrahlend an. Mit ihrer Taschenlampe leuchtete sie durch das dunkle Wasser. Nur der kleine helle Fleck über uns, die Spiegelung des Mondes an der Wasseroberfläche, durchbrach das schwarze Nichts. Ich setzte mich auf den Boden des Sees und beobachtete, wie sie bedächtig um mich herumschwamm. Wie sie den Untergrund befühlte, den Schlick durch ihre Hände gleiten ließ, die Fische beobachtete, die den Lichtkegel ihrer Lampe durchkreuzten. Alle Eindrücke sog sie in sich auf. Ihre Wissbegierde reizte mich, ihr Durst nach Emotionen. Wie ein Gefäß, das danach lechzte, gefüllt zu werden.

Ich wusste, dass sie nicht auf den Füllstand ihrer Flasche achten würde. Gut, dass ich da war, dachte ich noch und schwamm zum Licht. Sie hatte sich so weit entfernt, dass ich sie nur noch am Schein ihrer Lampe orten konnte. Ich gab ihr Zeichen aufzusteigen.

Sie sah glücklich aus.

An der Wasseroberfläche nahm sie ihr Atemgerät aus dem Mund. »Ich hab so viele Ideen. Am liebsten würde ich gleich noch mal runter.« Ich sah ihr in die Augen. Sie hatte noch die Brille auf. Ich lächelte sie an.

»Josch?«, fragte sie erstaunt, bevor ich sie unter Wasser drückte, nicht ohne ihr vorher das Mundstück aus der Hand zu reißen.

Beim Untertauchen hält die Person den Atem an. Das gelingt ihr etwa eine Minute lang. Dann sorgt ein Reflex für zwanghafte Atembewegungen, durch die Wasser in die Lunge gepumpt wird. Dabei verbindet sich die Atemluft mit dem Wasser und bildet Schaum in der Lunge. Die Lungenbläschen fallen zusammen und es entsteht akuter Sauerstoffmangel.

Anfangs wehrte sie sich noch, schlug um sich und versuchte sich loszureißen, aber schon bald ließ ihre Kraft nach. Ich war froh, dass sie sich sträubte, denn so würde sie mehr Luft verbrauchen und es würde sich nicht lange hinziehen.

Nach zwei Minuten setzt ein Krampf mit Zwerchfellzittern ein. Auch die Stimmritze des Kehlkopfs ist jetzt verkrampft. Nun ist keine Atmung mehr möglich. Faszinierenderweise tritt der Tod dennoch erst nach durchschnittlich drei bis fünf Minuten ein.

Die Reflexion des Mondes brauchte eine Zeit, bis sie sich wieder ruhig auf dem Wasser spiegeln konnte. Ich wartete, bis die Form des Mondes klar zu erkennen war, dann ließ ich Leonies Haare los.

Ich schwamm zurück zum Steg. Die weißen, kleinen Kacheln blitzten vor meinen Augen. Ich begann sie zu zählen, wie früher. Ich löste meine Ausrüstung, hievte sie auf die nassen Planken, drückte mich hoch. Viele kleine winzige Kacheln säumten den Steg. Als ich mir das Wasser aus den Augen gerieben hatte, sah ich Kinderfüße vor mir. Ich blickte auf und der kleine Louis sah auf mich herab. Er hatte seinen Kopf schief gelegt und guckte mit weit aufgerissenen Augen auf seinen Papa hinunter.

»Louis, was machst du? … Bleib!«, hörte ich mich schreien, denn Louis bewegte sich langsam rückwärts. Ich kam nicht hinterher mit meiner schweren Last. Louis entfernte sich zwar sehr langsam, aber für mich immer noch viel zu schnell. Ich durfte keine Spuren hinterlassen, aber trotzdem musste ich meinem Sohn folgen. Ich durfte ihn nicht verlieren. Ich hatte ihm noch so viel zu erklären. Über das Leben, über die Liebe. Er drehte mir den Rücken zu, und der Steg wurde immer länger und länger und alles, alles an Leben und Liebe, rückte in unerreichbare Ferne, und dann löste die Sonne den Mond ab. In diesem Moment wurde mir klar, dass ihre Strahlen alles ans Licht bringen würden.

Nichts würde ungesühnt bleiben.

Jeder würde alles sehen können.

Schweißgebadet, atemlos, keuchend wache ich auf.

Ich brauche eine Sekunde, um mich zu orientieren. Dann erst kapiere ich, dass ich in Marias Wohnzimmer liege. Mein Puls rast. Als ich mir durch die Haare fahre, spüre ich selbst auf meiner Kopfhaut einen Schweißfilm.

Warum träume ich so etwas? Was ist mit mir los?

Ich habe keine Schuld.

Ich darf mir das nicht einreden.

Ich stehe auf, rufe nach Maria, aber sie ist nicht mehr da.

Langsam komme ich zur Ruhe. Ich muss auf die Toilette, setze mich auf die Schüssel. Mein Magen verkrampft sich. Ich drehe mich um, knie mich davor, aber es kommt nichts.

Nach ein paar Minuten, die Augen geschlossen, auf meinen Atem konzentriert, stelle ich mich unter die kalte Dusche.
Ich habe keine Schuld.

13.

Mir ist es unangenehm, Marias Schlafsofa so schweißgetränkt zurückzulassen. In meiner Verwirrung will ich ihr erst eine kurze Notiz auf einen Zettel schreiben, bis ich merke, wie unsinnig das ist.

Würde ich es Maria erzählen, sie würde lachen.

Ich nehme mein Handy, rufe ihren Festnetzanschluss an und warte bis der Anrufbeantworter anspringt. Dabei flüchte ich in ihr Badezimmer. Ich finde es seltsam, meine Stimme über Lautsprecher zu hören, während ich ins Telefon spreche.

Ich entschuldige mich für die verschwitzten Laken und verspreche, heute Abend frische Bettwäsche mitzubringen. Vorausgesetzt, sie hätte überhaupt Zeit und Lust, mich bei sich zu haben.

Gerade will ich die Eingangstür zu meiner Wohnung öffnen, als mich jemand von hinten anspricht.

»Hallo …?«

»Frau Senftenberg …?!«

Im ersten Moment bin ich überrascht, im zweiten nicht mehr.

»Ja … Josch … Ich wollte … Sie …«

Auf den Treppenstufen zur nächsten Etage sitzend, meine Wohnungstür ständig im Blick, muss sie auf mich gewartet haben.

»Kommen Sie doch bitte herein.«

Leonies Mutter sieht mitgenommen aus. Ungeschminkt, unruhige Haut, tiefe Augenringe. Sie trägt einen Jogginganzug und umklammert ihren Autoschlüssel, als würde sie sich im Notfall damit verteidigen wollen.

»Ich weiß nicht, ob ich reinkommen will. Ich hab … ich hab eine riesige Wut auf Sie, Josch.« Sie kämpft mit sich. »Und … also, das ist jetzt ziemlich anstrengend für mich … Das tut mir weh, ja? Und ähm … und ich hab da auch drüber nachgedacht, aber ich … ich kann nicht trauern. Verstehen Sie? Verstehen Sie, was das heißt? Ich kann nicht abschalten. Und das ist ganz schlimm … für mich, dass ich nicht trauern kann. Weil … Ich habe eine wahnsinnige Wut und … und da sind noch so viele Fragen.«

»Ja, das versteh ich.«

»Nein … Nein, das glaube ich nicht. Ich denke nicht, dass Sie das verstehen.«

»Kommen Sie doch, bitte. Wir stellen uns nur in den Flur, ja? Wir brauchen uns ja nicht zu setzen oder so. Aber bitte lassen Sie uns nicht hier draußen rumstehen. Kommen Sie.«

Sie fixiert mich mit ihren unruhigen und trockenen Augen. Sie traut mir nicht, lässt sich aber trotzdem auf meine Bitte ein. Ich schließe die Tür auf und stelle mich weit in den Flur hinein. Fast stehe ich schon in der Küche. Leonies Mutter bleibt hingegen in der Eingangstür stehen. Sie lässt sie sogar einen Spaltbreit geöffnet. Die Vorstellung, mit mir in einem geschlossenen Raum zu sein, scheint für sie unerträglich.

Ich spüre wieder diesen Druck auf meiner Brust, will mich

zusammenreißen, will alles, was ich fühle, hinter das stellen, was sie zu ertragen hat. Ich bin nicht wichtig.

»Frau Senftenberg, ich weiß gar nicht, was ich sagen soll ...«

»Josch?«, unterbricht sie mich forsch.

»Ja?«

»Waren Sie dabei ... vorgestern Nacht? ... Seid ihr zusammen tauchen gewesen?«

»Nein. Sie muss mir den Schlüssel geklaut haben, als ich sie mittags noch ...«

»Ja, ja.« Sie wischt sich etwas unkontrolliert durch das Gesicht. Ich rieche Alkohol.

»Das hat die Polizei mir auch alles schon erzählt. Aber ...« Sie spricht jedes Wort langsam und genau aus, damit nichts unverstanden bleibt. »Ich möchte, dass Sie mir in die Augen sehen ... und, und mir sagen, dass Sie nicht dabei gewesen sind. Sie müssen mir jetzt sagen, ob Sie irgendwas mit der ganzen Sache zu tun haben.«

»Ich war nicht dabei, Frau Senftenberg.«

»Schwören Sie es?«

»Ich schwöre es.«

»War zwischen Leonie und Ihnen jemals irgendetwas ... Also, ich meine ... etwas Sexuelles?«

Ich kann mich nicht erinnern, wann mich jemand zuletzt so angesehen hat. Wie ein angeschossenes Tier. Verletzt, aber dennoch bereit, all seine Kraft in einen letzten Angriff zu legen.

»Nein ...!«

Instinktiv möchte ich einen Schritt auf sie zugehen, aber das erlaubt sie nicht. Mit einer kleinen, aber unmissverständlichen Handbewegung signalisiert sie mir, augenblicklich stehen zu bleiben.

»Frau Senftenberg«, bemühe ich mich um die größtmögliche Ruhe. »Das schwöre ich Ihnen auch, wenn Sie wollen. Ich schwöre es. Da war ... und da wäre auch niemals etwas gewesen.«

»Haben Sie meine Tochter irgendwie dazu gebracht oder provoziert oder ... keine Ahnung was. Also ... irgendwie dazu gebracht, dass sie ... sexuell über Sie nachdenkt.«

»Nein ... Nein, ich ... Ich wüsste nicht, wie.«

»Gut ... Weil, ich hab da so ein Buch. Ihr Tagebuch. Das habe ich der Polizei gegeben, weil da so Dinge drinstehen. Das ganze Buch ist voll davon. Das musste ich denen geben, wissen Sie? ... Weil da hat Leonie nämlich zum Beispiel reingeschrieben, dass Sie ...«

Jetzt spricht sie schnell. Ich spüre, welch extreme Anstrengungen sie dieses Gespräch kostet.

»Also, Sie jetzt, ja? Sie, Josch ... Sie hätten ihr einmal besonders lange auf den Busen gesehen, steht da, und dass sie das besonders schön fand. Und dann ... dann steht da noch zum Beispiel, dass sie annehmen würde, dass Sie, sie nennt Sie in dem Tagebuch immer nur Herr X. ... dass Sie irgendwann schon zu ihr finden würden. Und ich wollte jetzt einfach nur wissen, ob das vorgestern der Fall gewesen ist. Dieses Finden. Weil ... weil ... ich habe da so ... Vorstellungen und Phantasien. Die lassen mich nicht los. Deshalb kann ich auch nicht trauern um mein Kind. Und deshalb möchte ich wissen, ob Leonie und Sie vorgestern Nacht zueinander gefunden haben. Wenn Sie wissen, was ich meine. Ich weiß ... ja, ich weiß, das ist ein schrecklicher Gedanke ... und ... das mag eine harte Vermutung sein und wahrscheinlich verletzt Sie das auch, was ich Ihnen hier unterstelle ... Aber ...« Ihr Kinn zittert und ihre Augen können die Tränen nicht mehr zurückhalten. Es fällt mir schwer, stehen zu bleiben. Einerseits möchte ich zu ihr hin, andererseits weiß ich gar nicht, ob meine Beine mich tragen würden.

»Und bitte, ja …? Ich muss Sie das alles fragen. Es lässt mir keine Ruhe.«

»Frau Senftenberg, die Polizei wird Ihnen doch bestimmt auch mitgeteilt haben, dass ein Gewaltverbrechen ausgeschlossen wird und damit … damit ja auch ein Sexualverbrechen und nein … ich hatte nie so eine Art Kontakt zu Ihrer Tochter, und so etwas ist mir auch wirklich nie in den Sinn gekommen. Ich habe einen Sohn in Leonies Alter. Er heißt Louis, und ich … bitte, da können Sie wirklich vollkommen beruhigt sein. Das müssen Sie mir glauben.«

»Gut … ja … gut. Ich weiß, ja … trotzdem, ich …« Ihre Anspannung lässt nach, sie zieht die Nase hoch, sieht sich zum ersten Mal im Raum um. Im nächsten Moment mustert sie mich, dann wird ihr Blick leer.

»Es tut mir leid«, sage ich.

»Ja, ich weiß.«

»Ich wollte nicht mit ihr tauchen gehen. Sie hat mich so sehr darum gebeten. Aber ich hab ›Nein‹ gesagt. Entweder Sie oder Leonies Vater müssten dabei sein, sonst könnte ich die Verantwortung nicht übernehmen. Das habe ich ihr gesagt. Immer und immer wieder.«

»Ja, ja …« Sie öffnet ein wenig die Tür. Als würde sie frische Luft reinlassen wollen. »Jetzt hat sie's geschafft.«

»Wie bitte?«

»Sie hat es geschafft …« Kurz lacht sie auf. Dieses Lachen trifft mich wie ein Schlag. Es ist Leonies Lachen.

»Wir sitzen wieder an einem Tisch. Ihr Vater und ich. Wir organisieren alles. Reden … weinen zusammen. Schauen ihre Sachen durch, Fotos. Packen zusammen … packen Dinge weg.

All das machen wir jetzt zusammen. Das hätte ihr gefallen. Da guckt sie uns jetzt zu und lacht sich ins Fäustchen. Mein dummer, kleiner Sturkopf, mein Schatz.«

Sie reibt sich so fest am Auge, dass es weh tun muss.

»Und diese ganzen Jugendlichen ... die kotzen mich an. Die legen Blumen vor die Haustür, klingeln ... bringen Kuscheltiere, Fresskörbe, Briefe und so ... gezeichnete Scheiße. Lauter Zeugs, das ich nicht haben will. Sie haben mir gesagt, dass sie jetzt eine Facebook-Seite für Leonie eingerichtet haben und wie viele Fans sie da schon hätte ... Und gestern Abend, da kamen sie mit Kerzen vor mein Haus und haben die halbe Nacht kitschigen Mist gesungen. Leute, die sie gar nicht kannten.« Sie wischt sich die Tränen aus dem Gesicht, zupft an ihren blondgefärbten Strähnen. »Ja, ich ... ich gehe jetzt wieder.«

»Gut«, höre ich mich sagen.

»Ja, und noch was.« Sie macht die Tür auf, hält die Klinke in der Hand. »Ich möchte nicht, dass Sie zur Beerdigung kommen.«

»Gut.«

»Ich möchte das nicht.«

»Ich habe es verstanden«, sage ich, weil ich nicht wüsste, was es dazu noch zu sagen gäbe.

»Und wenn es geht, ja? Dann würde ich Sie gerne nie wiedersehen, Josch. ... Glauben Sie, Sie können das einrichten?«

Ohne eine Antwort abzuwarten, geht sie.

14.

Mit Leonie hat das alles nichts zu tun, da gebe ich ihrer Mutter recht. Seit gestern werden auch hier Kerzen angezündet. Blumen, handgeschriebene Gedichte und farbige Teddybären stapeln sich in einer extra dafür freigeräumten Ecke im Kassenfoyer, gleich neben dem Schwarzen Brett, auf dem die aktuellen Kursangebote und die Dauerkarten angepriesen werden. Ein kaum zu übertreffender Kitsch, für den Leonie wahrscheinlich nichts als Verachtung übrig gehabt hätte. Die machen ein beschissenes Happening aus ihrem Tod und ich kann nichts dagegen tun. Direkt über diesen ›Schrein‹ hat die Thermenleitung ein offizielles Statement an die Wand gehängt.

Gestern war Leonie noch das Topthema auf den Titelseiten gewesen. Deutschlandweit haben die Internet-Nachrichtendienste über die Tragödie berichtet. Heute konzentriert sich die hiesige Tageszeitung endlich auf die Fakten, auch wenn es diese nur noch in die Rubrik ›Vermischtes‹ schaffen.

Die Todesanzeigen sind heute auch drin.

Die Schule und die Familie haben inseriert, die Thermenleitung hat es sich auch nicht nehmen lassen.

Im ›Namen der Angestellten‹, die Leonie als ›ein sympathisches und aufgewecktes Mädchen kennenlernen durften.‹

Ich bin zu müde, um mich darüber aufzuregen.

Dr. Sauer ist im Urlaub. Noch zwei Wochen. Im Notfall soll man aber den psychiatrischen Notdienst anrufen.

Zwei Aufsichtsrunden gehe ich daran vorbei.
Dann gebe ich mir einen Ruck und betrete die Brücke zum See.

Damit man überhaupt noch bis ans Ende des Stegs gelangt, haben die Sonnenhungrigen in der Mitte einen schmalen Gang freigelassen, der rechts und links von Handtüchern und Körpern gesäumt wird.
Nichts erinnert mehr an die Katastrophe.
Kaum vorstellbar, was sich hier vor zwei Tagen für Szenen abgespielt haben. Wo Taucher und Wasserschutzpolizei ihrer traurigen Arbeit nachgingen, tummeln sich heute Frischverliebte und Halbstarke auf dem Wasserponton. Ein paar Kinder in einem Gummiboot veranstalten ein Wettrennen mit ihrem danebenschwimmenden Vater, und hinter der Schwimmabsperrung rundet eine Schwanenfamilie die Sommeridylle ab.
Von hier aus kann man nur den defekten Teil der großen Peweta-Schwimmbaduhr sehen. Schlagartig wird mir ganz anders. Das Holzgeländer gibt mir Halt.
Ist das Zufall oder irgend so ein esoterischer Mist?
Jedenfalls bekommen die stehengebliebenen Zeiger auf dem Zifferblatt eine völlig eigene Bedeutung.
Heute ist der 18. August. Vor zwei Tagen war also der 16. August. 4 Uhr 8 – 16 Uhr 8. Es schüttelt mich. Auf so einen Hokuspokus lasse ich mich erst gar nicht ein. Leonie würde das jetzt »abgefahren« finden. Mich regt so was nur unnötig auf.
Umso stoischer beginne ich jetzt meinen nächsten Rundgang.

Mittlerweile scheint es sich wohl herumgesprochen zu haben. Das Getuschel der Leute hat seit gestern zugenommen. Vielleicht nehme ich meine Außenwelt aber auch wieder intensiver wahr. Mich mit Leonie im Schlepptau herumlaufen zu sehen, war für viele der Stammgäste ein gewohntes Bild. Ich bemerke, wie der ein oder andere kurz davor ist, mich darauf anzusprechen. Wie sie ihre Sensationslust stillen wollen. Ich bin froh darüber, dass letztlich doch keiner den Mut dazu hat.

Neben dem ersten Startblock des Schwimmerbeckens, im Schatten des Sanitäterhäuschens, bleibe ich stehen. Hier hat man einen guten Blick über Schwimmer- und Nicht-Schwimmerbecken. Leonie hat mir hier oft Gesellschaft geleistet. Dabei hat sie auf dem Boden gesessen, mit dem Rücken an das Häuschen gelehnt.

Als Schwimmmeister soll man sich nicht hinsetzen. Man darf dem Gast nie das Gefühl geben, man sei unaufmerksam. Ansprechbar bleiben. Das ist die oberste Prämisse. Dem Gast signalisieren, immer auf der Hut zu sein. Immer bereit, sein Leben zu retten.

»Warum fährst du da nicht runter und haust mal auf den Tisch?«

»Weil das nicht geht. Außerdem ist das nicht meine Art.«

»Ist doch deinem Sohn scheißegal, was deine Art ist, ey? Der will sehen, dass du dir für ihn den Arsch aufreißt.«

»So einfach ist das aber nicht, Leonie ... Ich ... ich hab auch Fehler gemacht ...«

»Ja, einer davon ist zum Beispiel der, dass du lieber auf die schwitzenden Säcke hier aufpasst. Aber um deinen eigenen

Sohn kümmerst du dich 'n Scheiß. Falsche Prioritätensetzung nennt man so was.«

»Leonie … es ist zwar alles irgendwie richtig, was du da sagst … Aber es ist auch alles irgendwie ziemlich falsch … ja? Und deswegen würde ich auch vorschlagen, dass wir das Thema ein für alle Mal zwischen uns streichen, okay? Ich hab keine Lust, mit dir drüber zu reden. Du verstehst das nicht.«

»Meine Fresse! Da muss ich ja voll ins Schwarze getroffen haben, wenn du da gleich wieder so abgehst.«

»Leonie …!?«

»Ja, is' ja gut jetzt. Relax!«

Ich hätte sie niemals zum Tauchen mitnehmen dürfen.

Das ist mein größter Fehler gewesen. Ich hätte überzeugender sein müssen. Sie eindringlicher überreden sollen, einen Tauchkurs zu besuchen. Wer weiß? Vielleicht hätte ich sogar Spaß daran gehabt, mit ihr gemeinsam einen zu machen.

Es war kein Fehler, mit ihr befreundet gewesen zu sein. Nein.

Das war gut. Für uns beide. Punkt.

Ich hatte sie nicht auf meine nächtlichen Tauchausflüge mitnehmen wollen, weil ich die Verantwortung nicht übernehmen konnte. Aber bis dahin hatte ich schon viel mehr Verantwortung für sie übernommen gehabt, als mir eigentlich lieb gewesen war. Mehr, als ich überhaupt fähig war zu tragen. Das war nicht mein Job. Hinter dem ganzen Getue, den coolen Sprüchen, ihrer pubertären Arroganz, hatte ein vernachlässigtes Mädchen gestanden, das geliebt werden wollte. Wie jedes Kind. Ein offenes Ohr, eine Schulter zum Ausheulen, einen Bruder, einen Vater, einen Freund. Das waren ihre Bedürfnisse gewesen.

Ich war da – aber für all das ein mieser Ersatz.

Mir ist heiß.

Ich höre gar nicht mehr auf zu schwitzen.

Im Innenbereich halten sich nicht viele Menschen auf. Dort oben, neben dem Eingang zum Wellnessbereich, steht ein Wasserspender. Ich trinke, kühle meinen Nacken, wische mir den Schweiß von der Stirn. Plötzlich sehe ich Ihh-Mann aus der Solariumkabine kommen. Nur wenige Meter von mir entfernt.

»Ähm, hallo. Entschuldigen Sie?«

»Ja?« Freundlich lächelt er mich an.

»Sie haben doch gerade die Kabine hier benutzt, nicht wahr?«

»Ähm, ja, hab ich. Stimmt ... Wieso?«

»Okay, ähm ... darf ich Ihnen dann kurz mal was zeigen?«, lade ich ihn freundlich ein, mir zu folgen.

»Klar ... hm? Was denn?«

»Hier ... kommen Sie, kommen Sie doch noch mal ... Hier.«

Ich schließe die Tür hinter uns. Für zwei Leute ist die Kabine eigentlich nicht gemacht. Eine unerträgliche Schwüle. Kein Mensch muss ins Solarium, wenn draußen die Sonne brennt.

»Ich weiß nicht, ob Sie das schon wussten, aber das hier ist nicht der richtige Ort, um seinen organischen Müll loszuwerden.«

»Hä? Ja ... und?«

Wäre das Licht hier besser, könnte ich jetzt die Röte in seinem Gesicht aufsteigen sehen.

»Na, hier.« Mit Hilfe eines Taschentuchs hebe ich ein verknülltes Papiertuch vom Boden auf, rechts neben dem Kopfteil der Sonnenbank.

»Riechen Sie mal dran.« Ich halte es ihm unter die Nase und er wendet angewidert seinen Kopf ab.

»Sagen Sie, was soll denn das ...?«

»Das ist Sperma. Ihr Sperma. Jedes Mal wenn Sie hier sind, holen Sie sich einen runter und lassen Ihre verwichsten Papiertücher hier liegen, stimmt's?«

Ich wundere mich über mich selbst. Ich rede schnell, damit er mich nicht so leicht unterbrechen kann. »Glauben Sie, ich krieg das nicht mit? Und dabei sind die Papiertücher und das Desinfektionsspray hier doch eigentlich dafür da, diesen Ort so keimfrei wie möglich zu halten, aber Sie ... Sie sorgen für das Gegenteil.«

Ich habe wieder diesen Pfropfen im Ohr. Wenn das Blut so laut rauscht, dass man fast nichts mehr hören kann.

»Das ist eine Unverschämtheit. Was glauben Sie eigentlich, wer ...«, Ihh-Mann baut sich vor mir auf.

»Manchmal muss ich Ihr Sperma aber auch von der Sonnenbank wischen, weil wohl was danebengegangen ist. Und das ist nicht so schön. Deswegen würde ich Sie auch bitten, in Zukunft zu Hause zu wichsen.«

Weil er offenbar nicht weiß, ob er mich am Kragen packen, sich für sein trauriges Verhalten entschuldigen oder einfach nur gehen soll, entscheidet er sich für Letzteres.

»Das lasse ich nicht auf mir sitzen«, murmelt er etwas halbherzig und dreht sich zur Tür, um der Scham zu entfliehen.

»Ich auch nicht«, höre ich mich noch sagen, bevor ich seinem Hinterkopf einen so kräftigen Stoß verpasse, dass seine Stirn auf die Tür knallt. Er schreit auf. Eine Mischung aus Überraschung und Schmerz. Er wendet sich zur Seite, will sich an die blutende Stirn fassen. Ich bin schneller und schmiere ihm das spermagetränkte Papiertuch ins Gesicht, drücke es ihm in die Nasenlöcher. Und obwohl er sich wehrt, schaffe ich es, ihm das Papiertuch fast vollständig in den weit aufgerissenen Mund zu stopfen. Wegen der Enge des Raums kann ich nicht richtig ausholen, und so landet mein Knie nur an seinem Hüftknochen. Da er aber dennoch einknickt, lasse ich meinen Ellenbogen mit voller Wucht zwischen seine Schulterblätter krachen.

Wenn überhaupt, kann man es ein Winseln nennen, was er von sich gibt, aber die meisten Schläge, die ich ihm noch verpasse, landen dumpf und unkommentiert in seinem fleischigen Körper. So, als würde man sich an einem feuchten Sandsack abarbeiten. Erst als ich sehe, dass an meiner weißen Leinenhose Blut klebt, lasse ich von ihm ab.

Er ist nicht schlimm verletzt. Es wird ihm weh tun. So, wie es blutet, habe ich ihm wahrscheinlich die Nase gebrochen. Aber es ist nichts Weltbewegendes. Davon stirbt man nicht.

Ich steige über ihn und verlasse die Kabine.

Er wird ein wenig Zeit brauchen, um sich aufzurappeln, sich das Blut aus dem Gesicht zu wischen und um sich zu überlegen, was er nun als Nächstes tun will. Ich gebe ihm die Zeit, indem ich die Tür von außen mit dem Generalschlüssel abschließe. Er kann jetzt selbst entscheiden, wann er die Kabine verlassen möchte, ohne gestört zu werden.

Ich kremple mir die Hosenbeine hoch. So lassen sich die Blutspritzer einigermaßen verstecken. Auf dem einen Oberschenkel ist noch eine Schliere Blut zu sehen. Ich verdecke sie mit der Hand, dabei bemerke ich, dass sich der Bereich zwischen meinem Zeige- und meinem Mittelfinger etwas klebrig anfühlt.

Fünfzehn Minuten später sitze ich geduscht und umgezogen im hinteren Teil des Bistros. Ich habe mich zur Pause ausgestempelt, trinke Kaffee. Kohlrabisuppe und Butterbrezel stehen unberührt vor mir auf dem Tisch.

Es gelingt mir nicht, mich zu beruhigen.

Kaum Publikumsverkehr hier drin. Ab und an stellen sich ein paar Kinder vor die Essensausgabe und warten geduldig auf ihre Schälchen Pommes frites.

Ich konzentriere mich auf das Surren der Kühlauslage.

Armselig, wie die abgepackten Salate neben Dressing in Plastikbeuteln zur Abholung bereitstehen.

Es macht mir nichts aus, jemanden geschlagen zu haben.

Das ist nicht gut.

Um das zu wissen, brauche ich keinen Dr. Sauer.

Ich kann meine Gedanken nicht ordnen.

Vielleicht hatte Leonie recht. Ich kann keine Prioritäten setzen und wenn, dann sind es die falschen.

Mein Handy vibriert.

»Ja, hallo?«

»Grüße Sie, TrustInkasso, Bender am Apparat.«

»Hallo.«

»Haben Sie gerade einen kurzen Moment für mich?«

»Ja, ich mache gerade Pause und …«

»Sehr gut. Ich hab mich jetzt durch alles durchgearbeitet, habe mit meinem Auftraggeber telefoniert und dabei hatte ich, wie der Zufall so will, auch die Gelegenheit, mit Herrn Giesebrecht persönlich zu sprechen, bei dem Sie ja auch privat in der Kreide stehen, wenn Sie mir diese saloppe Ausdrucksweise gerade mal erlauben.«

»Ja.«

Mein Kaffee ist kalt. Auch die Suppe schmeckt nicht.

»Nun, Herr Giesebrecht ist nicht besonders gut auf Sie zu sprechen. Ich schätze, das wird Sie nicht sonderlich überraschen. Dennoch denke ich, dass ich da einen Weg zur Einigung sehe, vor allem in Anbetracht dessen, dass auch Herr Giesebrecht in der Vergangenheit nicht die hundertprozentig richtigen Entscheidungen getroffen hat. Denn, wie er mir in diesem Gespräch bestätigt hat, hat er Sie immer schon ... nun, ich will es mal so formulieren, als eher labile Persönlichkeit wahrgenommen. Als jemanden, dem man eine solche finanzielle Unterstützung von vornherein gar nicht erst hätte in Aussicht stellen dürfen ... wenn Sie verstehen, was ich meine?«

»Ja.«

»Sagen Sie, wann können Sie denn bei mir vorbeikommen, um alles Weitere zu besprechen? Heute noch, ja?«

»Nein. Heute ist schlecht. Meine Schicht dauert bis zweiundzwanzig Uhr dreißig.«

»Morgen?«

»Ja ... weiß ich gerade nicht.«

»Wie, Sie wissen nicht? Ich verstehe nicht ... Herr Andersen?«, hakt er mahnend nach.

»Ja, weil ich ... ich hab gerade meinen Dienstplan nicht im Kopf, ob ich jetzt Früh- oder Spätschicht habe. Das weiß ich jetzt gerade nicht ... Bei uns ist zur Zeit ein bisschen Chaos, weil ...«

»Ja, ja ... kann ich mir vorstellen. Hab ich gelesen, der Unfall mit dem Mädchen, nicht wahr? Schrecklich.«

»Ja.«

Jetzt klingelt auch noch mein Diensthandy.

»Schrecklich ... Herr Andersen, eruieren Sie doch, wann es

Ihnen möglich ist, und dann melden Sie sich gleich noch mal telefonisch bei mir, ja?«

»Ja ... Bis dann.«

»Bis ...«

Ich lege auf.

Während mein Diensthandy nicht aufhören will zu klingeln und Annegret, die Bistrobetreiberin, schon genervt »Telefon!« zu mir rüberruft, muss ich an den Spruch denken, den ich vor vielen Jahren auf einer Hauswand gelesen habe. ›Die Sonne schien, da sie keine andere Wahl hatte, auf nichts Neues.‹

Ich gehe ran, aber nur damit Annegret aufhört zu brüllen.

15.

»Das ist Herr Fauch.«

Kaum dass ich ihr Büro betreten habe, stellt mir die Chefin Ihh-Mann nun offiziell vor.

»Seine Frau, Frau Fauch, und der kleine Lenn. Das ist einer unserer diensthabenden Schwimmmeister, Herr Andersen.«

»Guten Tag«, grüße ich freundlich in die Runde, außerdem füge ich noch scheinheilig »Was ist denn hier passiert?« hinzu.

Wie die Hühner auf der Stange sitzt Familie Ihh-Mann in Bademode auf der khakifarbenen Kunstledercouch. Ein bizarres Bild. Wie von einem durchgeknallten Performancekünstler in Szene gesetzt. Ihh-Mann hat seinen Kopf in den Nacken gelegt und hält sich ein kleines, blutdurchtränktes Handtuch auf die Nase. Er traut sich kaum, mich anzusehen. Seine Frau ist in hellem Aufruhr und der etwa zehnjährige Junge wirkt ängstlich und verunsichert.

»Herr Fauch wurde überfallen. Man hat ihn in eine der Solariumkabinen gedrängt und grundlos verprügelt«, klärt mich die Chefin auf.

»Ach?« Da meine zurückhaltende Reaktion verdächtig wirken muss, schiebe ich noch »Das gibt's doch nicht ...« nach. Ich war immer schon ein schlechter Schauspieler.

»Ich habe Ines und Herrn Gabele gebeten, sich an den Ausgängen zu postieren und nach den beschriebenen Personen Ausschau zu halten«, berichtet Frau Schreiber aufgebracht.

»Personen? Es waren mehrere?«, wende ich mich mit meiner Frage nun direkt an Ihh-Mann.

Und weil er es nicht tut, antwortet nun seine Frau für ihn. Aufgeregt und atemlos. »Ja, zwei Jugendliche, so um die sechzehn bis achtzehn Jahre alt. Halbstarke eben. Beide groß, dunkler Hauttyp.«

»Ich versuche schon die ganze Zeit, Sie zu erreichen. Wo waren Sie denn?«, zischt mir die Chefin zu.

»In der Pause. Vorher habe ich noch geduscht. Kann gut sein, dass ich das Telefon erst nicht gehört habe«, antworte ich kühl und es kostet mich noch nicht mal viel Energie.

»Kann gut sein?«, versichert sie sich verdutzt meiner Kaltschnäuzigkeit.

»Genau«, bestätige ich freundlich und lächle dabei dreist.

»Mein Mann will nicht, dass die Polizei verständigt wird, ich aber schon. Diese Schweine! ... Das geht doch nicht. Einfach so ... ohne Grund. So aus Spaß an der Freud', meinen Mann zu verprügeln ... Die Kerle müssen gefunden werden und vielleicht können Sie ja doch parallel schon mal die Polizei rufen ...?«

»So schlimm ist es doch gar nicht«, beschwichtigt Ihh-Mann.

Mir gefällt sein nasaler Ton und ich habe Mühe, mein Grinsen zu unterdrücken.

»Natürlich ist es schlimm, Micha. Spinnst du?«, schimpft seine Frau, während sie ihm fahrig über den mit Blutergüssen übersäten Oberschenkel streichelt.

Und der kleine Lenn möchte auch etwas sagen, bekommt aber nur ein hilfloses »Papa« raus.

»Sie müssen das letztlich selbst entscheiden, Herr Fauch, ob

Sie nun Anzeige erstatten wollen oder nicht. Ich kann Ihnen aber nur dringend dazu raten«, lügt die Chefin.

Angenommen, es käme zum Polizeieinsatz, wäre die Wahrscheinlichkeit recht hoch, dass die Zeitung morgen darüber berichten würde. Und zwei negative Schlagzeilen in einer Woche kämen der Schreiber mit Sicherheit ungelegen. Hätte sie ernsthaft Interesse an einer polizeilichen Aufklärung, wären schon längst Beamte vor Ort. Ganz gleich, ob Ihh-Mann das wollen würde oder nicht.

»Zumindest sollten wir Ihnen jetzt wirklich einen Krankenwagen rufen, was sagen Sie, Josch? Wahrscheinlich ist die Nase gebrochen, meinen Sie nicht auch?«

»Darf ich mal?«, frage ich Ihh-Mann und gehe auf ihn zu. »Nehmen Sie doch bitte mal kurz das Handtuch runter.« Er tut es, fixiert mich. Angst, Respekt, Abscheu. Eine heitere Mischung.

»Ja, sieht gebrochen aus«, sage ich und zwinkere ihm so zu, dass nur er es sehen kann.

»Siehst du, Micha, gebrochen! Können Sie jetzt doch einen Krankenwagen rufen?«, richtet Frau Ihh-Mann ihre Bitte an mich.

»Unsinn«, protestiert er nasal. »Ich hab doch gesagt, wir fahren selbst ins Krankenhaus. Komm, wir gehen jetzt.«

Ihh-Mann macht Anstalten aufzustehen. Sein erster Impuls reicht aber nicht aus, um seinen lädierten Körper aus der Besuchercouch zu hieven.

»Josch, ich würde Sie jetzt bitten, schnell mal über das Gelände zu eilen, um nach den in Frage kommenden Personen Ausschau zu halten. Sie kennen ja auch viele der Jugendlichen. Vielleicht wissen Sie ja auf Anhieb, wem es zuzutrauen wäre«, ordnet Frau Schreiber an.

»Haben Sie sich denn schon das Überwachungsvideo angesehen?«, frage ich voller Vorfreude.

»Hast du gehört, Micha? Es gibt ein Überwachungsvideo. Damit kriegen wir sie auf alle Fälle«, triumphiert Frau Ihh-Mann. »Toll, Papa«, unterstützt sie der Junge und Ihh-Mann selbst wird noch bleicher, als er es ohnehin schon ist.

»Nein, ich wollte erst einmal sicherstellen, dass die Täter uns nicht entwischen. Die Sichtung der Bänder ist ja doch mit einem zeitraubenden technischen Aufwand verbunden«, referiert die Chefin. »Und ich wollte mich erst einmal persönlich um die Erstversorgung von Herrn Fauch kümmern. Das Überwachungsvideo würde dann sicherlich bei etwaigen polizeilichen Ermittlungen zum Tragen kommen … Also, Josch, jetzt bitte schnell, bevor die Jungs das Weite suchen … Die zwei Jugendlichen sind etwa eins achtzig groß, haben …«

Doch bevor sie weitersprechen kann, hole ich zum finalen Schlag aus.

»Das stimmt doch schon mal alles nicht wirklich, oder?«, wende ich mich an Ihh-Mann, der mich aber nur ungläubig anstarrt. »Zwei Jugendliche und Sie in dieser engen Kabine? Das ist doch Quatsch. Da ist doch gar kein Platz für drei Personen. Da wird's doch zu zweit schon ziemlich eng, oder? … Sind Sie sich auch ganz sicher, dass es so abgelaufen ist, wie es uns Ihre Frau eben geschildert hat?«, frage ich Ihh-Mann, der gar nicht fassen kann, dass es nun diese Wendung nehmen soll.

»Ja … bin ich«, insistiert er, um seine Version der Geschichte mit einem Mindestmaß an Selbstbewusstsein durchzuboxen.

»Natürlich war es so«, unterstützt ihn seine Frau. »Zwei Jugendliche, beide etwa sechzehn bis achtzehn Jahre alt, dunklere Hautfarbe, wahrscheinlich Türken, Albaner oder so was. Stimmt's, Micha?«

Bei ihren hektischen Bewegungen reiben sich die Speckröllchen über und unter ihrem Bauchnabel zitternd aneinander.

Ihh-Mann hat dazu nichts mehr zu sagen.

»Türken oder Albaner? Interessant ... Also, ich denke, wir kürzen das an dieser Stelle mal ab. Bevor es hier noch peinlicher wird. Ich war's.«

Die Speckröllchen hören schlagartig auf zu zittern.

»Was waren Sie?«, fragt die Chefin ungläubig.

»Ich war's ... Ich habe Sie verprügelt. Stimmt's, Herr Fauch?«, fordere ich ihn lächelnd auf, mir zuzustimmen.

Sein vorsichtiges Nicken löst allmählich die allgemeine Schockstarre.

»Micha ...?«, »Papa ...?«, »Ähm ... wie bitte, Josch ...?«

»Ich will jetzt gehen«, sagt Ihh-Mann, der überraschend schnell wieder zu Kräften gekommen ist und einen Moment später schon die Türklinke in der Hand hält. »Sofort!«

Seiner Frau bleibt währenddessen bewegungsunfähig der Mund offen stehen. »Aber ... warum? Warum haben Sie das getan?«, fragt sie mich.

Der Junge guckt, als hätte man ihm gerade gesteckt, dass Weihnachten abgeschafft werden soll, und die Chefin sinkt energielos, geradezu schlaff auf ihren Bürostuhl.

»Warum ich das getan habe? Na ... ich weiß nicht ... soll ich es ihnen erzählen, Herr Fauch?«, frage ich zur Tür. »Oder soll das nicht lieber eine Sache zwischen uns beiden bleiben? Hm? Zwischen uns Männern sozusagen.«

»Ja ... ja. ... Zwischen uns ... Männern«, stammelt er und muss das Gefühl haben, sich im schlimmsten seiner Albträume zu befinden.

»Gut, dann hat sich das wohl erst einmal erledigt«, resümiere ich. »Die Türken und Albaner sind rehabilitiert und Sie sollten jetzt ins Krankenhaus fahren«, fordere ich die Familie zum Gehen auf. Frau Fauch ist in der Zwischenzeit noch ein Stück tiefer in die Couch eingesunken. Ich wende mich der sichtlich mitgenommenen Chefin zu.

»Ich schätze, wir haben jetzt wohl auch noch was zu besprechen, stimmt's?«

»Aber ...« Frau Ihh-Mann möchte noch etwas sagen, wird von ihrem Mann aber jäh unterbrochen.

»Komm jetzt. Wir gehen. Das ist 'ne Sache zwischen ihm und mir, ja? Kommt, auf, Schluss jetzt hier.«

»Papa ...?«

Als Frau Fauch und ihr Sohn sich von der Couch lösen, macht es ein quietschendes, klebriges Geräusch, das zum Abschluss, wie ich finde, äußerst stimmig die Gesamtsituation untermalt.

»Nun gut, dann ... trotzdem, danke«, verabschiedet sich Frau Ihh-Mann verwirrt von der Chefin und mir.

»Ja, ich weiß jetzt auch nicht ...?«, antwortet ihr Frau Schreiber und wirkt dabei keinen Deut eloquenter.

Als die Familie endlich das Büro verlassen hat, frage ich: »Und jetzt?«

16.

»Ich glaube … ich muss weg von hier.«
　Wir sitzen auf ihrem Balkon. Maria trägt ihre Sonnenbrille. Ich fühle mich ihr so nah, dass es mich mittlerweile fast traurig stimmt, wenn sie ihre Schwachstelle vor mir verbirgt.
　»Verstehe. Und wohin willst du, wenn ich fragen darf?«
　Seelenruhig schenkt sie uns Wasser nach. In der einen Hand die Karaffe, einen Finger der anderen im Glas, damit sie spürt, wenn es bis oben hin gefüllt ist.
　»Einfach weg … ich … ich kann hier nicht mehr bleiben. Ich komm mir vor wie eine deiner komischen Platanen an der Promenade. Die so vor sich hin platzen, weil sie es nicht mehr aushalten in ihrer Haut. Weil's zu eng wird.«
　»Wohin willst du denn?«
　»Ich denke … nach Frankreich. Zu meinem Sohn.«
　»Aha, und woher der plötzliche Sinneswandel?«
　»Ach, ich …«
　»Und für wie lange?«
　»Keine Ahnung. Erst einmal … für immer.«

Maria hat sich gewundert, dass ich schon so früh am Abend bei ihr aufgekreuzt bin. Aber sie hat sich auch gefreut.

»Ich hab das Gefühl, retten zu müssen, was noch zu retten ist. So kitschig das auch klingt. Aber ich hab sonst nichts mehr. Wenn mir irgendwas noch von Bedeutung ist, dann ist es mein Sohn.«

»Was ist mit mir?«

»Wie, was meinst du?«

»Was ist mit mir? Habe ich auch eine Bedeutung für dich? Oder bin ich bedeutungslos?«

»Nein, natürlich nicht, aber ...«

»Aber was?«

Stolz wie ein Stier in der Arena, aber auch genauso verletzbar.

»Ich ... entschuldige, ich wusste nicht, dass dich das jetzt so treffen würde.«

»Warum nicht? Warum weißt du so was nicht, Josch? ... Hör mal, ich würde dir vorschlagen, in Zukunft einfach erst mal 'n bisschen nachzudenken, bevor du den Mund aufmachst. Genau das ist nämlich dein Problem, Josch. Du kreist ständig nur um dich selbst. Stapfst mit hängendem Kopf durch deine selbstmitleidige Matsche. Mach mal die Augen auf und guck dich 'n bisschen um! Andere leiden auch. Andere haben sogar noch mehr zu erleiden als du.«

»Das brauchst du mir nicht zu sagen. Das weiß ich.«

»Du kannst nicht einfach so abhauen. Du hast hier einen Job. Hier gibt es so was wie 'ne Perspektive für dich.«

Sie ist laut geworden. Die zwei spielenden Kinder im Hof schauen zu uns rauf.

»In der Therme werden sie mich rausschmeißen. Das ist nur noch eine Frage der Zeit. Weil ... also, ich bin heute 'n bisschen durchgedreht. Wurde so 'n bisschen handgreiflich gegenüber einem Badegast und ... Ja, ich bin für die Therme nicht mehr tragbar ...«

»Wie, du bist handgreiflich geworden? Was soll denn der Scheiß? Was heißt denn das? Handgreiflich?«

»Ach ... nichts Besonderes. Ein Widerling, der sich an den Gästen aufgeilt und sich auf der Sonnenbank immer einen runterholt und noch nicht mal sein ... ja, sein ... Sperma richtig wegwischt. Ein Ekel eben. Und zu allem Überfluss wurde der heute auch noch unverschämt, und da ist mir kurz mal der Kragen geplatzt. Und das steht mir natürlich nicht zu, ja ... und in der Summe war das halt eben einer zu viel.«

Sie schüttelt verwirrt den Kopf, bemüht zu verstehen.

»Gut, dann ... dann sieh das doch als eine Art Zeichen, um neu durchzustarten. Hm?«

Ich rieche Moschus.

»Dann suchst du dir eben was anderes. Eine neue Umgebung, neue Kollegen. Alles neu. Das wird dir guttun. Irgendwie wird es doch weitergehen, oder nicht?«

»Keiner wird mir einen Job geben, Maria. Ich werde mit Sicherheit kein gutes Zeugnis bekommen, und wenn sich ein Arbeitgeber bei der Therme nach mir erkundigt, dann hat sich's sowieso erledigt. Diese Stadt ist ein Dorf. So was spricht sich rum. Erst die ganze Sache mit Leonie, dann heute der Typ ... Es wird Gerüchte geben. So ist das hier eben.«

»Josch. Du kannst doch nicht, bloß weil ...«

»Maria ...«, versuche ich ruhig auf sie einzuwirken.

»Nix, Maria!«, herrscht sie mich an. »Was glaubst du, was du dann da machen wirst, in Frankreich? Was machst du, falls du nicht willkommen bist? Was machst du dann?«

Die Sonne ist fast untergegangen. Ich spiegle mich in ihren Brillengläsern.

»Ich weiß es nicht«, sage ich mir selbst ins Gesicht.

»Das sind ja prima Aussichten, Josch. Dein Ich-weiß-esnicht hat dich ja auch schon ziemlich weit gebracht im Leben, hab ich recht?«

»Hier.« Ich drücke ihr die Kette in die Hand.

»Was ist das?«

»Deine Kette mit dem Anhänger ... Die du verloren hast ... Kurz bevor wir uns kennengelernt haben.«

»Wie, die wurde jetzt erst gefunden?«, fragt sie perplex.

»Na ja ... eigentlich trag ich die ja schon seit längerem mit mir rum ... Am Anfang wollte ich sie dir nicht wiedergeben, weil ... ja, weil es immer ein ganz gutes Thema war, um mit dir ins Gespräch zu kommen, und dann ... dann war's irgendwie zu spät ...«

»Und jetzt ...? Soll das so 'ne Art Abschiedsgeschenk werden, oder was?«

»Ich weiß es nicht.«

»Du hast sie ja nicht mehr alle, Josch. Ehrlich jetzt.«

»Tut mir leid.«

»›Tut mir leid.‹ ›Ich weiß es nicht.‹ Du machst mich langsam richtig sauer, weißt du das?«

Sie schüttelt sich vor Wut und stampft mit den Füßen auf. Ich lächle.

»Mann, du machst mich so richtig sauer. Ich könnte grad' heulen, so sauer machst du mich. Glaubst du, damit kommst du besonders gut an bei deinem Sohn? Mit ›Tut mir leid‹ und ›Ich weiß es nicht‹?«

Ob gelassen oder wütend, nichts nimmt ihr an Schönheit. Je mehr ich sie kennenlerne, desto weniger kann ich darüber hinwegsehen.

»Ich glaube, ich geh jetzt besser«, sage ich, worauf Maria zu lachen beginnt.

»Ah ja ... auf den hab ich ja noch gewartet. Das wird der

dritte Satz sein, den du dort brauchen wirst. Übersetz die dir doch schon mal, damit du die dann gleich parat hast. ›Ich weiß nicht‹, ›Tut mir leid‹ und ›Ich geh jetzt besser‹. Der Deutsch-Französisch-Wortschatz von Josch, dem wehleidigen Bademeister …«

»Mach's gut, Maria.«

Ich stehe auf und verlasse den Balkon.

»O Mann, Scheiße …!«, schreit sie und schlägt mit der flachen Hand auf den Tisch, wobei sie mit den Fingern ihr Wasserglas trifft. Es kippt um, doch kurz bevor es über die Kante rollt, kann ich es greifen.

»Wage es bloß nicht, jetzt zu gehen, Josch! Wage es ja nicht!«

Maria krallt sich in meine Hand.

»So, jetzt. Hier, setz dich …«

Und weil ich ihr scheinbar zu langsam bin, zieht sie mich ruckartig auf den Stuhl neben sich. Ihre Kraft überrascht mich.

»Komm jetzt her! … Das hier, ja?«

Marie drückt mir aggressiv ihre Kette in die Hand und umschließt sie fest mit der ihren.

»Das hier ist einer der Erzengel, okay? Sein Name ist Raphael. Er ist der Schutzpatron der Blinden. Das ist das eine. Raphael gilt aber auch als der Schutzpatron der Reisenden. Ich bin zwar nicht besonders gläubig, aber im Alten Testament, ja, da gibt es so eine Geschichte und die finde ich ganz nett.«

Für einen Augenblick muss sie ihre Erzählung unterbrechen, denn ihr Ärger über mich hat sie kurzatmig werden lassen. Sie holt tief Luft.

»Und … da geht es eben darum, dass dieser Raphael einen gewissen Tobias auf seiner Reise mit seinem blinden Vater begleitet. Verstehst du? Deswegen würde ich dir den jetzt auch gerne mitgeben ... Hier, den Raphael. Damit er dich beschützt auf deinem komischen ... bescheuerten Selbstfindungstrip. Aber ... weil du ja eh die ganze Zeit nur dich selbst siehst und dabei völlig unfähig bist, geradeaus zu gehen, kann der Raphael wohl auch nicht viel ausrichten. Du würdest in null Komma nichts vom Weg abkommen und deswegen ... muss ich wohl oder übel die Rolle des blinden Vaters übernehmen.«

»Hä ...? Versteh ich nicht.«

»Ich komme mit.«

»Nein, kommst du nicht.«

»Sag du mir nicht, was ich zu machen oder zu lassen habe.«

»Doch, das tu ich, Maria ... Das geht nicht.«

»Du machst mich fertig«, sie wirft die Arme in die Luft. Als wolle sie sich ergeben.

»Das tut mir leid, aber ...«

»Schon wieder ... Boah, Josch, du regst mich so was von auf, das kannst du dir gar nicht vorstellen ... Und keiner, Josch, keiner hat mich seit Jahren so aufgeregt wie du. Weil du mir wichtig bist, kapierst du das denn nicht?«, und dabei drückt sie meine Hand noch ein wenig fester. »Dann sag mir doch mal, wie viele Menschen es gibt, denen du wichtig bist?«

»Nicht viele.«

»Dem du so wichtig bist?«

»Niemandem.«

»Das denke ich auch und ehrlich gesagt, kann ich das langsam auch ein wenig nachvollziehen. Du wirst mich mitnehmen müssen, Josch. Ich lass dir keine andere Wahl.«

»Und was ist mit deinem Job? Das Callcenter, deine Führungen?«

»Das lass mal schön meine Sorge sein. Da fällt mir schon was ein ... Also?«

»Tja …?«
»Ich geh jetzt packen«, sagt sie und lässt mich alleine auf dem Balkon zurück.

17.

Sie wird es aus der Zeitung erfahren haben.

Ich weiß, dass sie es nicht überlesen hat.

Selbst wenn, spätestens gestern auf dem Wochenmarkt wird es Thema gewesen sein.

Die Metzgerfrau, die in meiner Erinnerung immer schon alt war, die mir als Kind jedes Mal eine Scheibe Lyoner Wurst über den Tresen gereicht hat, spätestens sie wird Ute gefragt haben, was denn ihr Sohn Josch über den Unfall erzählt hätte. Ihr Josch säße doch sozusagen an der Quelle.

›Wir haben noch nicht miteinander gesprochen‹, wird sie geantwortet haben. Mit dem leidenden Ton in der Stimme und dem tapferen Lächeln, das beweisen soll, wie sie die Enttäuschung meistert.

Wir haben nicht miteinander gesprochen, weil sie mich nicht angerufen hat.

Die Eltern anzurufen ist Sache der Kinder, sagt sie.

Ute ruft mich nie an. Es kann passieren, was will.

Auch als bei Vater Krebs festgestellt wurde, hatte sie mich nicht angerufen. Sie hatte mich schließlich nicht ›vorschnell beunruhigen‹ wollen.

Erst nach der Operation hatten sie Bescheid gegeben. Nachdem ›das Gröbste überstanden‹ und man ›auf einem guten Weg‹ gewesen war. Sie hatte es für schlichtweg unnötig gehalten, dass ich mir auch noch Sorgen machte.

Natürlich hatte ich mich furchtbar darüber aufgeregt.

»Ja, ja. Die Eltern machen ja immer alles falsch«, hatte Ute dann gesagt und gelächelt.

Heute hätte ich anrufen können.
Stattdessen bin ich einfach vorbeigegangen.
Ute ist nicht zu Hause.

Wahrscheinlich ist sie in ihrer Turngruppe, beim Einkaufen oder bei Papa. Blumen gießen auf dem Friedhof.

Wie der Zufall es will, trifft sie dort bestimmt gerade auf Leonies Trauergemeinde. Oder sie ist aus reiner Neugier zur Beerdigung gegangen. Immerhin wäre es vorstellbar, dass sie den einen oder anderen Kollegen kennt, der Leonie unterrichtet hat.

Dass ich das geschmacklos fände, würde sie natürlich nicht verstehen.

Ute stört es nicht, wenn ich das Haus in ihrer Abwesenheit betrete. Das mache ich ja auch, wenn ich mich um den Garten und die Post kümmere, während sie sich mit ihren ehemaligen Lehrerkollegen auf irgendeiner Studienreise befindet. Schließlich war es auch mal mein Zuhause.

Ich stolpere über das Wort ›Zuhause‹. Wo oder was soll das denn sein? Ist das mehr Ort oder mehr Gefühl?

Es riecht modrig. Nach feuchtem Buchpapier. Es stinkt förmlich nach Studienreisenden, nach Sozialpädagogen, die in Rom schon um neun Uhr abends ins Bett gehen, nur damit sie am nächsten Morgen um acht im Colosseum stehen können, wo sie über die schlechte Qualität der Matratzen und das spärliche Frühstücksbuffet lästern.

Im Eingangsbereich streife ich mir die Schuhe ab und schaue gewohnheitsgemäß auf Vaters Foto, das gerahmt auf dem Telefontisch steht. Es soll das Erste und Letzte sein, was man beim Betreten und Verlassen des Hauses zu sehen bekommt.
Zehn Jahre nach seinem Tod ist es wohl das einzige Zeugnis seiner Existenz in diesem Haus.

Wenn ich an meinen Vater denke, sehe ich ihn tanzen.
Komisch eigentlich, denn außer diesem einen Mal, kann ich mich nicht daran erinnern, ihn jemals tanzen gesehen zu haben.
Die See war ruhig und nach dem etwas steifen Captains Dinner fand an der Bar auf dem Oberdeck so ein peinliches Filmmusik-Ratespiel statt. Wenn man die Lösung wusste, sollte man in die Mitte der Tanzfläche eilen, um an einer Schiffsglocke zu läuten. Die meisten Gäste waren schon über siebzig Jahre alt. Da wurde eilen zum dehnbaren Begriff.
Papa und ich sahen dem Grauen zu und leerten die zweite Flasche Wein für diesen Abend. Der Tanz wurde eröffnet und eine angeheiterte Kegel-Damenmannschaft stürmte zu ›It's raining men‹ das Parkett.
Ich kam gerade von der Toilette zurück, als ich Papa von weitem schon auf der Tanzfläche entdeckte. Seine Art zu tanzen war ein absoluter Blickfang. Sie ähnelte ein wenig dem Bewegungsablauf eines Geckos. Beide Beine schienen steif im Boden verwurzelt zu sein, seine Hände wippten unrhythmisch

zum Takt, seinen Kopf und seinen Oberkörper schien er aus dem Rumpf herauszudrücken, und das alles tat er mit ernster und um Haltung bemühter Mimik. Genauso lustig wie sympathisch. Angetrunken, wie er war, hatte mein Vater viel Freude bei Hugo-Strasser-Tanzmusik, den flirtenden Kegelfrauen, der frischen Seeluft und dem sternenklaren Himmel in einer angenehmen Vollmondnacht Mitte Juni auf unserer Drei-Tage-Vater-Sohn-Kreuzfahrtreise Lübeck–Oslo und zurück.

Fünf Monate nach unserer gemeinsamen Reise hatten wir alle Mozart gelauscht.

Vielleicht wäre Hugo Strasser passender gewesen, denn wenn mein Vater von Musik Ahnung hatte, dann von Swing. Der war zumindest die letzten Jahrzehnte tagein, tagaus auf einem verrauscht dumpfen Mittelwellensender in seinem Kiosk am Fährhafen zu hören gewesen. Ehrlich gesagt, weiß ich gar nicht mehr, wie ich auf Mozart gekommen bin. Alles war so schnell gegangen, ich musste mich für irgendetwas entscheiden. Und da hatte ich an sein dickes, halblanges Haar, das immer in alle Himmelsrichtungen abgestanden war, gedacht, daran, wie fest und herzlich er mich umarmt hatte, als Louis' Mutter und ich sie zu ihrem dreißigjährigen Hochzeitstag auf einen Kurztrip nach Salzburg geschickt hatten. Zum Dank brachten sie uns eine Blumenvase voller Mozartkugeln mit.

Fast täglich hatte er sich seinen Mikrowellen-Apfelstrudel aus dem Discounter warm gemacht, dazu ein Vanilleeis aus der Kühltruhe geholt, es mit einem Messer fein säuberlich vom Holzstil heruntergeschoben, um es auf dem dampfenden Strudel zergehen zu lassen.

An all das hatte ich denken müssen und deshalb Mozart gewählt. Das Wiegenlied.

Ich gehe ins Wohnzimmer.

Im Vorbeigehen lasse ich meine Finger über die Tastatur des Flügels streifen. Staubfrei.

Ein Walzer von Chopin ist aufgeschlagen.

Zu Utes Leidwesen habe ich es nie bis zu Chopin gebracht.

Überhaupt habe ich in ihren Augen nie ausreichend Willenskraft besessen. Ich bin nicht der Kämpfertyp, den sie gerne gehabt hätte. Einer, der die Zähne zusammenbeißt. Der im Beruf und im Privaten genau weiß, wann es an der Zeit ist, Ja oder Nein zu sagen.

›Ihr Josch‹ ist nie ihr Josch gewesen.

Das schmerzt sie am meisten. Mich auch.

Ich öffne die Terrassentür.

Zugunsten ihres Gemüsegartens hat der Rasen über die Jahre massiv an Fläche einbüßen müssen. Die Erdbeeren sehen reif aus.

In der Küche suche ich nach einer Schüssel und mache mich ans Pflücken.

Die allwissende Ute.

Ich habe meine Mutter immer nur bei ihrem Vornamen genannt. Sie wollte das so. Glaube ich.

Ute war nicht das, was man eine liebende Mutter nennen würde. Sie war weder kalt noch böse zu mir. Immerhin war sie da. Die Mindestleistung hat sie erbracht, sie hat mich ausgehalten.

Ute, die auf Studienreise gegangen war, nicht um sich weiterzubilden, sondern vor allem um ihrem hart arbeitenden Mann zu zeigen, dass es im Leben noch etwas anderes gab. Letztlich konnte er ja froh gewesen sein, dass sie sich immer wieder aufs Neue dazu entschlossen hatte, mit ihm in seine Alltäglichkeit einzutauchen. Davon war sie überzeugt.

Und das, obwohl sie wusste, dass er Tag für Tag, von früh bis spät, bei jedem Wind und Wetter, in seinem Kiosk am Fährhafen gestanden hatte. Dort hatte er Zeitungen, Zigaretten und Eis am Stil an den Mann gebracht, mit dem einzigen Ziel, das gemeinsame Haus abzubezahlen und seiner Familie all die Wünsche zu erfüllen, die sich Ute allein mit ihrem Lehrergehalt nicht hätte leisten können.

Die Sonne brennt mir auf den Kopf, das T-Shirt klebt an meinem Körper, Schweiß und Erde vermischen sich auf meinem Gesicht. Ich muss noch die Brombeeren für sie pflücken.

Ich weiß nicht warum, aber wahrscheinlich hätte ich Ute heute sogar von meinem Vorhaben erzählt, hätte ihr Leonie und vielleicht auch Maria beschrieben. Ihr geschildert, was man mir vorgeworfen hat, und ihr gesagt, dass es mir nicht gutgeht. Ihr genau erklärt, warum es richtig ist, heute nach Frankreich zu fahren. Und warum es richtig ist, hier alles zurückzulassen.

Vielleicht wäre es mir heute leichter gefallen, Schwäche zu zeigen.

Ein bisschen wäre es so gewesen, wie wenn Maria ihre Sonnenbrille abnimmt.

Verstanden hätten wir uns bestimmt nicht, aber vielleicht hätten wir uns zur Abwechslung mal zugehört.

Im Gartenhäuschen suche ich nach einer kleinen Hacke, um die vertrocknete Erde der Beete aufzulockern.

Als mein Vater gestorben war, am Tag vor seiner Beerdigung, war Ute wie vom Erdboden verschwunden gewesen. Den ganzen Tag hatte ich nach ihr gesucht. Als es fast schon dunkel gewesen war, hatte ich sie in ihrem Garten, auf dem Boden hinter dem Gartenhäuschen sitzend, gefunden. Sie hatte aus den Glockenblumen, auf die sie immer so stolz war, einen Kranz geflochten.

›Bei mir wachsen die sogar im November‹, hat sie immer gesagt.

Es war sehr kalt gewesen. Ute, deren Blutdruck immer zu niedrig ist, die immer friert, war zu konzentriert gewesen, um sich zu spüren.

Zu gedankenverloren für das Zittern.

»Den lege ich ihm auf den Sarg«, hatte sie mich begrüßt. »Der ist für Papa. Wie ein Feenkranz. Weißt du, was Elfen sind, Josch? Elfen tragen auch Glockenblumen.«

Meine Mutter hatte mich angelächelt. Hilflos. Schutzlos. Als Sohn willst du so was nicht sehen.

Man muss beschützt werden.
Ich hätte Leonie beschützen müssen.

Heute ist der Tag ihrer Beerdigung.

Statt dort zu sein, grabe ich die Erde im Garten meiner Mutter um.

Es ist viel passiert seit du weg bist, Leonie.

Heute werde ich mich mit Frau Maulwurf auf den Weg machen, Louis wiederzufinden.

Ich muss daran denken, wie Leonie mir mal dabei zugesehen hatte, als ich Fäkalien aus dem Babybecken gekäschert habe und wie sie ganz trocken gesagt hatte: »Mann, Mann, Mann. Was für 'n Scheißjob.« Ich muss lachen.

Wo du bist?
 Wie geht es dir?
 Geht es dir überhaupt irgendwie?

Beim Thema Tod verwandeln sich alle Menschen in naive Kinder. Das Endgültige zu akzeptieren fällt jedem schwer. Die Hoffnung, dass es irgendwie weitergeht, ist der einzige Trost angesichts dieses großen Unbekannten.

Gerade habe ich das Gefühl, dass Leonie vielleicht doch mitbekommt, was ich hier vor mich hin denke.

Gestern zum Beispiel, da hatte mich von einer Hecke aus ein schwarzer Rabe angekrächzt und in dem Moment war ich mir so sicher gewesen, dass sie das war. Das glänzend schwarze Federkleid und der vorlaute Schnabel hatten mich an ihre Haare, ihren Badeanzug und ihr loses Mundwerk erinnert.

Letzte Woche hätte sie mich dafür noch ausgelacht, sich an den Kopf gefasst und auf den Gott-ist-tot-Button an ihrer Badetasche gezeigt.

Und heute? Was sagst du heute?
Sie schaufeln Erde auf dich, Leonie.
Deine Schulkameraden, deine Lehrer, deine Familie, deine Mutter, dein Vater.

Jeder nimmt eine Schaufel davon in die Hand und kippt sie auf dein Leben.

Und wenn alle gegangen sind, werden fremde Männer kommen, die so lange Erde auf dich schütten, bis nichts mehr

zu sehen sein wird. Bis alles wieder eben ist. Dem Erdboden gleichgemacht.
Das ist der Grund, warum sie alle so kindisch werden.
Warum sie Engel erfinden und allgegenwärtige Seelen.
Weil es einfach zu heftig ist.

Wo immer du auch bist, und auch wenn es letztlich wirklich nur das schwarze Loch auf dem Hauptfriedhof sein sollte, in mir bleibst du tief verwurzelt.
Es war großartig, dich kennengelernt zu haben.

Und wenn ich irgendwann selbst vor dem weißen Licht stehe, wenn eines Tages die Bilder meines Lebens an mir vorbeirauschen, wird eines das sein, wo du mich anguckst und sagst: »Mann, Mann, Mann. Was für 'n Scheißjob.«
Du hättest den Feenkranz verdient. Ach, Leonie.

Ich schließe die Augen. Meine Haut ist nass. Ich wische mir übers Gesicht und gehe zurück ins Haus.
Obwohl ich länger als zwei Stunden im Garten verbracht habe, ist Ute immer noch nicht zurück.
Das macht es unkomplizierter.
Im Badezimmer der oberen Etage dusche ich kurz. Danach betrete ich ihr Schlafzimmer. Mein Blick fällt auf das Doppelbett. Nur auf ihrer Seite sind Decke und Kopfkissen drapiert. Vaters Seite lässt sie immer leer.

Ute und ich sind uns wahrscheinlich ähnlicher, als wir zugeben würden.

Ich öffne die Schublade ihres Nachttischs.

Seit meiner Kindheit, weiß ich, dass sie ihr Bargeld in dem Einband des alten Homers aufbewahrt. Immer schon und immer schon unnötig viel.

Heute sind es 850 Euro.

LIEBE UTE
SEI MIR NICHT BÖSE.
WÜRDE ICH ES DIR ERKLÄREN, DU WÜRDEST MICH VERSTEHEN.
ES IST SEHR WICHTIG.
MACH DIR KEINE SORGEN. DU BEKOMMST ES ZURÜCK.
VERSPROCHEN.
ICH RUFE DICH AN.
DEIN JOSCH

Die Notiz lege ich anstelle des Geldes in das Buch.

Unten ziehe ich meine Schuhe an, nicke Vater zu und schließe die Tür hinter mir.

18.

»So. Na dann … geht's jetzt wohl los«, stellt Maria etwas zu laut fest.

Nach dem schrillen Pfiff des Schaffners und dem lauten Rumms der Türen, wird aus dem schwerfälligen Ruckeln des Regionalzugs ein immer schneller werdendes gleichmäßiges Rattern.

Maria findet die Luft im Abteil muffig. Sie tastet sich an die beiden Griffe heran und zieht ruckartig die Fensterscheibe herunter.

Als wir über die alte Eisenbahnbrücke rollen, lässt die Mittagssonne gerade den See glitzern, so als ob man in ein geöffnetes Schmuckkästchen gucken würde.

Manch einer wird es bestimmt gerade bereuen, sich bei dieser Hitze ein Tretboot ausgeliehen zu haben, und nun angestrengt versuchen, an wellenschlagenden Ausflugsdampfern vorbei, durch die Hafeneinfahrt zu navigieren.

»Ich finde es, ehrlich gesagt, immer noch keine besonders … tolle Idee, dass du mitkommst.«

»Wirklich nicht? So überhaupt gar nicht?«, fragt sie und möchte dabei keck wirken. Es misslingt ihr. Vornehmlich liegt das an der Sonnenbrille, für die sie sich heute entschieden hat. Einen Tick zu groß und zu schwer, muss sie ständig nachgeschoben werden, wodurch Maria unglaublich komisch wirkt, unfreiwillig. Dabei aber zum Niederknien charmant.

»Na ... doch. Vielleicht ein ganz kleines bisschen«, gebe ich zu.

»Das ... hicks ... reicht mir ... Also, ich freue mich ... hicks«, stammelt Maria nervös.

Jetzt hat sie auch noch Schluckauf.

Sie will mir die Reise als eine Art Abenteuer verkaufen, wobei sie natürlich weiß, dass es um wesentlich mehr geht.

Als ich Maria heute zum vereinbarten Zeitpunkt abholen wollte, war sie immer noch mit dem Packen beschäftigt. Genauer gesagt, mit dem Aus-, Nach- und Umpacken.

Aufgeregt redete sie von Dingen, die ich persönlich gerade zu den kleineren Problemen zählen würde.

Dass es in Südfrankreich ja für gewöhnlich noch heißer werden kann als hier und dass dies ja dann für leichte Kleidung spreche.

»Aber am Wasser kann es natürlich auch sehr windig werden oder abends sogar auch mal richtig kühl und feucht.« Wie ein Wirbelwind fegte sie durch ihre Wohnung. »Und dann kann es ja auch mal regnen. Und außerdem ist ja immer noch nicht geklärt, wo wir überhaupt schlafen.«

Meine Anwesenheit schien sie unter Druck zu setzen, wodurch sie noch hektischer wirkte. Stimme und Sprache drohten sich zu überschlagen.

»So, und wenn wir wegen der Hauptsaison keine Unterkunft finden, tja, was ist denn dann ...? Dann müssen wir im Notfall sogar unter freiem Himmel übernachten oder uns ein Zelt besorgen, und da bräuchte ich dann ja wieder was komplett anderes zum Anziehen ...«

»Wir übernachten aber nicht unter freiem Himmel.«

»Tun wir nicht?«

»Tun wir nicht.«

»Okay ... das macht die Sache schon etwas leichter.«

»Sag mal ... geht eigentlich jemand mit dir ... mit ... wenn du so einkaufen gehst?«, tastete ich mich vorsichtig vor.

»Nein, wieso? Mach ich selber ... Irgendwas zu beanstanden?«

»Hmm? Nö ...«

Marias Kleidung ist nicht unbedingt das, was man im Allgemeinen schön oder stilvoll nennen würde.

Auf solche Attribute legt sie aber auch keinen Wert. Für Maria muss Kleidung in erster Linie praktisch sein. Nicht mehr, aber auch nicht weniger. Ganz nach dem Zwiebelprinzip zieht sie fast immer mehrere Kleiderschichten übereinander, um dann, je nach Wetter und Bedürfnis, Lagen wieder auszuziehen. Ob die einzelnen Teile dabei auch optisch zusammenpassen, ist ihr völlig egal. Die Farbkombinationen beißen sich manchmal so sehr, dass Maria eher durch die Wahl ihrer Kleidung als durch ihre Behinderung auffällt.

Hinter dieser beratungsresistenten Haltung vermute ich aber dennoch eine gehörige Portion Kalkül: Seht her. Ich bin, wie ich bin. Und seht, wie enorm uneitel ich dabei auch noch sein kann.

Als wir mit dem Stadtbus am Hauptbahnhof angekommen waren, gingen wir auf direktem Weg in die Schalterhalle.

Mit Maria bin ich viel langsamer.

Gelegentlich hilft das zwar beim Denken, aber wenn es um das schlichte Vorankommen geht, das einfache Von-A-nach-B, hält ihre Langsamkeit ungemein auf.

Im Reden hingegen ist sie vergleichsweise schnell.

»Was kostet denn so ein Ticket nach Menton, Josch? Ich weiß gar nicht, ob ich noch so viel Bargeld dabei habe. Sonst müssten wir halt noch am Automaten vorbei. Das wäre aber kein Problem, hier ganz in der Nähe ist einer. Aber die nehmen doch bestimmt auch EC-Karte, oder? Ich bin schon ewig nicht mehr ...«

»Lass mal, ich mach das erst mal«, hatte ich sie ungeduldig unterbrochen. »Wart hier mal eben auf mich, okay?«

»Okay ... Ich bleib hier stehen, ja?«

»Ja ... genau. Bleib hier stehen.«

Und erst als ich in der Schlange vor dem Fahrkartenschalter gestanden hatte, einen kurzen Moment allein unter vielen, konnte ich wieder richtig durchatmen.

Was für ein bunter Vogel, hatte ich gedacht, als ich Maria von weitem beobachtete. Manchmal fällt einem so etwas ja erst auf, wenn andere Menschen zum Vergleich drum herum stehen.

Ich weiß nicht genau, warum, aber da war mir plötzlich wieder eingefallen, was sie mir mal an einem Abend erzählt hatte.

In den letzten Jahren, bis zu dem Tag, als sie vollständig erblindet war, hatte Maria nachts immer das Licht ihrer Nachttischlampe angelassen. Das war ihr enorm wichtig gewesen, denn dadurch hätte sie, falls sie nachts noch mal aufgewacht wäre, sofort feststellen können, ob der Tag der Dunkelheit, wie sie ihn genannt hatte, nun endlich gekommen wäre.

Ich bewundere diese Frau.

Was verspricht sie sich von mir?

Mit Koffer und Reisetasche, einer zu großen Sonnenbrille, den Blindenstock in der Hand, hatte sie abwartend neben dem Eingang gestanden.

Ein wenig Hepburn, ein bisschen Chaplin.

Ununterbrochen waren neue Reisende an ihr vorbeigeeilt.

Einigen war sie aufgefallen, andere waren ebenso blind an ihr vorübergegangen. Nach ein paar Minuten war ein älterer Herr an Maria herangetreten und hatte sie gefragt, ob sie Hilfe benötige.

Sie hatte verneint und sich lächelnd bedankt.

Als ich an der Reihe gewesen war, hatte ich ohne viel nachzudenken erst einmal nur zwei einfache Fahrscheine nach Zürich gekauft.

Ich bin mir nicht sicher, ob es sich Maria vielleicht doch noch anders überlegen wird. Dann wäre es schade ums Geld. So hat sie noch zwei Stunden Zeit, um ihr Angebot, auf mich aufzupassen, zu überdenken.

Auch jetzt noch, nachdem wir unser Abteil gefunden, das Gepäck verstaut und die Sitzplätze eingenommen haben, scheint sie sehr angespannt zu sein, woraus sie auch keinen Hehl macht.

Ganz unruhig fummelt sie an ihrer Handtasche herum, um im nächsten Moment wieder kerzengerade und bewegungslos dazusitzen und zu lauschen, was um sie herum gerade vor sich geht.

Wie ein wuseliges Erdmännchen mit Schluckauf.

»Alles okay mit dir, Maria?«
»Ja ... wieso?«

Wenn ich alleine reisen würde, hätte ich wahrscheinlich versucht, die größtmögliche Strecke zu trampen. Ich habe das zwar seit Ewigkeiten nicht mehr gemacht, aber meine derzeitige finanzielle Lage schreit förmlich nach unkonventionellen Mitteln. Ich muss, solange wie möglich, das wenige Geld zusammenhalten.

»Guten Tag. Ist hier noch frei?«
Ein mir bekanntes Gesicht steckt den Kopf in unser Abteil.
»Ja ... hicks ... Sicher.«
»Sind Sie das, Josch?« Frau Blum setzt sich uns gegenüber. »Das ist ja nett. Sie habe ich ja schon ganz lange nicht mehr gesehen. Das freut mich jetzt aber.« Sie nimmt meine Hand. »Wie geht es Ihnen denn?«
»Gut, danke«, lüge ich. Noch mehr Gesellschaft stört mich gerade eher.
Maria lächelt und hickst.
Ich stelle die beiden einander vor.
»Das ist Frau Blum, ein ehemaliger Stammgast bei uns in der Therme und das ... das ist Maria ... Eine Freundin.«
»Eine Freundin, ja. Guten Tag«, bestätigt Maria erfreut und streckt ihr die Hand entgegen.
»Schön. Guten Tag ... Wohin geht denn die Reise, wenn ich fragen darf?«

»Ach …«, sage ich.

»Dürfen Sie. Nach Menton … Côte d'A… hicks … zur«, kommt mir Maria zuvor.

»Hui, wie schön … Da haben Sie sich ja ein Stückchen Weg vorgenommen.«

Das Gespräch mit der sympathischen Rentnerin entwickelt sich schnell zu einem angeregten Frauenplausch über Gott und die Welt.

Während die beiden sich unterhalten, fällt mir auf, wie Maria mehr und mehr entspannt und sich Stück für Stück ihr Selbstbewusstsein zurückerobert.

Wer nichts sieht, muss geduldig sein, denke ich kurz bevor wir in Zürich ankommen und Frau Blum, die wir mittlerweile Regina nennen dürfen, sagt: »Bleibt doch heute Nacht bei mir in meinem Haus. Sonst müsst ihr euch ja ein Hotel nehmen oder mit dem Nachtzug fahren. Das ist nicht schön … Kommt doch mit zu mir, ja? Ich würde mich freuen.«

Und Maria antwortet: »Gerne. Das wäre schön … Was meinst du, Josch?«

Der Schluckauf ist verschwunden.

19.

Als das Taxi vor Reginas Grundstück hält, bin ich, gelinde gesagt, überrascht. Ein derart imposantes Anwesen habe ich selten gesehen, geschweige denn betreten. Maria scheint die Ausmaße des Hauses erst in der hohen Eingangshalle zu realisieren.

»Huch, das ist jetzt aber etwas größer hier, oder?«, flüstert sie mir zu.

»Kommt, ihr Lieben. Zuallererst trinken wir einen Kaffee, ja?«, sagt Regina, nachdem sie ihren Sommermantel auf eine gepolsterte Bank gelegt hat. Eine, wie ich sie nur aus diesen Einrichtungszeitschriften kenne, die bei uns im Wellnessbereich ausliegen.

»Rosi …?«, ruft sie durch die angrenzenden Räume und wendet sich uns dann wieder zu. »Lasst alles stehen und liegen. Wir setzen uns auf die Terrasse. Da ist es jetzt besonders schön.«

»Hier bin ich, Regina.«

Eine kräftige Frau um die sechzig erscheint unter einem der drei Steinbögen, von denen der Eingangsbereich eingerahmt wird. »Wie schön. Sie haben Gäste mitgebracht.«

Sie wischt sich die feuchten Hände an ihrer Küchenschürze ab und wir kommen in den Genuss eines überraschend kräftigen Händedrucks. Regina streicht sie zur Begrüßung liebevoll über den knochigen Rücken.

»Rosi kümmert sich darum, dass es mir an nichts fehlt. Sie ist die gute Seele des Hauses«, erklärt uns Regina. »Das sind Maria und Josch, meine Gäste ... Na, so was? Maria und Josch, das klingt ja ein wenig wie Maria und Josef.«

»Aber im Vergleich haben wir überschaubar wenig Heiliges an uns, oder Josch?«, lacht Maria.

»Nun, im Vergleich mögen sie recht haben«, stellt Regina belustigt fest. »Und jetzt, Rosi, wären wir Ihnen äußerst dankbar, wenn Sie uns eine Tasse Kaffee auf die Terrasse bringen würden.«

»Sicher doch. Ich bin gleich bei Ihnen.«

Regina führt uns durch das prachtvolle Wohnzimmer. Ich ziehe Maria noch etwas dichter an mich heran, weil ich Angst habe, sie könnte im Vorbeigehen eine der Vasen oder eine der wertvoll aussehenden Skulpturen umstoßen. Maria versteht das als zärtliche Geste, der sie gerne nachgibt.

Die Terrasse hat mindestens die Grundfläche meiner Zweieinhalb-Zimmer-Wohnung. Zudem hat man von hier aus einen atemberaubenden Blick über den Zürichsee. Zwischen Ufer und Terrasse befindet sich noch mindestens eine fußballfeldgroße frisch gemähte Rasenfläche, auf dem ein hektisch bellender Zwergschnauzer Haken schlägt. Die getigerte Katze auf einem der Korbsessel schaut ihm gelangweilt dabei zu. Müde hebt sie ihren Kopf und begrüßt Regina mit einem selbstgefälligen Mauzen, um sich dann im nächsten Moment wieder in den Schlummermodus zu begeben.

Wenige Minuten später hat die Haushälterin Rosi den großen weißen Sonnenschirm aufgespannt, uns Kaffee und selbstgemachten Apfelkuchen serviert. Wir essen mit Silberbesteck und trinken gekühltes Mineralwasser aus Kristallgläsern, durch die das Licht der späten Nachmittagssonne glitzernde Muster auf unsere Gesichter wirft.

»Der ist so lecker«, sagt Maria glücklich und mit vollem Mund.

»Ja«, freut sich Regina über diese unverstellte Begeisterung. »Rosis Apfelkuchen bleibt unübertroffen.«

Im Gegensatz zu uns hat sie sich aber nur ein schmales, bescheidenes Stück reichen lassen, und selbst das bleibt von ihr weitgehend unberührt.

»Regina, ich wusste gar nicht, dass ... also, dass Sie so leben ... wie Sie leben ... hier.«

»Woher sollten Sie auch, mein Lieber?«, antwortet Regina.

»Warum waren Sie so lange nicht mehr bei uns in der Therme? Ich kann mich noch an Zeiten erinnern, da waren Sie fast jeden Tag da. Wann war das? Vor drei, vier Jahren?«

»Ja, vor etwa vier Jahren habe ich beschlossen, wieder mehr hier zu leben. Das stimmt, Josch ...«

Sie nippt an ihrem Kaffee und sieht mich an. »Nun, wenn Sie schon so fragen ... Ich hatte einen Freund. Einen Lebensgefährten. ... Aber nach ein paar Jahren habe ich die Beziehung beendet.«

»Ach ... Das ist ja ... schade«, sagt Maria.

»Na ja. Wie man's nimmt«, antwortet Regina und sieht mit undurchsichtiger Miene auf den See hinaus.

»Nein, also, ich meine ... Entschuldigung ... Was ich meinte ... dass es ja eher ungewöhnlich ist, wenn ...«, windet sich Maria und errötet dabei sogar ein wenig.

»Wenn sich alte Menschen voneinander trennen? Auf diese Weise? Das hört man nicht so oft, nicht wahr? Da mögen Sie recht haben, Maria. In meinem Alter übernimmt diese Aufgabe meistens der Tod und nicht der Partner. Meinten Sie das?«

Ich mag Reginas Art, Dinge offenzulegen, die ganz leicht unter der Oberfläche mitschwingen. Es waren genau diese Pfeilspitzen und entwaffnenden Kommentare, wegen derer sie mir über die Jahre in Erinnerung geblieben ist.

»Ja ... Das ... das meinte ich, glaube ich.«

Das Unverblümte an ihr.

»Wissen Sie ... Er war nicht der Richtige. Vielleicht war er der Letzte. Ja, bestimmt sogar. Aber der Richtige war er deshalb noch lange nicht.«

Ihr Kater springt ihr auf den Schoß und will gestreichelt werden.

»Er war Heizungsinstallateur in erster und ein begnadeter Maler und Zeichner in zweiter Linie. Mein Verhängnis war, dass ich immer lieber den Künstler als den Arbeiter in ihm sehen wollte. Das wurde mit der Zeit sehr mühsam. Und eines Tages fiel mir auf, dass es zu viele Dinge waren, die ich anders sah als er. Ganz prinzipielle Dinge. Na und dann ... dann ging es eben nicht mehr.«

»Und das Haus hier ...?«, frage ich.

»Alter Familienbesitz.« Sie nippt an ihrem Wasser und wartet, ob ich mich mit der Kargheit ihrer Antwort zufriedengebe.

»Die Schweizer haben schon immer gewusst, wann und wie die Uhren richtig ticken.«

Über alles scheint sie dann doch nicht sprechen zu wollen, was sie nun offenbar dazu veranlasst, den Spieß einfach umzudrehen. »Sie wollen also zu Ihrem Sohn?«

»Ja.«

»Vorhin habe ich rausgehört, dass Sie sich jahrelang nicht mehr gesehen haben. Darf ich fragen, warum?«

»Das ist sehr kompliziert …«

»Verstehe. Kompliziert …?« Wir sehen uns einen Moment in die Augen. »Und trotz der Kompliziertheit wollen Sie zu ihm?«, hakt sie nach.

»Ja.«

Und mit einem Mal löse ich mich aus meiner Einsilbigkeit und schildere die Ereignisse rund um Leonie, und wie es mir dabei geht, und dass es mich nun fortzieht.

Dass ich das Gefühl habe, zum allerersten Mal wirklich meinem Instinkt zu folgen.

Mich erstaunt meine Offenheit. Aber die Aufmerksamkeit und die Wärme, die mir diese beiden so unterschiedlichen Frauen entgegenbringen, hindern mich am Rückzug.

Darüber, dass unsere Reise auch gleichsam eine Flucht ist, spreche ich nicht.

Martin wartet auf sein Geld. Herr Bender von der TrustInkasso auf einen Termin. Der Polizei sollte ich weiterhin zur Verfügung stehen. Die Chefin entbinde ich von einer Personalentscheidung. Dr. Sauer meide ich. Und ich verschone Leonies Familie, die keinen Frieden mit mir schließen kann.

Ich lasse viele Fragen unbeantwortet und werfe damit viele weitere auf. Ich entziehe mich.

»Das machen Sie ganz richtig, Josch. Folgen Sie Ihrem Instinkt. Sehen Sie, seitdem ich wieder hier wohne, seit ein paar Jahren, versuche ich die letzte Phase meines Lebens ausschließlich nach meinem Instinkt auszurichten«, resümiert Regina. »Ich beobachte meine Tiere und lerne stetig von ihnen.«

»Und wie meinen Sie das? Was lernen Sie da genau?«, fragt Maria interessiert.

»Wissen Sie, ich bezweifle, dass mein Hund sich kurz vor dem Schlafengehen noch Sorgen über seinen Tod macht. Ich kann mir auch nicht vorstellen, dass sich meine Katze Gedanken über ihren Erlöser macht. Glauben Sie, die Tiere fragen sich ernsthaft, ob sie glücklich sind? Nein, sie befriedigen nur ihre Bedürfnisse. Alle Lebewesen tun das. Alle. Nur wir nicht. Bezeichnen wir uns deshalb als die intelligenteste Rasse? In meinen Augen macht uns diese Form der Intelligenz in ihrer ganzen Komplexität einfältig und dumm.«

Das Feuer in Reginas Augen macht sie alterslos.

»Kann mein Hund lügen? Nein! Hintergeht mich meine Katze, wenn sie gleich von meinem Schoß auf Ihren springt, um sich lieber von Ihnen als von mir streicheln zu lassen? Nein. Sie holt sich das, was ihr guttut. Sie handelt nach ihrem Instinkt. Das ist das Natürlichste überhaupt, aber für uns stellt sich unser Verstand, unser Ich-Gefühl, als unser schwierigstes Unterfangen heraus. Wir ersticken in der Falschheit unserer Moralvorstellungen.«

»Aber Tiere sind doch insofern einfältig und im Gegensatz zu uns benachteiligt, als dass sie ausschließlich auf ihren Instinkt fokussiert sind. Sie können sich zum Beispiel auch nicht wie wir an einem einfachen Sonnenuntergang erfreuen«, wendet Maria ein.

»Können Sie sich noch an einem Sonnenuntergang erfreuen, Maria?«

»Nein, natürlich nicht. Aber das hat andere Gründe.«

»Aber nur, weil Sie nicht die Fähigkeit besitzen zu sehen, ändert das, in letzter Konsequenz, doch nichts an der Möglichkeit, Ihr Leben in vollen Zügen instinktiv zu leben. Verstehen Sie mich nicht falsch. Sie machen mir den Eindruck, als hätten Sie ein gutes Verhältnis zu Ihrem Schicksal. Ich gehe davon aus, dass Sie den Grad Ihrer Zufriedenheit nicht mehr davon abhängig machen, ob Sie die Schönheit eines Sonnenuntergang erfassen können oder nicht.«

Sie streichelt Maria dabei sanft über die Hand. »Schauen Sie, nur durch die Tatsache, dass wir uns von äußerlichen Dingen beeindrucken lassen, die Vergangenheit uns verwirrt und der Gedanke an die Zukunft uns ablenkt, entstehen Ängste und Sorgen. Können Sie mir folgen? Josch?«

»Ja, ich denke schon ...«, sage ich.

»Mein Hund, zum Beispiel, geht größeren Hunden instinktiv aus dem Weg. Das tut er nicht, weil er besondere Angst davor hätte, der Unterlegene zu sein, sondern weil er instinktiv weiß, was gut für ihn ist. Meine Tiere führen ein weitaus kürzeres, aber erstrebenswerteres Leben als ich. Davon bin ich überzeugt. Was ihnen guttut und was nicht – nur danach richten sie von Anfang an ihr Leben aus. Sie machen eine Erfahrung, lernen daraus und machen den gleichen Fehler nicht ein zweites Mal. Nichts lenkt sie ab. Nichts manipuliert sie. So kindisch das in Ihren Augen für eine Frau in meinem Alter ... und in so einem Haus«, dabei zwinkert sie mir zu, »auch klingen mag.«

»Haben Sie Kinder, Regina?«, frage ich sie, obwohl ich die Antwort zu kennen glaube.

Sie stutzt, nimmt ihren Kuchenteller und stellt ihn auf den Boden. »Nein, Josch. Habe ich nicht.«

Hund und Katze lassen sich kein zweites Mal bitten und stürzen sich auf Rosis Apfelkuchen.

20.

Natürlich bin ich mir unsicher. Seit Jahren haben wir nicht mehr miteinander gesprochen. Ein simples ›Hallo‹? Wird es das Erste sein, was ich ihm sagen werde? ›Du hast mir gefehlt‹, könnte ihn überfordern.

›Schön, dich zu sehen‹, klingt zu banal. Das sagt man zu einem Freund, zu einem Bekannten. Ich bin nicht sein Freund.

›Da bin ich.‹ Das passt wahrscheinlich am besten.

Mir ist heiß, ich schlage die Bettdecke zurück und ziehe mein T-Shirt aus.

An seiner Stelle hätte ich gar keine Lust, mit mir zu reden.

Er ist heute wahrscheinlich ein komplett anderer Mensch als der, den ich noch in Erinnerung habe. Sicher ist er mittlerweile genauso groß wie ich.

Wie zwei Fremde werden wir uns gegenüberstehen. Auf Augenhöhe.

Seine Mutter hat recht. Mit allem, was sie mir geschrieben hat. Mit allem, was sie mir bei unserem letzten Treffen gesagt hat.

Er braucht mich nicht. Er hat einen Vater. Er hat doppelt so lange bei diesem Mann gelebt wie bei mir. Selbstverständlich wird er seinen Namen nennen, wenn er nach seinem Vater gefragt wird. Aber vielleicht denkt er in so einem Moment auch mal an mich.

Die ersten vier Jahre habe ich Louis jeden Abend ins Bett gebracht oder ihn morgens wachgestreichelt. Und auch wenn das womöglich nicht völlig aus seinem Gedächtnis verschwunden ist, wird es für ihn heute wohl keine Bedeutung mehr haben.

Und genau das hat mir seine Mutter auch immer wieder zu verstehen gegeben. Dass ich eben nicht mehr dazugehöre. Dass es keinen Sinn macht. Dass ich nicht wichtig bin. Dass ich mit ihm abschließen soll. Ihn loslassen muss. Das alles hat sie mir immer und immer wieder versucht zu erklären. Erst freundlich, voll geduldiger Rücksichtnahme, dann immer genervter. Trocken, harsch und schließlich nur noch böse, zynisch. Wie man eben mit jemandem redet, der partout nicht verstehen will. Der sich aufbäumt und nicht sieht, wie bemitleidenswert und würdelos er mittlerweile nur noch wirkt. Sie hat gänzlich den Respekt vor mir verloren. Weil ich ihren Erwartungen nicht entsprochen habe und ihnen nie entsprechen konnte.

Deshalb bin ich so durchgedreht.

Schon im selben Augenblick war mir klargewesen, dass es für diese brachiale Flucht nach vorne keine Entschuldigung geben würde. Doch erklärt hätte ich mich dennoch gerne. Wenn schon nicht entschuldigt, dann hätte ich mich wenigstens gerne erklärt. Aber dazu hatten sie mir keine Gelegenheit mehr gegeben.

Ich bin mir sicher, dass seine Mutter ihm dann alles Weitere erzählt hat. Nach dieser Nacht wird sie es ihm erzählt haben.

Ich stehe auf. Die alten Dielen knarren. Ich möchte niemanden wecken. Ich reiße das Fenster auf. Luft.

Woran erkennt man einen zunehmenden, woran einen abnehmenden Mond? Ich habe es vergessen. Es ist still. Das Mondlicht spiegelt sich im Wasser. Manchmal tut es mir ganz gut, wenn ich nach draußen gucke. Wenn der Blick nicht durch Wände begrenzt wird. Wenn es keinen Raum mehr gibt. Doch gerade hilft auch das nicht mehr. Der Gedankensturm tobt.

Ich habe es versucht. Ich wollte mich kümmern. Wollte für ihn da sein. Fünf, sechs Jahre lang habe ich versucht, irgendwas zu finden, was ich ihm hätte bieten können.

Doch er war versorgt. Mit allem, was er brauchte.

Geld, Vaterliebe, alles wurde ihm ohne mein Zutun im Überfluss geboten. Er brauchte mich nicht.

Unruhig und hellwach lege ich mich wieder zurück ins Bett, obwohl ich mich gerade viel lieber bewegen würde. Ich würde im Moment sogar lieber schwimmen gehen, als hier in meinen Gedanken herumzuliegen. Zu gerne würde ich mit Leonie an ihrem Roman weiterspinnen. In ihrer Welt umherirren. Ihre Phantasie und vor allem ihre Neugier haben mich am meisten fasziniert.

Ich versuche mich auf meinen Atem zu konzentrieren. Wie bei Dr. Sauer und seinem autogenen Trainingsmist. Da ging es doch auch immer um den Atem. Man sollte sich einbilden, dass die Beine immer schwerer würden, und sich dabei selbst im Körper fühlen. Gegenwärtig sollte man dann sein. Weil, wenn man im Körper wäre, dann würden einen die Gedanken nicht mehr verfolgen, hat er gesagt. Dann wäre man im Jetzt. Und das Jetzt wäre das Einzige, was wir hätten. Im Jetzt gäbe es keinen Groll über die Vergangenheit und keine Angst vor der Zukunft. So etwas Ähnliches hat Regina heute doch auch erzählt. Ich versteh das alles nicht wirklich, wobei verstehen schon, aber ich weiß nicht, wie sie das hinkriegen – das im Jetzt sein.

Kaum ging das mit der Konzentration auf den Atem oder auf den Herzschlag los, bin ich fast immer sofort eingeschlafen.

Das probiere ich jetzt auch. Schlafen wäre gut. Lange schlafen.

Ich habe so vieles verschlafen.

Wenn ich nur früher eingesehen hätte, dass Louis mich nicht braucht, wenn ich nicht so stoisch geblieben wäre, vielleicht wäre irgendwann sein Interesse an mir von selbst gewachsen.

In ein paar Tagen komme ich einfach bei ihm vorbeigefahren, und wieder werden alle um ihn herum aufstöhnen und verärgert die Augen verdrehen, wenn ich an ihrer Tür klopfe und irgendetwas einfordere, von dem ich heute selbst noch nicht weiß, was es ist. Und wahrscheinlich wird mir schlussendlich nichts weiter einfallen, als ihnen die traurige Geschichte von Leonie zu erzählen. Wenn ich Glück habe, werden sie mir zuhören. Mir am Ende verständnisvoll zunicken und mich zu Recht fragen, was sie damit zu schaffen haben, und ich werde nicht wissen, was ich darauf antworten soll.

Ich kann mich nicht auf meinen Atem konzentrieren. Sobald ich das versuche, habe ich das Gefühl, keine Luft zu bekommen.

Plötzlich kratzt es an meiner Zimmertür.

»Josch? Bist du da drin?«, höre ich Maria flüstern.

»Ja ... Komm rein.«

Maria hat sich nur eine Bluse übergezogen und eine seidene Tagesdecke wie einen Rock um ihre Hüften geschlungen.

»Was ist denn los?«, frage ich sie und schlage schnell noch die Bettdecke über mich.

»Entschuldige. Hast du schon geschlafen?«, fragt sie leise und hat Schwierigkeiten, mich zu verorten.

»Nein, nein.« Ich greife vom Bett aus nach ihrer Hand. »Ist bei dir alles in Ordnung?«

»Nee, leider nicht. Ich werd noch wahnsinnig ... Ich habe mindestens eine Mücke im Zimmer. Ich glaube aber, es sind zwei. Könntest du vielleicht mal gucken kommen und die für mich töten, bitte?«

Am Ende waren es acht.

Maria sitzt auf dem Bett und hört mir amüsiert dabei zu, wie ich Fliegen, Mücken, Motten und sogar eine Kreuzspinne kaputtklatsche, und zu ihrem Vergnügen kommentiere ich das Ganze wie ein Sportreporter.

»So. Ich glaube, das war's«, sage ich schließlich.

»Mein Held ... Danke.«

»Na ja ... Jetzt mach ich mal das Licht aus. Aber du musst noch ein bisschen warten, bis du wieder das Fenster kippen kannst. Sonst hast du die gleich alle wieder hier drin.«

»Willst du nicht mit mir zusammen warten?«

»Wenn du meinst ...«

Dunkel.

Ich taste mich zum Bett und setze mich neben sie.

Nach einem kurzen Moment, in dem wir nicht wissen, was wir sagen sollen, kurz bevor die Situation etwas Beklemmendes kriegt, fragt Maria: »Wollen wir jetzt im Bett sitzen …?«
»Ist liegen besser?«
»Das würde ich doch mal behaupten.«

Sie nimmt ihre Decke hoch, und ich tauche ein, spüre die Wärme ihres Körpers und die heiße Luft ihres Atems. Ich schließe die Augen.

Und dann sehe ich plötzlich Leonie vor mir. Wie sie, einem Stein gleich, an mir vorbeigleitet und in der schwarzen Tiefe des Sees verschwindet.
Ich will das nicht sehen.

Marias Finger auf meiner Wange helfen mir.
Behutsame Berührungen ihrer Fingerkuppen.
Zu viele Gefühle in den letzten Tagen. Ich fühle mich erschlagen von Gefühlen. Jetzt bin ich hier. Bei ihr. Maria.
Genieße, was ich nicht begreifen kann. Sie streicht mir durch die Haare. Meine Nase berührt ihren Mund. Millimeterweise.
Und schließlich küssen wir uns. Vorsichtig. Unsere Lippen berühren sich kaum. Es kitzelt sie, sie kichert nervös, haucht eine Entschuldigung. Ich schlinge meinen Arm um sie und drücke sie ganz fest an mich. Wir spüren die Herzen. Wie sie aneinanderschlagen. Und weil wir Gefallen daran finden, streifen wir uns beide schnell die wenigen Sachen vom Leib. Wir sind so ineinander verschlungen, dass wir nicht mehr wissen, wessen Herzschlag zu wem gehört. Plötzlich geht das mit dem Atmen auch wieder ein wenig besser und ich begreife, dass das wohl etwas mit dem Jetzt zu tun haben muss.

21.

»Am besten gefällt mir das Blaue. Das Linke von den dreien. Eigentlich so ziemlich genau das vor uns. Ein ganz edles Blau. Die Sonne steht auch gerade richtig. Wenn sie, wie jetzt, direkt durch das Fenster scheint ... dann wirkt dieses Blau so merkwürdig ... intensiv, und das, obwohl es ein eher dunkles Blau ist. Es hat etwas Kostbares. Ich hab leider wenig Ahnung von den ganzen Bibelgeschichten, deshalb kann ich dir auch nicht wirklich erzählen, was da genau auf den Fenstern zu sehen ist.«
»Das macht nichts.«
»Tja, und was macht man, wenn man keine Ahnung hat? Man macht sich seinen Reim darauf und erfindet eigene Geschichten«, sage ich.
»Erzählst du mir eine.«
»Ich weiß nicht ...«

Gestern hat sich Maria krankschreiben lassen. Sie hat einen Magen-Darm-Infekt vorgeschwindelt. Mit Fieber und Gleichgewichtsstörungen. Das brachte uns zehn Tage Luft zum gemeinsamen Reisen und Nachdenken ein.

Heute sitzen wir fast allein im Zürcher Fraumünster und ich scheitere daran, die Schönheit von Marc Chagalls Werk in Worte zu fassen.

»Weißt du, alle Menschen und Tiere, die Chagall da gemalt hat ... die haben für mich etwas immens Positives. Alle strahlen. Hier ... selbst der Jesus auf dem mittleren grünen Fenster. Also, der lächelt zwar nicht, irgendwie strahlt der aber trotzdem. Er hält seine Arme, wie wenn er ans Kreuz genagelt wäre. Aber ein Kreuz sieht man nicht. Er hat sich schon von allem Irdischen gelöst und ist gerade dabei, ins Himmelreich aufzusteigen.«

»Das ist aber eine schöne Interpretation«, sagt Maria überrascht.

»Ja ... aber leider nicht von mir ... Hab ich beim letzten Mal, als ich hier war, bei 'ner Reisegruppe aufgeschnappt.«

»Aha.« Amüsiert kräuselt sie die Stirn.

»Auf jeden Fall sind auch ziemlich viele Tiere abgebildet. Und wie immer bei Chagall, sehen die aus, als wenn sie von einem Kind gezeichnet wären. Ein liegendes U als Gesicht, ein Strich als Mund und ein kleiner Kreis als Auge. Das war's. Und trotzdem wirkt die Darstellung nicht naiv ... also naiv schon, aber positiv naiv eben. Nichts verliert an Kraft. Im Gegenteil. Ich finde, die Schlichtheit, die hilft einem dabei, sich ... aufs Wesentliche zu konzentrieren.«

»Stell ich mir toll vor.«

»Ja. Und über uns, die Decke, die wurde, glaube ich, nicht von Chagall bemalt. Die sieht älter aus. Hunderte rote und blaue Sterne wurden da aufgebracht. Ein Firmament.«

»Da müsste man sich ja eigentlich auf den Boden legen.«

»Müsste man, ja ... Aber geht nicht«, flüstere ich.

»Stimmt. Ist ja 'ne Kirche«, haucht Maria.

Regina hat uns während des gemeinsamen Frühstücks gebeten, noch zum Abendessen zu bleiben. Das verlängert zwar unseren Aufenthalt um eine weitere Nacht, aber ich wüsste nicht, was dagegen spricht.

Jetzt wo ich mich endlich auf den Weg gemacht habe, verspüre ich keine Eile mehr. Auch wenn ich erst nur einen überschaubaren Teil der Strecke zurückgelegt habe, gibt mir die Erkenntnis, alles hinter mir lassen zu können, ein Gefühl, das ich so bisher nicht kannte.

Wie eine Billardkugel warte ich auf diesen einen kunstvollen Anstoß voller Effet, der mein Leben in eine unerwartete, neue Richtung lenkt.

»Weiter, erzähl weiter. Was siehst du noch?«, fragt Maria mich ungeduldig und stößt mich in die Seite.

»Also ... ich bin mir fast sicher, dass die Farben der Fenster bestimmt eine andere Bedeutung haben, aber ... wenn du auf der Vorderfront, rechts das strahlende, überwiegend gelbe Fenster und links das blaue betrachtest, erinnert es mich an Tag und Nacht. Und in der Mitte ... in der Mitte befindet sich das grüne Fenster. Und grün steht ja bekanntlich für die Hoffnung. Verstehst du? Ja, und ... so etwas finde ich schön. Das ist Kunst, die ich verstehe ... auch wenn ich sie letztlich wahrscheinlich nicht verstehe. Das hat trotzdem was Beruhigendes ...«

Heute Nacht hatte sie so lange mein Gesicht gestreichelt, bis ich schließlich eingeschlafen war.

Irgendwie scheint Maria sich ihr Bild von mir neu ertastet zu haben.

Nach dem Aufwachen verhielt sie sich nicht anders als sonst. Nur auf dem Weg zur Straßenbahn hatte ich das Gefühl, sie würde ein wenig mehr Gewicht in meinen Arm legen.

»Glaubst du überhaupt an Gott?«, fragt sie mich so leise, als hätte sie Angst davor, ketzerisch zu wirken.

»Kommt drauf an ... Ich bin wohl eher sporadisch religiös. Ich glaube ... ich glaube nicht an Gott, ich hoffe mehr auf ihn ... Und du?«

»Nicht mehr«, sagt sie und zupft dabei ein Stück Haut neben ihrem Daumennagel ab.

»Das heißt, du warst mal gläubig?«

»Ja ... sehr sogar«, flüstert sie, obwohl wir mittlerweile die einzigen in den Sitzreihen sind. Außer dem entfernten Rascheln einer Zeitung, die gerade von der Dame am Souvenirstand aufgeschlagen wird, ist es andächtig still.

»Als es mit dem Sehen immer schlechter wurde, ging ich sehr oft in so eine freie Gemeinde, eine Hauskirche. Da waren viele junge Leute, die sich an der Bibel abgearbeitet haben und moderne, kämpferische Predigten hielten.«

»War das ... so 'ne Art Sekte?«

»Nein, nein. Christen. Ganz normale, konfessionslose Christen ... Die waren alle sehr nett ... Nein, das war es nicht.«

Maria hält für einen Moment inne. Als würde sie noch einmal ganz genau darüber nachdenken wollen, bevor sie es ausspricht.

»Weißt du, Josch ... wenn man sich damit abfinden muss, bald nicht mehr sehen zu können ... da wird man wohl zwangsläufig empfänglicher für Dinge, die niemand sehen kann.«

»Und was hat dich dann wieder vom Glauben abgebracht?«

»Na ja, die haben immer davon erzählt, dass Gott mit einem sprechen würde und dass er etwas für einen vorbereitet hätte. Aber trotz allem Beten und Bitten hatte ich immer mehr das Gefühl, dass ich die Einzige war, die Gott nicht hören konnte. Er hat sich mir einfach nicht mitgeteilt. Das hat mich so frustriert, dass ich irgendwann geglaubt habe, ich sei nicht nur blind, sondern zu allem Überfluss auch noch taub geworden.«

»Verstehe.«

»Das war enorm frustrierend für mich.«

Sie lehnt sich ein wenig an mich. »Aus den ganzen Predigten und Glaubenssätzen ist eigentlich nur eine Erkenntnis übrig geblieben.«

»Und die wäre?«

»Dass man ... am Vergangenen nicht festhalten darf. Die Erinnerung ist dein eigenes Gefängnis. Frei kann man nur sein, wenn man im Heute lebt und erwartungsvoll nach vorne sieht.«

»Das gibt's doch nicht. Das ist jetzt das dritte Mal, dass ich das höre. Das mit dem Heute und dem Gestern und der Zukunft und so.«

»Tja, siehst du, dann scheint ja wohl was dran zu sein.«

»Ist aber leichter gesagt als getan.«

»Ja, aber wenn man was tut, lässt es sich noch leichter darüber sprechen.«

»Klugscheißer«, sage ich trocken.

Um nicht laut loszulachen, presst Maria ihren Mund an meine Schulter. Mein Lachen schallt hingegen durch die ganze Kirche, und das gefällt mir.

»Weißt du«, sagt Maria nach einer Weile, »mittlerweile reicht es mir, an mich selbst zu glauben. Auf meine innere Stimme zu hören. Tja, und wenn ich dann irgendwann mal sterbe, an die Himmelspforte klopfe und mir dort gesagt wird, dass meine innere Stimme die Stimme Gottes war, dann wird er bestimmt gnädig genug sein, mir meine Uneinsichtigkeit zu verzeihen.«

»Und wenn nicht?«

»Dann war es richtig, weder an ihn geglaubt, noch ihm meine Liebe geschenkt zu haben.«

»Ich finde dich ziemlich … gut, Maria.«

»Danke … Ich dich auch …«, lacht sie, und jetzt scheint es ihr nichts mehr auszumachen, dass ihre Stimme von den Wänden widerhallt.

»Hast du dich denn jetzt sattgesehen? … An den Fenstern, meine ich? Ich bekomme nämlich langsam Hunger.«

22.

»Flädlesuppe! Hmm … Schmeckt super lecker«, schwärmt Maria. »So eine Rosi zu haben muss einfach wunderbar sein.«

»Ja. Das ist es, ja …«, bestätigt Regina, die, seitdem wir uns zum Abendessen hingesetzt haben, etwas gedankenverloren wirkt. Vielleicht sind wir ihr jetzt doch lästig.

Ich folge ihrem Blick aus dem Fenster des Wintergartens.

Ein alltägliches, aber gleichwohl imposantes Schauspiel, wie die letzten Sonnenstrahlen noch eilig die Spitzen der Baumkronen vergolden, bevor das anstehende Sommergewitter den Himmel vollständig verdunkeln wird.

Die Aussicht hier ähnelt sehr der von der Therme. Das viele Grün, die Bäume, der See.

Dass ich dort mein halbes Leben verbracht habe, scheint heute völlig bedeutungslos.

Wie lange muss man wohl irgendwo wegbleiben, bis man für die anderen nicht mehr da ist?

»Hatten Sie denn einen schönen Nachmittag, Maria?«, fragt Regina wieder aufmerksam, nachdem sich unsere Blicke getroffen haben.

»Ja, sehr sogar.«

Maria scheint wie betrunken von den vielen Sinneseindrücken, die sie in den letzten Tagen gewonnen hat.

»Wir waren im Fraumünster bei Herrn Chagall und danach wollten wir ein Nachthemd für mich kaufen, da ich meines in der Eile vergessen habe. Aber hier ist ja alles so unglaublich teuer, und dann haben wir uns einfach an den See auf eine Parkbank gesetzt, da gleich neben der Oper. Ach ja ... und dann hat ein netter, älterer Herr, auf der Bank neben uns, der ganz schlimm mit der Hitze zu kämpfen hatte ... der hat uns von dem Brauch vom ... wie hieß der gleich? Blög? Böögg?«

»Böögg«, sage ich.

»Genau. Von dem Böögg hat er uns erzählt. Kennen Sie den, Regina?«

»Hm, ich weiß nicht, ja ... da gibt es so was. Ich war da aber noch nie ...«

»Wo am Anfang des Jahres dieser Stoffschneemann verbrannt wird. Und je schneller er den Kopf verliert, desto schöner soll der Sommer werden. Und dieses Mal wäre ihm wohl der Kopf schon nach ›zwei Minuten und 'n paar Zerquetschti‹ abgefackelt gewesen und deswegen hätte er jetzt diese ›Sauhitz‹ am Kragen.«

Maria lacht und schafft es sogar noch, parallel zu Lachen, Geschichten und guter Laune ihre Suppe auszulöffeln.

»Ohnehin ganz schön viel los da unten. Die alte Tram, die vor sich hin rattert, das lustige Schwyzerdütsch überall, Ausflugsschiffe, ein schimpfender Eisverkäufer, bei dem man überhaupt nicht verstanden hat, was eigentlich sein Problem war. Lustig war das ...«

Und während Maria so erzählt, muss ich an den Bettler denken, der neben der Kirchentür gelegen hatte.

Vom Schicksal gezeichnet, brabbelte er uns schwach und unverständlich seinen Bettelspruch entgegen.

»Wer war denn das?«, fragte mich Maria und drehte sich instinktiv in seine Richtung.

»Niemand«, antwortete ich schnell und führte sie weiter über den Vorplatz. Hätte sie ihn sehen können, ich bin mir sicher, sie hätte ihm etwas gegeben. Ich hingegen sah ihn und versuchte, ihn zu ignorieren. Als ich mich noch einmal zu ihm umblickte, hatte er gerade das Gesicht in seinen schmutzigen Händen vergraben und unweigerlich kam in mir die Frage auf, wer von uns dreien wohl die größte Niete gezogen hatte.

»Und der Platz, der heißt ja Bellevue-Platz«, berichtet Maria, und nichts scheint ihren Redeschwall unterbrechen zu wollen, »und Bellevue heißt ja schöner Blick, und ich muss sagen, Josch wird immer besser darin, mir die Umgebung ganz genau zu beschreiben.«

»Vielen Dank«, sage ich zu Rosi, die eben hereingekommen ist, um die Teller abzuräumen.

»Gerne doch«, lacht Maria, die meinen Dank auf sich bezieht.

»Danke, Rosi«, sagt Regina.

»Ach, Sie sind es, Rosi? Also ... großartig das Essen! Wirklich ganz phantastisch«, lobt Maria, als sie die Wärme ihres Körpers neben sich spürt »Ich glaub, ich bleib jetzt für immer bei Ihnen und werde ganz schneckfett«, fügt sie noch hinzu.

»Sie meinen, Sie wollen irgendwann mal so aussehen wie ich«, lacht Rosi, während sie schwungvoll die leeren Teller aufeinanderstapelt.

»Nein, oh, Entschuldigung. Das wusste ich nicht, also ... das meinte ich so nicht ... Das sollte nett gemeint sein.«

»Weiß ich doch, Kindchen. Mir schmeckt mein Essen einfach selbst so gut«, sagt Rosi verschwörerisch, bevor sie wieder in Richtung Küche verschwindet.

»O nein, dauernd diese Fettnäpfchen!«, flüstert mir Maria zu.

»Ach Quatsch, alles gut.« Ich streiche ihr über den Arm.

»Entschuldigen Sie die Frage«, meldet sich plötzlich Regina zu Wort, merkwürdig laut. »Ich bin vielleicht altmodisch, aber Sie beide ...«, sie guckt etwas angestrengt zwischen uns hin und her, wobei ihr Blick schließlich auf mir hängen bleibt, »Sie sind doch ein Paar, nicht wahr?«

»Nein ... also, na ja ... ich weiß nicht so recht ...«

Ich suche nach der passenden Formulierung, ohne Maria vor den Kopf zu stoßen. Bisher musste ich unser Verhältnis noch nicht definieren.

»Wir wissen es wohl selber noch nicht so richtig«, sagt Maria. »Momentan sind wir ... na ... ein wenig wie Ihr Hund und Ihre Katze. Eher instinktiv.«

Ich wundere mich, wie leicht und unkompliziert sie das macht. »Ja ... besser hätte ich es wohl auch nicht beschreiben können«, füge ich hinzu.

»Aha. Alles also ganz ... frisch.« Reginas Betonung gefällt mir nicht.

»Taufrisch sozusagen«, witzele ich befangen.

»Schön, sehr schön ... Josch ...«

Bevor Regina weiterspricht, serviert Rosi den Hauptgang.

»Nicht verraten, nicht verraten, ja?«, sagt Maria und freut sich wie ein Kind. »Ich möchte es gerne erschmecken.«

»Guten Appetit«, sagt Regina, als Rosi wieder in die Küche verschwunden ist, und beginnt ihr Fleisch in kleine Stücke zu schneiden. Irgendetwas lässt ihr keine Ruhe.

»Heute habe ich übrigens mit meiner alten Freundin telefoniert, vielleicht ist sie Ihnen sogar bekannt, sie geht auch öfters in die Therme. Und ...«, sie redet, ohne ein einziges Mal zu mir rüberzuschauen, ganz auf das Zerteilen ihrer Mahlzeit konzentriert, »während unseres Telefonats habe ich ihr erzählt, dass ich Sie zwei beide im Zug getroffen habe und dass Sie nun meine Gäste sind ...«

»Sauerbraten mit Kartoffelbrei.« Maria ist begeistert. »Stimmt's?«, hakt sie nach, aber niemand antwortet ihr.

»Nun ... in der Stadt erzählt man sich wohl, dass Sie etwas ... also, da gibt es wohl schreckliche Gerüchte, dass Sie etwas mit dem Tod des jungen Mädchens zu tun haben sollen. Schrecklich.«

Marias gute Laune ist schlagartig vernichtet.

»Außerdem heißt es, dass das alles nicht ganz sauber gelaufen sei. Von Vertuschung ist wohl sogar die Rede.«

»Aha?«, kommentiere ich tonlos.

»Ja ... auch der Verdacht, dass es zwischen Ihnen und dem Kind zu ... Unsittlichkeiten gekommen sei, hat sich fatalerweise auch herumgesprochen.«

»Ja, das ... das habe ich mir gedacht, dass so etwas schnell die Runde macht.«

»Ich weiß, dass das alles nicht stimmt und Sie nichts damit zu tun haben, Josch.«

»Woher? Ich meine ... woher wissen Sie das?«, hinterfrage ich und weiß nicht, warum.

»Na, hör mal«, protestiert Maria.

»Testen Sie mich nicht, Josch. Machen Sie sich nicht so wichtig.«

»Ja ... Danke«, sage ich, weil ich nicht weiß, was man auf so etwas sonst sagt.

»Ich gebe nur zu bedenken, dass, wenn sich jetzt auch noch herumsprechen sollte, dass Sie von heute auf morgen die Stadt verlassen haben ... da kann ein Gerücht schnell zum Verdacht werden. Und dann wird es um Ihren Ruf endgültig geschehen sein.«

»Darauf kann und will ich keine Rücksicht nehmen.«

Ich trinke. Mein Hals ist trocken.

»Sie werden es schwer haben, in der Stadt wieder Fuß zu fassen.«

»Habe ich gar nicht vor. Sollen sie sich doch das Maul zerreißen.«

»Wie Sie meinen, Josch ...«

»Es schmeckt ganz vorzüglich ... Findet ihr nicht?«

Herzzerreißend erfolglos versucht Maria, die Stimmung vor dem Sturzflug zu retten. »Hm, sagen Sie ... muss man so einen Sauerbraten nicht sogar einen Tag vorher einlegen ...?«

»Haben Sie keine Angst, Josch?«

»Nein ... Vor was genau sollte ich denn Angst haben?«

»Angst zu scheitern«, antwortet Regina schnell, ohne mich aus dem Blick zu lassen.

Ich lege Messer und Gabel beiseite.

»Was wollen Sie eigentlich hören, Regina?«

»Ich interessiere mich für Sie, Josch.«

»Ja, das merke ich«, sage ich genervt.

»Wollen wir nicht über was anderes reden? So eine komische Stimmung hier plötzlich«, fordert Maria unruhig Oberflächlichkeit ein.

»Nein, nein, lass mal. Mir ist gestern schon aufgefallen, dass da irgendetwas in der Luft liegt. Fragen Sie, was Sie fragen müssen, Regina. Vielleicht kann ich Ihnen ja helfen, die Unklarheiten aus der Welt zu schaffen.«

»Vielleicht, ja.«

»Also ...?«

»Warum wollen Sie wirklich fort? Warum wollen Sie so übereilig alles hinter sich lassen? So schnell, dass noch nicht mal Zeit bleibt, ein Nachthemd für Ihre junge Freundin einzupacken?«

»Ich will zu meinem Kind!«

»Bitte verzeihen Sie mir, aber ... wenn Sie es jetzt so eilig haben, frage ich mich, wie es sein kann, dass Sie dieses starke Bedürfnis offensichtlich in den letzten vier Jahren nicht hatten.«

Regina gelingt es, distanzlos Distanz aufzubauen. Das Atmen fällt mir wieder schwer. Alles zieht sich in mir zusammen. Ich kenne dieses Gefühl. Das ist nicht gut. Ich drücke den Rücken durch und strecke mich nach Antworten.

»Weil ... das Verhältnis zu der ... Familie äußerst angespannt ist und weil ich es mir nicht leisten konnte.«

»Finanziell?«, hakt Regina nach.

»Ja. Finanziell.« Keiner isst mehr, es wird gestochert.

»Aber Josch, Sie hatten doch eine feste Anstellung. Und überhaupt: Wollen Sie damit sagen, Sie konnten sich Ihren Sohn nicht mehr leisten?«

»Ja ... Ich bin hoffnungslos verschuldet. Also Privatinsolvenz wäre jetzt wohl der nächste Schritt gewesen, wenn ähm ... ja, wenn ich daheimgeblieben wäre. Irgendwann in nächster Zeit werden sie wohl meine Wohnung aufbrechen und meine letzten Sachen pfänden. So gesehen hab ich kein Zuhause mehr.« Schon wieder benutze ich dieses Wort, ohne seine Bedeutung wirklich zu kennen.

»Aha ... Das tut mir leid«, sagt Regina emotionslos. »Das ist also der wahre Grund Ihrer Flucht?«

»Ja, das ist einer der Gründe«, sage ich und traue mich nicht, zu Maria rüberzusehen.

»Hören Sie, Regina, ich verstehe ehrlich gesagt Ihre … Ihre Penetranz nicht. Tut mir leid, wenn ich das so sagen muss. Ich finde es gerade äußerst unangenehm hier.«

»Klären Sie all die Dinge, Josch, bevor sie unwiderruflich werden.«

»Habe ich nicht vor … Ich will das nicht klären. Ich lasse es einfach hinter mir. Ich meine … meine Gläubiger, ja, die werden jetzt wegen mir nicht untergehen, und auch sonst bin ich keinem irgendwas schuldig, außer eben … meinem Kind, und da bin ich ja jetzt auch dran. Und soll ich Ihnen noch was erzählen? … Ich habe heute sogar mein Telefon in die Limmat geworfen. Einfach so. Und jetzt kann mich auch keiner mehr belästigen. Jetzt muss ich mir keine Gedanken mehr über die immer länger werdende Liste der versäumten Anrufe machen … Das gibt mir ein gutes Gefühl. Ich fühle mich freier.«

Ich höre Maria mit offenem Mund atmen.

»Sie vertrauen diesem Gefühl?«, fragt Regina ungläubig.

»Ja … ich vertraue diesem Gefühl, ja.«

»Schade.«

»Wissen Sie, was, Regina. ›Schade‹ ist in diesem Zusammenhang eine sehr … unfreundliche Feststellung. Überheblich … und arrogant.«

»Dinge, die Sie belasten, werfen Sie weg, ja? So funktionieren Sie?«

»Anscheinend ja.« Ich bin kurz davor zu gehen.

»In diesem Fall weiß ich gar nicht, ob ich es zulassen kann, dass Maria mit Ihnen weiterzieht. Was machen Sie mit ihr, wenn sie Ihnen plötzlich auch zur Last fällt? Werfen Sie sie dann auch weg?«

»Das ist perfide. Ich finde diese Unterhaltung ermüdend und sie ist … voller … Wie nennt man das? Hausfrauenpsychologie. Albernes, psychologisches Geschwätz.«

Es fällt mir so schwer, mich zusammenzureißen.

»Maria?« Regina hat immer wieder zu ihr rübergesehen, während sie mit mir gesprochen hat. »Wie fühlen Sie sich?«

»Nicht gut«, sagt Maria leise.

»Warum?«

»Fühlt sich irgendwie bedrohlich an … hier.«

Noch immer will ich nicht zu ihr rübersehen. Ich blicke auf ihre Hand neben dem Teller, die immer noch fest die Gabel umschließt.

»Sie sind blass geworden eben, Maria. Wussten Sie denn nichts von alledem?«

»Nein.«

»Warum, Josch? Warum weiß Maria nichts davon? Warum weiß sie so wenig von Ihnen?«

»Ich würde jetzt, glaube ich, gerne aufbrechen …«

»Sie sind feige, Josch.«

»Bitte?«

»Sie haben mich schon richtig verstanden. Aber ich wiederhole es auch gerne noch einmal: Sie sind feige, Josch. Sie müssen sich so einem Gespräch stellen können, sonst werden Sie Ihr Ziel niemals erreichen.«

»Und das entscheiden Sie, oder was?«

Ich drücke mich auf meinem Stuhl nach hinten. Es macht ein hässlich knirschendes Geräusch auf dem Parkettboden. Maria zuckt zusammen, Regina beeindruckt das wenig.

»Was möchten Sie noch gerne von Ihrem Freund wissen, Maria?«

»Regina, ganz ehrlich … ich bin enttäuscht von Ihnen

und ... entsetzt. Ich weiß nicht, was das soll? Was bezwecken Sie denn damit?« Ich versuche nicht zu schreien.

»Josch, hören Sie doch auf, sich so angegriffen zu fühlen. Wir sind Ihnen doch wohlgesinnt, merken Sie das denn nicht?«

Verunsichert ergreift Maria das Wort: »Also, wenn das wirklich so ist, Regina, dann ... dann verstehe ich aber nicht, warum Sie Josch so ... so angehen.«

Ihre Stimme klingt anders als sonst. Das zwingt mich, sie anzusehen. Eines ihrer Augenlider zuckt nervös und ihr fällt es schwer, den Kopf still zu halten.

»Hören Sie, Regina. Damit Sie zufrieden sind, ja ... Das letzte Mal, als ich bei meinem Sohn in Frankreich war, da ... wie soll ich sagen ... da ist die Situation eskaliert. Mir wurde nahegelegt, den Kontakt bis auf weiteres abzubrechen. Man wollte mir einreden, dass ich nicht gut für seine Entwicklung sei, und ich wurde darum gebeten, das geteilte Sorgerecht aufzugeben. Und da bin ich ausgetickt. Hab getrunken ... viel getrunken ... Und dann hab ich die Luxuskarosse ihres Mannes zerkratzt ... rumgeschrien ... mich vor ihrem Haus und den Augen meines Kindes wie ein ... ein Primat benommen.«

Wie in Trance hämmere ich die Fakten auf den Tisch.

»Und das war auch nicht der erste aggressive Schub, den ich hatte. Ich war deshalb auch schon in Behandlung ...«

»Der Badegast, von dem du mir neulich erzählt hast ...?«, wirft Maria plötzlich ein.

»Das war was völlig anderes ... vielleicht aber auch nicht ... Ich bin aber kein Schläger, versteht ihr? Ich ... ich kann mich manchmal nur nicht gut wehren ... Meine Frau wusste das. Sie hat mich, das klingt jetzt blöd, aber ... sie hat mich unterdrückt. Psychisch. Hat sich ständig über mich lustig gemacht. Ihre Eloquenz, ihre ... emotionale Intelligenz gegen mich gerichtet. Immer auch in Anwesenheit unseres Sohnes. Als wollte sie ihm beibringen, dass man mich nicht zu achten oder zu respektieren braucht. Und ich ... ich konnte mich nicht zur Wehr setzen. Dann fing sie damit an, fremdzugehen. Sie hat mir dann auch davon erzählt. Gehässig, wie sie war. Hat mir von ihren Eroberungen bis ins kleinste Detail erzählt. Von den Nächten mit ihrem französischen Stararchitekten Fabien und dass sie überlegt, ob sie nicht einfach mit ihm ihr Leben weiterleben soll. Lieber mit so einem, als mit mir, dem armseligen Bademeister vom Stadtbad nebenan. Ich müsse ihr nur einmal blöd kommen, und dann wäre sie weg, hatte sie gesagt. Mit Louis. Und ich könne nichts dagegen tun. Sie hat es darauf angelegt. So lange, bis ich mich gewehrt habe ... Und ... ja, ihr blaues Auge war dann für alle um uns herum Beweis genug, mich berechtigterweise verlassen zu können. Und ... deshalb ist es schwer ... Das ist der Grund, warum ich schon seit längerem nicht mehr bei meinem Sohn war. Aber das alles macht überhaupt keinen Sinn. Ich kann Ihnen das alles erzählen, aber es ist vollkommen irrelevant. Denn es gibt immer auch eine andere Seite, eine andere Sicht auf die Dinge, stimmt's? ... Und wäre meine Exfrau heute Abend hier, sie hätte mit ziemlicher Sicherheit viel bessere Argumente als ich. Sie würde alles ganz anders darstellen, und am Ende würden Sie wahrscheinlich ihrer Version der Geschichte mehr Glauben schenken als meiner.«

»Warum hast du mir das denn nicht erzählt?«

Maria ist ganz leise. So als wolle sie den Raum dadurch kleiner machen, eine Blase um uns herum schaffen.

»Weil du mich nicht danach gefragt hast.«

Regina sieht wieder aus dem Fenster.

»Und das fand ich auch gut so«, erkläre ich. »Ich dachte auch, dass du da so eine Ahnung hast und deshalb nicht fragst.«

Regina zerstört die Intimität. »Und jetzt?«, fragt sie scharf.

»Was ›Und jetzt‹?«

Ich bin wütend. Mehr wütend als traurig.

»Wie fühlt sich das an?«

»Was?«

»Wie fühlen Sie sich jetzt, nachdem Sie uns das alles erzählt haben?«

»So, als müsste ich jetzt meine Chipkarte abgeben und zehn Euro Praxisgebühr bezahlen.«

»Wirklich. Ich dachte, das fühlt sich vielleicht besser an, als das Telefon in den Fluss zu werfen ... Gut, ich denke, es wird Zeit für das Dessert.«

»Nee ...! Danke. Ich hab keinen Hunger mehr.«

»Das freut mich, Josch. Schön, dass Sie satt geworden sind.«

Sie nimmt ihre Hand aus ihrem Schoß, in der sie schon die ganze Zeit diesen Schlüssel gehabt haben muss, und legt ihn vor mich auf den Tisch. Einen Autoschlüssel. Mercedes.

»Fahren Sie heute noch los, Josch. Fahren Sie zu Ihrem Sohn. Klären Sie das. Kämpfen Sie, Sie können das.«

»Was ...?«

»Sie dürfen sich nicht bremsen, Josch. Sie müssen genau wissen, was Ihr Ziel ist, sonst können Sie die Pausen nicht genießen.«

»Das ist aber nicht Ihre Aufgabe, mir so etwas aufzuzeigen. Ich mag solche Lehrstücke nicht.«

»Ach, Josch. Das interessiert mich nicht.«

Regina steht auf, und bevor sie den Raum verlässt, sagt sie noch: »Gehen Sie packen, ich treffe Sie dann gleich noch mal hier unten, ja? Und, Maria?«

»Ja?« Sie schreckt förmlich auf.

»Wenn Sie möchten, können Sie selbstverständlich heute

Nacht hierbleiben und ich bringe Sie morgen früh mit dem Elf-Uhr-Zug wieder nach Hause.«

»Ja.«

Ich warte bis Regina draußen ist. Die Sonne ist weg. Es dämmert. In der Stille höre ich zum ersten Mal das Werk der alten Standuhr am anderen Ende des Raumes.

»Maria?«

»Ja?«

»Ähm ... ist, also ... alles gut mit dir?«

»Weiß ich gerade nicht so richtig.«

»Haben wir dich erschreckt?«

»Ja. Ziemlich.«

»Möchtest du lieber hierbleiben?«

»Weiß ich nicht.«

»Ich kann dir jetzt noch nicht mal sagen, dass ich es falsch fand, dir ein paar Dinge nicht erzählt zu haben. Ich finde, sie waren nicht wichtig genug, um ... um sie so zwischen uns zu stellen.«

»Ist da noch mehr, was du besser nicht so zwischen uns stellen willst?«

»Ich befürchte, ja.«

»Aha.«

»Weißt du, heute Nachmittag in der Kirche ... da hast du doch von deiner inneren Stimme gesprochen.«

»Ja, und?«, fragt sie.

»Ja ... also so eine Stimme, die hab ich auch ... Bei mir ist es aber eher ein Bild als eine Stimme. Das Bild, wie ich eigentlich gern wäre. Also ... wie ich mir halt wünschen würde, dass man mich eben sieht. Von außen. Aber ... ich krieg das nicht hin, weißt du? Keine Ahnung. Meistens weiß ich, was ich zu sagen hätte oder ... was in dem und jenem Moment zu tun wäre, um diesem Bild zu entsprechen. Aber immer dann, wenn es drum geht ... packe ich es einfach nicht. Weil meine Zweifel mich daran hindern. Mein Kontrollwahn. Meine Gedanken. Die Steine, die ich mir zwischen die Beine werfe.«

»Ja.«

»Maria?«

»Ja?«

»Hast du Angst vor mir?«

»... Nein.«

»Gut ... Brauchst du auch nicht.«

»Ich glaube, du bist gar nicht mehr so weit weg ... von deinem Bild«, sagt sie und stochert in ihrem kalten Kartoffelbrei herum.

»Kommst du trotzdem noch mit mir mit?«

»Ach, Josch ...«

»Bitte.«

23.

In der Nacht kann man die Bremsspuren kaum erkennen.

Als ich noch mit meinen Eltern im Auto sitzen musste, gehörte es zu meinen Lieblingsbeschäftigungen, nach Bremsspuren auf dem Asphalt der Autobahnen Ausschau zu halten und mir passende Geschichten dazu auszumalen. Wer hatte in dem Wagen gesessen? Über was war gesprochen worden? War es zum Unfall gekommen? An was hatten die Insassen kurz zuvor noch gedacht? Was hatten sie sich erhofft, sich herbeigesehnt? Wer oder was hatte den Unfall verursacht und wer hatte überlebt?

Die Suche nach den Bremsspuren entwickelte sich zu einer Art spielerischer Zwangsstörung. Keine Spur, ohne dass ich mir nicht in Sekundenschnelle eine Geschichte dazu ausdenken musste.

Diese Obsession muss eine Folge auf das Gepfeife und Gesumme meiner Eltern gewesen sein.

Bei uns wurde viel und oft vor sich her gepfiffen und gesummt. Im Auto, vor und nach den Mahlzeiten, bei jedem gemeinsamen Spaziergang. Wer pfeift und summt, muss nicht reden. Das separiert.

Ute summte ganze Arien, mein Vater pfiff Jazzstandards.

Über die Melodien waren sie sich dabei aber gar nicht im Klaren. Das Unterbewusstsein spielte Jukebox. Wenn Vater mal plötzlich Klassik pfiff, wähnte ich ihn kurz vor dem Gattinnenmord. Sein Lasst-mich-alle-mal-in-Ruhe-Standard war ›Girl of Ipanema‹.

Ute vergriff sich normalerweise an der ›Zauberflöte‹.

Um nicht Gefahr zu laufen, eines Tages plötzlich im Trio ›We are family‹ oder einen anderen Quatsch zu pfeifen, tauchte ich lieber in meine Phantasien ab.

Waren wir unterwegs, gab es für mich nur eine Alternative: Bremsspurgeschichten.

Ich bin mir nicht sicher, ob Maria schläft. Es ist dunkel im Auto. Sie trägt ihre Sonnenbrille, bewegt sich kaum.

Man denkt oft, sie sei eingeschlafen, dabei hat sie nur all ihre Aufmerksamkeit nach innen gestülpt.

Ich spreche sie nicht an.

Das Auto fährt sich gut. Weich. Eingefahren. Mercedes E-Klasse, Kombi. Vielleicht zehn, zwölf Jahre alt.

Regina brauche ihn erst mal nicht, hat sie gesagt.

Ich solle ihn ihr zurückbringen, irgendwann, hat sie gesagt. Herzlich war sie nicht gewesen, als wir uns verabschiedeten. Ob sie es gut fand, dass Maria sich doch dafür entschieden hat mitzukommen? Wohl kaum.

In der Schweiz darf man höchstens 120 fahren. Die Strafen sind empfindlich hoch. Alle halten sich daran. Die Bremsspuren sind hier bestimmt langweilig.

Nachdem wir schon vor einer ganzen Weile in den Tunnel hineingefahren sind, erkundigt sich Maria jetzt plötzlich, wann er denn endlich wieder aufhöre. Das erste Mal, dass sie seit der Abfahrt überhaupt mit mir spricht.

»Das dauert ... Der Gotthardtunnel ist ewig lang. Ich glaub, der zweit- oder drittlängste Straßentunnel der Welt. Auf jeden Fall der längste Tunnel in den Alpen.«

»Was du nicht alles weißt ...«

Während sie spricht, dreht sie den Kopf nicht zu mir.

Normalerweise wendet sie sich immer ihren Gesprächspartnern zu. Wenn die Augen nicht folgen können, macht es der Körper, hat sie mal gesagt. Alles andere wäre, ihrer Ansicht nach, unhöflich.

»Ja, und ... außerdem ist der auf beiden Seiten einspurig. Man darf nur achtzig fahren ... Deshalb kommt es einem vor, als würde er nie enden ... Ähm, woher weißt du denn eigentlich, dass wir in einem Tunnel sind?«

»Hör ich«, sagt sie knapp.

»Aha.«

»Ich schlaf mal 'n bisschen, Josch, ja?«

»Klar ... Warst du denn die ganze Zeit wach?«

»Ja«, sagt sie, rutscht im Sitz ein wenig tiefer und lehnt ihren Kopf gegen Sicherheitsgurt und Scheibe.

Nachdem ich seit Ewigkeiten wieder einmal am Steuer sitze, merke ich erst, wie gerne ich eigentlich Auto fahre.

Abgeschottet im geschützten Raum die Welt im selbstgewählten Tempo an sich vorbeirauschen lassen. Das hat was.

Auf den Hinweisschildern im Tunnel steht, man soll das Autoradio auf eine bestimmte Frequenz einstellen. Wahrscheinlich, damit sie im Notfall auf einen Unfall hinweisen können. Ich lasse es aus.

Noch zehn Kilometer.

Jede 500 Meter sind Schilder angebracht, damit man weiß,

wie lang der Tunnel noch ist. Damit man keine Panik bekommt.

Bei Maria wurde der Tunnel immer enger.

In der letzten Phase ihrer Erblindung hatte sie immer öfter die Augen geschlossen gehalten, weil es ihr angenehmer gewesen war, gar nichts mehr zu sehen, als sich auf das zu konzentrieren, was ihr die Sehkraft noch übrig gelassen hatte.

Nachts das Licht angelassen, tagsüber die Augen geschlossen.

Frische Luft wäre gut. Ich öffne das Fenster. Es ist viel zu laut, alles andere als frisch und Maria bewegt sich unruhig. Ich mache es zu. Da steht schon wieder, dass ich Radio hören soll. Stattdessen stelle ich die Lüftung eins höher.

Regina hat uns ihre Telefonnummer gegeben. Falls wir ihre Hilfe bräuchten.

Der Sex mit Maria war ungewöhnlich. Schön. Einfühlsam. Vorsichtig, aber nicht verkitscht. Ich hab sie gar nicht gefragt, ob sie die Pille nimmt. Ich gehe mal davon aus.

Mit einem Mal merke ich, dass ich leise vor mich hin pfeife, und lasse es sofort wieder bleiben.

7 km.

Vielleicht fahre ich nach dem Gotthard mal rechts ran.

Kommt eigentlich erst der Comer und dann der Luganer See oder umgekehrt? Vergessen.

Als Louis das eine Mal bei mir zu Besuch gewesen war, hatte ich ihn auch nachts wieder nach Hause gefahren, damit er im Auto schlafen konnte und ihm die Strecke nicht so lang vorkäme.

Wie es Leonies Mutter wohl geht? Ob sie seit dem Tod ihrer Tochter wieder einmal gelacht hat?

Ab wann kann man denn wieder lachen? Ab wann darf man das?

Leonie ...

Ach, Leonie. Ob du wirklich mal Schriftstellerin geworden wärst? Wie wäre das wohl gewesen, wenn wir uns in zehn, fünfzehn Jahren zufällig auf der Straße oder beim Einkaufen getroffen hätten. ›He, Josch. Schön, dich mal wieder zu sehen. Das ist Sven, mein Jüngster. Und meine Gitta geht schon zur Schule. Ich bin jetzt Lehrerin.‹ Du würdest mich jetzt hauen, wenn du könntest. Es brennt, wenn ich an dich denke. Du bist immer noch da.

3 km.

Ich würde ja gerne wissen, ob Ute Anzeige gegen mich erstattet hat? Wegen Diebstahl. Könnte ich mir gut vorstellen.

Maria schläft. Jetzt bin ich mir sicher. Ihr Mund ist ein ganz kleinen Spalt geöffnet. Das flackernde Licht der Tunnelbeleuchtung lässt sie noch schöner aussehen. Wie in einem coolen Roadmovie.

Ich glaube nicht, dass ich verliebt bin. Vielleicht wehre ich mich aber auch nur dagegen.

Viel zu warm hier drin.

Scheißtunnel ... Wann hört der endlich auf?

1 km.

Vor mir die große Peweta-Schwimmbaduhr.

Sie dreht sich ganz schnell.

Ich sehe alle vier Seiten.

Alle sind stehengeblieben.

Sie bewegt sich schnell um die eigene Achse, aber sie steht bei 4 Uhr 8 still. Auf allen Seiten ist es 4 Uhr 8.

Und in ihrem übergroßen Schatten entdecke ich Leonie.

Ich erschrecke.

Schrecke auf. Sekundenschlaf. Hitzewallung. Herzstoß. Schweiß auf Armen, Stirn und Nacken.

Das war knapp, denke ich, blicke auf die schlafende Maria und verlasse den Tunnel.

Jetzt bin ich hellwach.

So wach, dass ich noch eine Stunde weiterfahre. Bis zum Luganer See, der also doch vor dem Comer See kommt.

Maria schläft immer noch.

Tankstelle. Ich fahre raus, tanke den Wagen voll, fahre ihn ein Stück von der Zapfsäule weg auf den Parkplatz, steige aus und gehe in den Shop. Mein Blick bleibt auf einem Plakat hängen, das im Fenster, gleich neben dem Eingang, klebt. Es soll für »SWISS MINIATUR« werben. Offenbar eine riesige Anlage nicht weit von hier, wo ganze Landstriche und berühmte Gebäude der Schweiz in den Maßen 1:25 zu sehen sind. Und auf dem Plakat, inmitten der ganzen Gebäude, Bahnhöfe, Brücken und Berge, steht ein kleiner Junge und überragt alles. So wie Louis.

Etwas verändert sich. Vieles wird klein, anderes groß. Unverhältnismäßig. Aber der Junge lächelt. Weil er es schon richtig findet, so wie es ist.

Wahrer Verlust entsteht doch erst dann, wenn man etwas völlig losgelassen hat, denke ich, als ich müde an die Theke schlendere.

Mit meinen zwei Brocken Italienisch bestelle ich Kaffee und

nehme noch einen dieser Energydrinks, die schmecken als hätte man eine Packung Gummibärchen eingekocht, und ein Salami-Sandwich, weil ich weiß, dass die Schweizer diese tollen Brötchen machen, die perfekt aussehen, eine gummiartige Konsistenz haben, aber dennoch sehr schmackhaft und genau das Richtige sind für kurz nach Mitternacht. Ich setze mich an einen Stehtisch, denke kurz darüber nach, warum das eigentlich ein Stehtisch sein soll, wenn man sich doch an ihn setzen kann, schiebe diesen schlaftrunkenen Gedanken beiseite und trinke meine Tasse lauwarmen Kaffee, in dem ärgerlicherweise viel zu viel Milch ist, in einem Zug aus.

Irgendwo da draußen, ganz nah, muss am Tag der See zu sehen sein. Doch im Moment sieht man nichts, außer das eigene Spiegelbild in der Scheibe.

Nur kurz lege ich meinen Kopf in die Hände. Weil der Kopf aber immer schwerer wird, landet er schließlich in meinen Armen, die ich auf dem Tisch verschränke. Ausruhen. Nur ganz kurz.

Jemand tippt mir auf die Schulter.

»Scusi. La signora là fuori. Vicino al Mercedes, la conosce Lei?«

Nichts von dem, was mir die entnervte Raststättenangestellte sagen will, habe ich verstanden. Aber es scheint wichtig zu sein.

»Non capisco ...«

Ich bin wohl eingeschlafen.

»Ähm ... Sprechen Sie vielleicht auch Deutsch?«

»Blinde Frau. Draußen. Ihre?«

Ich renne raus.

Die Autotür steht offen, knapp fünfzig Meter weiter, im weniger beleuchteten Teil des Geländes, bei den Lkws, die sich hier für die Nacht hingestellt haben, sehe ich einen untersetzten Typ, der unbeholfen auf Maria einredet. Schon von weitem kann ich erkennen, dass sie völlig aufgelöst zu sein scheint.

Als ich sie rufe, wirbelt sie herum.

»Josch!«, schreit sie in einer Mischung aus Verzweiflung, Wut und Angst.

»Ja … Maria, ich …« Ich renne zu ihr.

»Wo warst du, Scheiße?!« Sie hat geweint. Sie ist barfuß. Kaum dass ich bei ihr bin, sie berühre, schlägt sie um sich.

»Finalmente … Grazie a dio …«

Der Mann, bei dem ich mich frage, wie er mit diesen kurzen Beinen an das Gaspedal eines Lastwagens kommt, und mich gleich wieder dafür hasse, wie ich überhaupt auf so einen unpassenden Gedanken kommen kann, macht sich kopfschüttelnd von uns los und verschwindet hinter einem der Lkws.

»Ähm … Grazie«, rufe ich ihm hinterher.

»Entschuldige … ich war nur 'n Kaffee trinken. Ich wollte dich nicht wecken.«

»Du Arschloch, ich … ich dachte, du wärst weg.«

Sie wischt sich mit den Fingern über ihre feuchten Wangen. »Ich bin aufgewacht und du warst nicht da. Ich habe gewartet. Bestimmt zwanzig Minuten. Dann bin ich ausgestiegen, hab nach dir gerufen …«

»Entschuldigung.«

»Leck mich am Arsch! ›Entschuldigung‹. Weißt du, wie sich das anfühlt, wenn du aufwachst und du weißt nicht, wo du bist und wer bei dir ist … oder ob überhaupt noch jemand da ist?!«

»Es tut mir leid. Ich bin wohl kurz …«

»Hör auf dich zu entschuldigen! Das geht nicht. Okay?«
»Ja. Tut mir ...«
»Ich muss aufs Klo. Scheiße«, schimpft sie und zieht mich erst einmal in die falsche Richtung.
»Willst du vorher noch deine Schuhe anziehen?«, frage ich vorsichtig.
»Ja ... Mann, Josch, echt! ... Gib mir meine Schuhe und dann muss ich aber echt aufs Klo ...«, sagt sie und wieder etwas besänftigt, »Das kannst du doch nicht machen. Ich dachte, du hättest mich hier einfach sitzenlassen.«
»Aber warum denkst du denn so was?«

Es hat ein wenig gedauert. Einen Kaffee, eine Umarmung. Das Vertrauen hat den Weg zu uns zurückgefunden. Während der nächsten zwei Stunden habe ich ihre Hand gehalten. Die andere hat sie aus dem Fenster baumeln lassen und ihre Finger haben mit dem Fahrtwind gespielt.

Auf einem Parkplatz kurz vor der Ausfahrt nach Genua hielten wir an. Ganz weit hinten, kurz vor dem Horizont, konnte ich einen hellen Schweif erkennen. Ich räumte unser Gepäck nach vorne, klappte die Rücksitze um und auf einer Picknickdecke, die Regina noch im Auto hatte, schliefen wir, ineinander verschlungen, sofort ein. Die Müdigkeit machte mich sorglos und mein letzter Gedanke war, dass ich mir Regina niemals bei einem gewöhnlichen Picknick vorstellen konnte.

Als ich die Augen wieder aufschlug, blickte ich auf Marias feine kurzen Härchen in ihrem Nacken. Wie sie vibrierten, wenn ich durch die Nase ausatmete.

Die Luft war stickig und die Sonne knallte unerbittlich auf das Autodach. Ihr Atem war ruhig und tief. Mein rechter Arm lag locker auf ihrer Hüfte. Vorsichtig zog ich ihn Zentimeter für Zentimeter zurück, bis ich mit der Hand auf ihrem Bauch war. Ich schob sie unter ihr verrutschtes T-Shirt.

Ganz warm, richtig heiß. Mit angehaltenem Atem tastete ich mich zu ihrer Brust. Aber kurz bevor ich mein Ziel erreichen konnte, spannte ihr T-Shirt und meine Hand kam nicht mehr weiter. Ich hätte den Stoff unter ihrem Körper hervorziehen müssen.

»Wohin wollen wir denn?«, fragte mich Maria plötzlich mit unerwartet fester und so gar nicht verschlafener Stimme.

»Mann ... ich weiß nie, wann du schläfst und wann nicht«, antwortete ich verlegen.

»Warte, ich helf dir.«

Maria zog ihr T-Shirt aus, während ich schnell aus den Autofenstern blinzelte, um sicherzugehen, dass uns auch niemand beobachtete.

Eine samtig weiche Brust. Ein dünner Schweißfilm lag auf ihrer Haut. Zu heiß, zu unbequem und nach meinem Empfinden auch viel zu öffentlich, um hier miteinander zu schlafen. Aber ausreichend, um uns restmüde, wie wir noch waren, Berührungen hinzugeben. Maria sah das ähnlich. Auf meiner Shorts fuhr sie meine Erektion entlang, dann schob sie ihre Hand behutsam unter den Bund. Ihre Finger tasteten sich sanft kreisend vor, um schließlich mein Glied fest zu umfassen.

Das war's.

So lagen wir da. Minutenlang.

Sie hielt meinen Penis fest in ihrer Hand, und ich streichelte ihre schweißfeuchte Brust. Wie ein Liebespaar mit handfesten Besitzansprüchen. Als wären wir schon ewig zusammen. Mi casa es su casa.

»Gott, ich schwitz mich zu Tode. Das ist ja nicht auszuhalten. Ich muss hier raus ... Wo sind wir eigentlich?«

Ich antwortete ihr, dass wir gleich am Meer seien und bis nach Menton nun auch daran entlangfahren würden.

Sofort lockerte sie ihren Griff.

»Ich will schwimmen. Im Meer. Jetzt gleich. Au ja ... Los komm. Fahr!«

Eine halbe Stunde später, auf der Via Aurelia di Levante, fuhr ich rechts ran. Halb neun Uhr morgens, menschenleerer Strand. Kaum dass sie den Kiesel unter den Füßen gespürt hatte, zog sie sich aus, um sich in die Fluten zu stürzen.

»Ey, ey, warte mal ...«, versuchte ich noch zu intervenieren. »Das geht hier nicht. Nacktbaden ist in Italien total verboten. Da kriegt man 'ne richtige Geldstrafe, wenn man dabei erwischt wird. Alles total katholisch und so ...«

»Sieht uns denn jemand?«

»Nee, gerade nicht. Aber egal ...«

»Nicht egal. Halten Sie die Augen offen, Herr Schwimmmeister. Das kannst du doch. Ich mach auch schnell. Wo geht's lang?«

Nun liegen wir in Unterwäsche nebeneinander auf Reginas Picknickdecke und lassen unsere Haut von der Sonne trocknen. Die Sonnenschirme sind noch nicht aufgespannt, die Plastikliegen stecken noch ineinander. Selbst die Mülleimer voller Eisverpackungen und Einwegflaschen sind noch nicht geleert worden. Morgen-danach-Romantik. Das Meeresrauschen wird nur durch das nervöse Treiben der arbeitenden Bevölkerung auf der Landstraße über uns gestört. Ständig wird gehupt und die niedrigen Gänge werden bis zur ohrenbetäubenden Schmerzgrenze ausgereizt. Es scheint ihnen nicht schnell genug zu gehen.

In zwei Stunden könnte ich bei Louis vor der Haustür stehen.

Plötzlich fällt mir ein, dass er ja Schulferien hat.

»Ach, du ...! O nein. So eine ... Scheiße!!«

»Was denn?!«

Keine Sekunde habe ich bislang darüber nachgedacht, ob er überhaupt zu Hause ist. Vielleicht sind sie ja in den Urlaub geflogen und kommen erst in ein paar Wochen nach Menton zurück.

»Tja, das hätte man natürlich irgendwie vorher prüfen sollen.« Marias spitzer Kommentar auf meinen verspäteten Geistesblitz streut nur unnötig Salz in die Wunde.

»Egal, ich bleib so lange, bis wir uns in die Augen gesehen haben«, sage ich trotzig.

»Und dann?«

»Dann ... dann werden wir weitersehen.«

»Guter Plan.«

Was zynische Bemerkungen angeht, sind sich Maria und Leonie gar nicht so uneins.

Eine Zeitlang liegen wir noch so da, bis ich langsam unruhig werde.

»Komm, lass uns weiter. Strände habe ich noch nie gemocht«, sage ich und setze mich auf.

»Wieso das denn schon wieder nicht?«, fragt Maria und scheint es ganz und gar nicht eilig zu haben.

»Keine Ahnung ... wahrscheinlich wegen meiner Eltern.«

»Ach guck, Dr. Freud lässt wieder mal grüßen«, lästert sie und grinst.

»Nee, ernsthaft. Wenn wir mal weggefahren sind, was super

selten vorkam, wegen dem Kiosk von meinem Vater und so, weil … im Sommer war ja auch bei ihm Hauptsaison, also … also wenn wir mal weggefahren sind, dann immer nach Spanien an den Strand. Mein Vater wollte seine Ruhe, ausspannen. Ferienwohnung und dann jeden Morgen mit Kühlbox, Sonnenschirm und Luftmatratze zum Strand. Die Sandburgen haben wir eigentlich nur ihm zuliebe gebaut.«

»Ach, du Armer. Was für 'ne schlimme Kindheit!«, lacht Maria.

»Nee, echt jetzt. Und Ute hat mir immer Obst zu essen gegeben. Wassermelone oder Pfirsiche. Bei jedem Bissen triefte der Saft die Hand runter und den ganzen Unterarm entlang. Und neben dem ganzen unappetitlichen Geschlürfe hat man auch immer wieder mal auf Sand gebissen, weil man vorher die Finger ja nie ganz frei davon bekommen hat. Dann die Hitze, der Sonnenbrand, der Sonnenschirm, den man ständig neu ausrichten musste. Ute oben ohne beim Sonnenbaden …«

»Aha! Mutters Brüste! Da ist er ja eindeutig, der Herr Freud. Hast dir ja dann 'nen ziemlich passenden Beruf rausgesucht.«

»Du nimmst mich wohl gar nicht ernst, oder?«, frage ich und tue es gerade selbst nicht.

»Nee. Sollte ich?«

»Strand und Schwimmbad sind doch vollkommen unterschiedliche Dinge.«

»Aber klar doch …«, kichert sie amüsiert.

»Findest du eigentlich, wir passen zusammen?«

»Wie meinst du das denn jetzt?«

»So, wie ich es sage. Findest du, wir passen zusammen?«, frage ich und stoße sie damit absichtlich vor den Kopf.

»Hm …? Ja.«

»Und warum?«

»Na ...« Sie denkt kurz nach. »Hier, nimm mal.«
Maria gibt mir zwei Kieselsteine in die Hand.

»Die zwei Steine, ja? Die sahen bestimmt mal anders aus. Aber über die Jahre haben die ihre Oberfläche verändert. Was eckig und kantig war, ist weich und rund geworden. Durch das Wasser und den Sand haben die sich so lange aneinandergerieben, bis was ganz Schönes und Angenehmes zum Vorschein gekommen ist. Wenn wir uns nur lange genug aneinanderreiben, dann werden wir, glaube ich, auch so.«

»Weich und rund?«, frage ich nach und möchte, dass sie mein Grinsen hört.

»Bildlich gesprochen, ja«, rechtfertigt sie sich.

»Na, das ist doch wohl schlimmer als Freud, was du da gerade verzapfst. Mein lieber Herr Gesangsverein«, sage ich und kann mir das Lachen nicht verkneifen.

»Wieso denn?« Maria scheint ein wenig pikiert. Offenbar mochte sie ihr Bild.

»So, pass mal auf ... Hier, zum Beispiel. Warte ...«

Ich vergrabe meine Hand im Gemisch aus Kiesel und Sand, suche und finde.

»Hier. ... Gib mal deine Hand.«

»Was ist das? Auch ein Kiesel?«, fragt Maria.

»Nee, eben nicht ... Das ist ein weich- und rundgeschliffenes Stück Glas. War wohl mal 'ne Scherbe. Sieht nicht nur super aus, sondern eignet sich sogar als Handschmeichler. Siehste ... da wurde sozusagen auch das Beste rausgeholt, aber in Wahrheit ist es nur 'ne einfache Scherbe. Ein Teil von irgendeiner Weinflasche, die irgendein asozialer Penner ausgesoffen und achtlos ins Meer geworfen hat. Ein Stück Glas, ohne Wert, ohne Geschichte. Glas, recycelbar, ersetzbar, mehr nicht. Du kannst das nur nicht erkennen, weil du blind bist. Vielleicht ...

vielleicht täuschst du dich ja auch in mir? Vielleicht hast du von mir ja auch ein falsches Bild?«

Maria wiegt ihren Kopf langsam hin und her.

»Weißt du, was, Josch? Vielleicht sollten wir mal für 'ne Zeit damit aufhören, so blumigen Mist zu reden.«

»Der Satz hätte jetzt auch von mir sein können.«

»Küsst du mich?«, fragt sie und legt ihren Kopf auf meine Schulter.

»Ja.«

»Fahren wir dann weiter?«

»Ja.«

24.

In einem Panificio kaufe ich Panettone. Diese kleinen luftigen Kuchen, die aussehen wie Kochmützen, so wie man sie noch aus den alten Filmen kennt. Gefüllt mit Rosinen und Schokolade. Außerdem bestelle ich Cappuccino. Zum Mitnehmen. Es drängt mich. Ich bin unruhig.

Neben Französisch und Deutsch lernt Louis bestimmt auch noch Italienisch. Menton ist schließlich die erste französische Stadt nach der Grenze. Da braucht er das.
    Wenn man bedenkt, was ihm hier alles geboten wird, sollte ich mich eigentlich für ihn freuen. Louis und ich haben eine beneidenswerte Geburtsstadt, aber die Côte d'Azur seinen Wohnort nennen zu dürfen ist auch nicht von schlechten Eltern.
    Ich lache über mich selbst. Was für ein mieser Kalauer.
    »Was ist? Gibt's was Lustiges?«, fragt Maria.
    »Nein, nichts ...«, antworte ich.

Falls ich hierbleibe, will ich Italienisch lernen. Und richtig Französisch.
    Ich wüsste nicht, warum ich hier keine Arbeit finden sollte. Als Rettungsschwimmer allemal, bei so viel Strand.

»Kannst du eigentlich irgendwas besonders gut?«, frage ich Maria, die ihre italienischen Backwaren offenbar sehr zu genießen scheint, denn sie isst so langsam, als solle der Kuchen für die restlichen zwei Stunden Fahrtzeit reichen.

»Hm ... Na ja, im Reden bin ich ganz gut«, antwortet sie mit vollem Mund.

»Nee. Ich mein etwas, mit dem man hier Geld verdienen könnte.«

»Nein ... Ich ... ich glaube nicht.«

»Wie sieht's mit Sprachen aus?«

»Nur Englisch ... Schulenglisch.«

»Das sprechen die Franzosen nicht, auch wenn sie es können.«

»Ist das schlimm? Also ... dass ich nichts kann?«, fragt sie augenblicklich etwas eingeschüchtert und vergisst dabei ganz das Schlucken.

»Quatsch, du bist ja nicht nach Frankreich ausgewandert.«

»Nein ... bin ich nicht.«

So ganz genau wissen wir wohl beide nicht, weshalb wir eigentlich hier sind.

Je näher wir unserem Ziel kommen, desto mehr Wolken ziehen auf.

Maria will Musik hören, und ich führe ihren Finger zur Sendersuche am Autoradio. Wir lassen uns von italienischem Gute-Laune-Pop und hysterischen Werbespots berieseln, während linker Hand das Meer in immer weitere Ferne ruckt und wir kurz vor der französischen Grenze ein letztes Mal ins Landesinnere abbiegen. Wir durchfahren mehrere kurze Tunnels, mitten durch die Ausläufer der Seealpen, bevor ganz plötzlich eine Front von Mauthäuschen vor uns auftaucht. 15 Euro 70 kostet der Eintritt in einen Ort, von dem ich nicht genau weiß, was er für mich bereithält. Ein Ort, der mich vor langer Zeit schon zu einem anderen Menschen werden ließ.

Ich schalte das Radio wieder aus.

Dann sind wir da.

Regentropfen klatschen auf die Windschutzscheibe, als wir das Ortsschild von Menton passieren. Meine Hände schwitzen.

»Was siehst du, Josch?«, fragt Maria in die Stille.

»Also, gut«, sage ich, »spielen wir ›Ich sehe was, was du nicht siehst‹.«

Es ist zwecklos, meine Unsicherheit verbergen zu wollen.

»Ja ... also, es regnet, das hörst du ja ... und hinter uns stehen riesige Betonpfeiler einer Autobahnbrücke. Die Pfeiler sind so riesig und ... breit, dass sie den Bewohnern, die ihr Haus dahinter haben, mit Sicherheit für einen Großteil des Tages das Licht nehmen. ... Hier, hinter dem Kreisverkehr stehen Palmen und Orangenbäumchen in regelmäßigen Abständen nebeneinander am Straßenrand.«

Ich fühle mich, als würde ich etwas Verbotenes tun.

»Aber trotzdem ist es hier nicht so schön, gerade ... Also, noch nicht.«

Ich muss mich zusammenreißen, dass es mir nicht die Sprache verschlägt.

»Aha ... und weiter?« Maria will mir helfen.

»Ja, ähm ... also, ich denke, hier wohnen eher die Leute, die nicht so viel Geld haben. Die in der Dienstleistungsbranche arbeiten ... also, sich um die Touristen kümmern und so ... und ähm ... Ja, das sind wahrscheinlich etwas bessere Sozialwohnungen. Die Häuser sind fast alle achtstöckig. Aber das ist ja auch erst die Zufahrtsstraße zur Altstadt.«

Mir fallen die vielen A-louer-Schilder auf, die an den Balkonen und Austritten hängen. Es ist definitiv noch zu früh, um daran zu denken, hier eine Wohnung zu mieten, ich weiß. Ohne Job und Geld bekomme ich sowieso nichts. Ich bin schon froh, wenn es für eine Zeit in einer günstigen Pension reicht. Eine zu finden wird jetzt, mitten in der Hauptsaison, noch schwer genug werden.

»Bist du aufgeregt?«, fragt Maria.
Ich ärgere mich. In rhetorischen Fragen sehe ich keinen Sinn. Warum fragt sie nur so dumm?
»Ja.«
»Jetzt sind wir da«, sagt sie und es scheint, als erwarte sie irgendeine große, emotionale Gefühlsäußerung von mir.
»Hm«, murre ich.
»Fühlt es sich nicht gut an?«
»Ach, komisch ... Komisch fühlt es sich an. Auch, dass du jetzt hier bist, ist irgendwie seltsam«, druckse ich herum.
»Wie meinst du das?«, fragt sie unsicher.
Man muss nicht alles hinterfragen. Dann gibt es auch keinen Grund, sich durch jeden Mist verunsichern zu lassen.
»Na ja ... so als wäre ich eben in der falschen Besetzung hier. Das brauchst du jetzt nicht gleich wieder falsch zu verstehen. Aber ... Ich verbinde den Ort eben mit ganz bestimmten Dingen, Menschen ... Gefühlen. Menton, also das hier ist ... eigentlich echt ein traumhaftes Städtchen. Aber trotzdem hat es mir schon ziemlich viele Löcher ins Herz gestanzt, um mal wieder ganz kurz bildlich zu werden ... und jetzt ... jetzt bist ... du hier. Jemand, bei dem ich mich ja eigentlich ganz wohl fühle. Verstehst du, was ich meine? Ja?«
»Ja ... Beschreib doch einfach weiter, was du gerade siehst.

Ich bin so gespannt. Wollen wir irgendwo anhalten? Wo sind wir? Lass mich ein Teil davon sein, bitte.«

»Also ...« Ich atme tief durch. Es bringt ja doch nichts, denke ich und versuche, ihrem Wunsch, so weit es geht, gerecht zu werden. »Wir ... also jetzt fahren wir gerade in die Innenstadt ... Und jetzt sind wir ganz nah an der Promenade. Hier auf dem Platz, wo wir gerade vor der roten Ampel stehen ... da findet jedes Jahr im Februar ein riesiges Fest statt. Fête du Citron, heißt das. Da bauen sie riesige Skulpturen und schmücken Umzugswagen mit Zitronen, weil früher hier fast alle vom Zitronenanbau gelebt haben. Das ist ein tolles Fest. Wie Karneval. Da bin ich auch schon mal gewesen. Großer Spaß mit viel Zitronenlikör und so.«

»Hm, lecker.«

»Ja, und jetzt ... jetzt fahren wir auf die Promenade du Soleil. Die Promenade direkt am Stadtstrand ... Ewig lang ... mehrere Kilometer. Ist jetzt nicht so schön, weil es ja regnet. Aber wenn die Sonne scheint, sind hier die ganzen Cafés und Restaurants alle voll. Da kannst du eigentlich nur an der unterschiedlichen Bestuhlung erkennen, wo das eine aufhört und das andere anfängt.«

Im offenen Seitenfenster stützt Maria ihr Kinn auf den Unterarm und genießt den lauen Fahrtwind.

»Rechts und links stehen riesige Palmen. Ich schätze mal bestimmt sechs, sieben Meter hoch, und die meist herrschaftlichen Häuser hier sind alle weiß gestrichen, viele Rundbögen, viele Säulen. Jetzt fahren wir gerade an einem Hotel vorbei, in dem ich schon oft übernachtet habe. Immer dann, wenn ich mal nur für ein längeres Wochenende da war und keine Ferienwohnung für die Zeit bekommen hab ... Das hat dann zwar auch schon immer über hundertfünfzig Euro die Nacht gekostet, aber es ist eben direkt am Wasser und ähm ... ja, ich wollte Louis zeigen, dass sein Papa sich auch was Schönes leisten kann. In dem Hotel durfte er dann auch manchmal bei mir schlafen, und wenn er dann morgens aufgewacht ist und aus dem Fenster geguckt hat, dann war das Meer näher, als bei ihm daheim. Das hat ihm imponiert. Das fanden wir gut ... Und dann sind wir meistens nur über die Straße rüber und haben den ganzen Tag gemeinsam am Strand gelegen.«

»Ich dachte, du magst keinen Strand?«

»Mit Louis war alles anders ... Über die gesamte Promenade verteilt stehen übrigens so Fahnenmasten, und Louis war ganz stolz gewesen, dass er mit acht Jahren schon alle Fahnen den entsprechenden Ländern zuordnen konnte. Im Grunde konnte er mir viel erzählen, denn einige Fahnen kenne ich bis heute noch nicht ... Auf den Bürgersteigen stehen ganz hässliche, schmale Blumenkästen. Wirklich ... furchtbar hässlich ... Dass sie die noch nicht abgerissen haben? Ja, und ab hier beginnt der Abschnitt, der Quai Général Leclerc de Hautecloque heißt. Das war so ein Held im Zweiten Weltkrieg, der Frankreich fast im Alleingang zum Sieg geführt hat, und Louis und ich haben uns bei unseren Abendspaziergängen immer den Spaß gemacht, Quai Général Leclerc de Hautecloque ganz oft und ganz schnell hintereinanderweg zu sagen. So als Zungenbrecherspiel eben. Und derjenige, der es am häufigsten fehlerfrei hintereinanderweg sagen konnte, hatte gewonnen.«

»Quai Général Leclerc de Ho... de Hou...«, versucht sich Maria.

»Siehst du. Gar nicht so einfach ... Ja, das war immer sehr lustig ... Schön, war das. Und hier ... hier fahren wir gerade an so einer Ausbuchtung in der Promenade vorbei. Die guckt so ein wenig weiter ins Meer hinein, und ähm ... da stehen drei

Parkbänke in verschiedene Himmelsrichtungen und ... und eines Abends ... das war noch ziemlich am Anfang ... da war Louis erst sechs oder so, da haben wir nach dem Essen noch einen Abendspaziergang gemacht und wir haben uns da hingesetzt und es war Herbst, also nicht mehr ganz so warm, und es war stürmisch, und plötzlich schwappte eine riesige Welle über die Balustrade und erwischte uns voll ... Es gab riesigen Ärger, als ich ihn pitschnass nach Hause gebracht habe. Das war dann ausgerechnet auch noch an unserem letzten Abend, und da sind wir nicht so schön auseinandergegangen ... Ja, wie du siehst, gibt's hier an jeder Ecke 'ne Erinnerung ... So ist das ... Ja ... Hier ist das Casino und dahinter der Stadtpark. Ein größerer Grünstreifen mit Springbrunnen. Als kleiner Junge fand er die lustig und ist immer ganz nah rangegangen, um dann gleich wieder wegzuspringen, wenn die Düsen angingen. Da hat er immer gelacht, ganz laut und kieksig ... Irgendwann hat er dann kapiert, dass ich mich immer am meisten amüsiere, wenn er eben so lacht, und dann hat er nur noch kieksig gelacht. Für mich. Damit ich mich freue. ... Ja ... so war das ... Das ist Menton ... So sieht's hier aus ... Und? ... Kannst du dir was drunter vorstellen, ja?«

Ich wische mir die Tränen aus dem Gesicht und hoffe, dass meine Stimme nicht komisch klingt.

»Ja ... Das ...« Auch Maria weiß nicht, was sie sagen soll. »Das klingt alles ziemlich wichtig ...«

»Ich glaube, es wäre das Beste, wenn wir erst mal was zum Schlafen finden, hm? Was meinst du?«, sage ich und muss mich räuspern.

25.

Maria liegt in der Badewanne.

Schlussendlich wurde es ein Doppelzimmer im 3-Sterne-Hotel für 80 €. Dabei haben wir es nur in vier Hotels versucht. Und das in der Hauptsaison.

Ich Glückspilz.

Das Zimmer ist an Hässlichkeit nicht zu überbieten. Gelbe Wände, Schrank und Bett in mildem Türkis. Vorhänge und Tagesdecke gemustert in Orange, Rosa, Grün, und der Teppich war ursprünglich mal blau gewesen. Egal, Hauptsache ein Dach über dem Kopf.

Kaum zu glauben, aber das Zimmer hat sogar seitlichen Poolblick. Für Meerblick müsste man die halbe Stadt dem Erdboden gleichmachen.

Ich höre Kinder freudekreischend ins Wasser springen.

In der Therme ist gerade bestimmt viel los.

Wäre alles beim Alten, hätte ich jetzt Spätschicht.

Statt im Hamsterrad, bin ich hier, und trotz der Zweifel fühlt es sich gut und richtig an. Vielleicht ist es aber auch die Müdigkeit, die mich das glauben macht. Diese Müdigkeit, die sich bis in jede Pore meines Körpers ausbreitet.

Verkehrte Welt. Mein Leben ist ein Trümmerhaufen, doch ich fühle mich gut.

»Josch?«
»Ja?«
»Komm!«

Ich ziehe mich aus und lege meine Kleidung auf den kleinen Sekretär neben dem Fenster.

Der Körper, den ich im Spiegel sehe, ist kraftlos. Auf das Weiß in meinen Augen hat sich ein Netz roter Äderchen gespannt.

Ich registriere Bewegung hinter mir. Draußen, ein Baum, ein Vogel. Es ist ein Rabe. Er guckt in meine Richtung. Ob er mich direkt ansieht, kann ich nicht erkennen. Plötzlich gesellt sich ein zweiter Rabe hinzu und will den Artgenossen vom Ast drängen. Das macht er aber nur so lange, bis ihn die Gegenwehr zu sehr anstrengt und er Ruhe gibt.

Na, Leonie? Immer noch Einzelgänger oder hast du endlich Freunde gefunden? Ich hoffe, du hast eine gute Zeit.

Dem Raben, der als Erster auf dem Ast gesessen hat, wird es nun wohl doch zu bunt und er hopst flatternd davon.

»Josch?«, ruft mich Maria aus dem Bad. »Jetzt komm doch mal.«

Ich gehe zum Fenster und mache eine aufscheuchende Bewegung, doch der Vogel lässt sich davon nicht beeindrucken. Er weicht keinen Millimeter. Starr blicken mich seine schwarzen Augen an und schließlich öffnet er ein wenig den Schnabel.

Du lachst mich aus, stimmt's? Hast auch allen Grund dazu. Sieht bestimmt lustig aus. Josch, die nackte Vogelscheuche.

Im fensterlosen Badezimmer hat der Dampf den großen Spiegel glücklicherweise in Beschlag genommen. Maria schwitzt. Sie lässt ein Bein über den Wannenrand hängen.

»Boah, du weißt schon, dass draußen über dreißig Grad sind, oder?«, stöhne ich.

»Ich liebe es zu baden.« Sie fährt sich durch die schweißnassen Haare.

»Darf ich?«, frage ich, während ich mit den Fingerkuppen auf ihr Knie tippe.

»Reinkommen? Ja, klar. Sollst du sogar.«

Sie spreizt ihre Beine, um mir etwas Platz zu machen, und ich gleite ins Wasser.

»Und … heiß, ahh au … sss … Du liebst es … ah-heiß zu baden.«

»So heiß es geht …« Sie lächelt. Ihre Augen halb geschlossen. Ihre Hände ruhen links und rechts auf meinen Oberschenkeln. Sie legt ihren Kopf auf dem Wannenrand ab.

Maria vertraut mir.

»Wie viele Frauen hattest du eigentlich schon?«, fragt sie so cool wie nur möglich.

»Wie bitte?«

»Ist dir die Frage jetzt zu kindisch, oder …?«

»Ähm, nein … Durchaus nicht. Also … ähm, gut. Warte … Vor dir … war meine Exfrau und was davor war … das zählt nicht. Daran kann ich mich kaum mehr erinnern. Nicht der Rede wert.«

Meine Antwort scheint sie zu überraschen.

»Häh … Moment. Wie lange seid ihr noch mal nicht mehr zusammen?«

»Etwas über zehn Jahre.«

»Du hast seit über zehn Jahren mit keiner anderen Frau mehr geschlafen? Im Ernst jetzt?«

»Ja. Im Ernst.«

Das scheint wohl eines der Dinge im Leben zu sein, die man

so sehr verdrängt, bis sie einem selbst fast nicht mehr wirklich erscheinen.

»Das ist ... krass ... Du hast zwischen Ende zwanzig und Ende dreißig keinen Sex gehabt. Wie ... überraschend! Und ähm ... warum nicht?«

»Weiß nicht. Anfangs wollte ich nicht, dann ... Ja ... hat es sich nicht mehr ergeben.«

»Und wenn du die ganzen halbnackten Menschen gesehen hast, da im Schwimmbad ... Hast du denn da keine Lust bekommen?«

»Doch.«

»Ja und?«

»Ich habe mir die Frauen dann angeschaut und mir irgendwas an ihnen ausgesucht. Etwas, was mir an ihnen nicht gefallen hat. Einen krummen Zeh, abstehende Ohren, die Stimme, die Art, sich auszudrücken. Kleinigkeiten. Irgendwas. Und auf dieses Detail habe ich mich dann konzentriert. Nur noch das gesehen. Das Fehlbare an ihnen.«

Während Maria über mein ›System‹ einen Moment nachdenkt, taucht sie ihre Hände ein und schöpft warmes Wasser über ihre Brust. Als wenn ihr kalt geworden wäre und sie sich zudecken wollte.

»Weißt du, was, Josch? Ich glaube, du spinnst«, stellt sie schließlich nüchtern fest.

»Was du nicht sagst.«

»Und warum? Also ... warum hast du das gemacht?«

»Weiß nicht ... Damit ich sie von mir fernhalte. Damit mich irgendetwas abhält.«

»Damit du nicht enttäuscht oder von ihnen verletzt werden kannst.«

»Oder auch umgekehrt.«

»Verstehe ... Also, ich kann nur sagen, du spinnst zwar, aber, ja ... ich finde, du bist ein toller Liebhaber ... O Gott, müssen wir viel nachholen!!«

Sie lacht mich an und ich gebe einen zustimmenden Laut von mir. Ich bewundere ihr Selbstvertrauen. Auch wenn ich immer noch nicht kapiert habe, woher sie das nimmt.

»Ja, schade kann ich da nur sagen. Schade für die Frauen, die dich verpasst haben.«

»Danke für die Blumen.«

Plötzlich nimmt Maria wieder Erdmännchenhaltung ein.

»Hast du dir bei meinem Körper etwa auch was rausgesucht? Irgendwas, was du hässlich findest, um mich nicht an dich ranlassen zu müssen?«

»Ja.«

»Ja? ... Und?«

»Deine Augen natürlich.«

Für einen Moment verschlägt es ihr die Sprache.

»Das ... Du ... Du bist echt der Hammer, Josch. Wie ... unverschämt!«

»Ja, aber ... das war ja nur mein Tick. Wie ein Spiel im Kopf, das sich irgendwann nicht mehr abschalten lässt, weißt du? Bei dir war das anders. Ich meine, du bist wunderschön und ein großartiger Mensch, Maria«, versuche ich noch die Kurve zu kriegen.

»Und du ... du, ja ... du hast ein Doppelkinn und wenn du auf der Seite schläfst, fühlt sich dein Bauch riesig an, du Macho-Arsch. Und du schnarchst ... manchmal.«

Maria ist außer sich.

»Hör mal, ich finde deinen Körper toll. Deinen Hals, deine Beine, auch deinen Bauch, der sehr flach ist.«

»Und deine Oberarme, Josch, sind im Vergleich zu deinen

kräftigen Oberschenkeln viel zu schmal. Du bist untrainiert. Richtiggehend schlaff bist du, Josch ... Boah, bist du unverschämt. Ich fass es nicht.«

»Ich finde dich toll«, höre ich mich sagen.

»Ja, das ist ja wohl auch das Mindeste nach einer solchen Unverschämtheit. Raus aus meiner Wanne.«

Wir schaffen es noch nicht einmal, die hässliche Tagesdecke aufzuschlagen. Müde, wie wir sind, schlafen wir miteinander, ineinander und zusammen ein.

Als ich wieder aufwache, ist kein Geplansche und Kinderlärm mehr zu hören. Halbpension-Essenfassens-Zeit. Die LCD-Anzeige am alten Röhrenfernseher zeigt 19 Uhr 23. Ich streichle Maria über das Gesicht, massiere ihren Kopf.

»Komm, wir gehen noch 'n bisschen raus«, flüstere ich.

»Willst du jetzt gleich da hin? Zu Louis?«

Sofort ist die Müdigkeit aus ihrer Stimme verschwunden.

»Nein. Ich denke, das hat bis morgen Zeit ... oder?«

»Ja, ich denke auch«

»Hast du Hunger?«

»Und wie.«

»Findest du meinen Bauch wirklich zu dick?«, frage ich, während ich ihn mit beiden Händen zu umgreifen versuche.

»Es geht.«

Sie gibt sich versöhnlich. »Und du meine Augen?«

»Ich finde dich als Ganzes schön und deine Augen sind okay.«

26.

Nachdem wir ins Auto gestiegen sind, klärt mich Maria auf, dass sie jetzt, vor dem Essen, noch etwas Unangenehmes hinter sich bringen müsse.
»Und was wäre das?«
»Meine Eltern anrufen.«
»Oh ... na, dann viel Glück.«

Maria spricht wenig, ihre Mutter umso mehr. Es scheint ihr nicht zu gefallen, dass ihre Tochter sich in Frankreich mit einem Mann herumtreibt, von dem ihr vorher noch nicht einmal erzählt worden ist. Maria bleibt geduldig und erstaunlich freundlich. Sagt, dass ihr ein Urlaub auch mal ganz gut tue, dass es eher eine spontane Idee gewesen sei und sie deshalb nicht vorher Bescheid gegeben habe, dass sie vermutlich eine Woche bleiben würde, vielleicht aber auch zwei. Sie wisse es eben noch nicht.

Während sie telefoniert, verlassen wir die Altstadt und fahren die kurvige enge Straße einer Anhöhe hinauf.

Den Weg kenne ich nur zu gut. Route Ciappes Castellar.

Hier wohnt Louis.

Ich will nicht anhalten, auch nicht rechts ranfahren. Ich will nicht, dass Maria mitbekommt, dass ich aufgeregt bin und wieder eine dieser lästigen und verräterischen Schweißattacken bekomme.

Ich will nichts erklären, will nicht sprechen müssen.

Ich will nur wissen, ob sie da sind. Mehr nicht.

Maria hört immer noch ihrer Mutter zu. Und zwischen zwei Ja-Mama-ich-weiß werden mir mit einem Mal all meine Bedenken genommen.

Während wir langsam an Louis' Haus vorbeifahren, kann ich im Küchenfenster und im oberen Stockwerk das Licht brennen sehen. Menschen sehe ich keine. Mir fällt ein Stein vom Herzen und erleichtert trete ich aufs Gaspedal.

Bloß weg von hier. Unter keinen Umständen möchte ich, dass mich jetzt schon jemand entdeckt. Das hat alles noch bis morgen Zeit. Morgen komme ich wieder her. Ein paar Stunden werde ich Maria doch wohl alleine lassen können.

Es brennt Licht. Das ist gut. Das ist sehr gut.

»Ja, Mama, ich weiß ... Ich melde mich in ein paar Tagen ... Ja, wie du willst ... morgen oder spätestens übermorgen. Gut ... Also ... ja ... gut dann ... tschüss.«

Sitzen zwei Deutsche in Frankreich beim Italiener – Das könnte auch der Anfang eines schlechten Witzes sein.

Maria steht nicht auf Tatar und Weinbergschnecken. Da es der gemeine Tourist auch nicht tut, gibt es auf der Strandpromenade nicht nur Restaurants, die neben Fisch- und sonstigen Meeresgetier-Gerichten nur Frittiertes und Paniertes auf der Karte stehen haben, sondern auch ein paar richtig gute Italiener. In einem solchen sitzen wir nun auf der Terrasse mit Meerblick, den leider nur ich genießen kann.

»Und natürlich möchte ich auch noch gerne ein Kind«, sagt

Maria, nachdem sie weinselig auf das Thema Nachwuchs gekommen war. »Ich bin erst vierunddreißig. Warum sollte ich denn nicht? Das ist doch schließlich auch der Sinn des Ganzen. Also der Sinn, warum wir hier sind, oder nicht?«

»Weshalb wir beide hier sind?«, hake ich nach.

»Nein, du Quatschkopf«, lacht sie. »Weshalb der Mensch auf der Welt ist, meine ich. Um sich fortzupflanzen.«

»Na ja, das kann der eine so und der andere so sehen. Für mich klingt das eher, als wäre dieser Gedanke noch so ein Rest aus deiner überchristlichen Zeit.«

»Ach, papperlapapp, Josch … Bestellst du mir noch ein Glas, bitte?«

»Klar … und ähm … wegen deiner Augensache …? Hast du nicht gesagt, es handelt sich dabei um 'ne Erbkrankheit?«

»Ja«, erwidert sie kurz.

»Und wie hoch ist die Wahrscheinlichkeit, dass dein Kind dann auch krank würde?«

»Hoch.«

Ich bin mir sicher, dass sie sich mit diesem Thema und all seinen moralischen Aspekten ausgiebig beschäftigt hat, deshalb halte ich mich bewusst mit weiteren Fragen zurück. Wahrscheinlich wartet sie nur darauf, ihr Feuerwerk an schöngeredeten Rechtfertigungen abfackeln zu können. Den Gefallen tue ich ihr nicht. Als Maria merkt, dass von meiner Seite nichts mehr kommt, leert sie den letzten Schluck Wein aus ihrem Glas und bewegt ihn in ihrem Mund hin und her, so als wolle sie ihn damit ausspülen.

Zwei Tische weiter sitzt eine deutsche Familie.

Die Ältere der beiden Töchter wird auf Maria aufmerksam und macht sie zum Tischgespräch.

»Kannst du dir denn nicht vorstellen, noch einmal Vater zu werden?«

»Ganz ehrlich? Ich glaube, das Thema ist zurzeit Lichtjahre von mir entfernt ... Ich konnte ja bisher noch nicht einmal richtig für das eine Kind da sein, wie soll ich dann da an ein zweites denken?«

»Ich weiß, aber ... sehnst du dich nicht nach einer zweiten Chance?«

Und so kreisen meine Gedanken wieder um Leonie. Mit einem Mal ist alles wieder da. Die Trauer, die Leere, der Schmerz.

Nur die Palette unserer Gefühle gibt den Dingen um uns herum ihre Farbe.

Ich muss mich ablenken

Die unterschiedlichsten Menschen spazieren die Promenade entlang. Typische Otto-Normaltouristen, reiche, gut gekleidete Männer. Einige Frauen, die so aussehen, als suchten sie hier eine Abwechslung zu ihrem Bankiers-Gattinnen-Leben zu Hause.

Das Licht, das hier am Meer so anders ist, schürt die Sehnsucht.

Leider findet Maria kein Ende.

»Also, kannst du dir denn gar nicht vorstellen, noch einmal Nachwuchs zu bekommen? So gar nicht?«

»Willst du jetzt 'n Kind von mir, oder was?«, unterbreche ich sie harsch.

»Nein, ich ...«

»Gut. Das könntest du nämlich auch vergessen«, sage ich in einer Art, die keine Fragen mehr offen lässt. Leise und kalt.

»Okay, ich ... Nein, ich wollte nur ... Ist echt 'n blödes Thema gerade. Entschuldige ...«

Erschrocken und eingeschüchtert tastet sie nach ihrem Löffel, um damit ihren Teller nach einem letzten Tropfen Minestrone abzusuchen.

»Ich wollte jetzt nicht ... böse werden«, sage ich, nehme ihr den Löffel aus der Hand und streiche ihr sanft über die Fingerspitzen.

Maria hat das Talent, immer einen Schritt zu weit zu gehen, sich selbst ständig und unnötigerweise ans Messer zu liefern. Und das nur, weil sie keine Gesichter lesen kann. Das ist unfair.

»Entschuldige, meine Nerven liegen blank.«
»Ich verstehe dich, Josch. Alles okay. Alles gut.«
»Danke ... Bestimmt kommen gleich die Nudeln.«

Die Deutschen regen mich auf. Sie starren zu uns rüber, schauen, ob Maria mit dem Löffel den Mund trifft, ob nichts danebengeht.

Am liebsten würden sie noch unter ihre Sonnenbrille gucken wollen. Maria, das Kuriosum.

Nachdem wir ein paar Minuten nicht miteinander gesprochen haben, das Fremde sich wieder zwischen uns gedrängt hat, fragt Maria, die plötzlich so klein und verloren auf mich wirkt, über welches Thema ich denn reden wolle.

»Oder möchtest du dich lieber gar nicht unterhalten?«
»Doch ... doch, schon ... Ich weiß nicht.«
»Willst du über hier reden oder über dort?«
»Du sprichst ja wieder in so komischen Bildern ... Ich dachte, wir wollten das jetzt mal lassen.«

Ich streichle ihren Arm, küsse ihre Hand.

»Willst du über Louis reden? Über deine Probleme zu Hause? Politik, Eurokrise, Autos, Asiens Überbevölkerung? Schlag was vor.« Da kann sie auch schon wieder lächeln.

»Ich weiß es nicht.«
»Wie willst du vorgehen? Wirst du einfach klingeln?«
»Ja, wahrscheinlich … Oder findest du das blöd?«
»Du musst das so machen, wie du es für …«
»Hallo?« Die Jüngere der deutschen Töchter ist plötzlich an unserem Tisch aufgetaucht.
»Du?«, sie zupft Maria am Ärmel. Zwei Tische weiter weiß man nicht, wie man sich verhalten soll. Vater und Mutter lächeln dümmlich.
»Ja? … Wer bist denn du?«, fragt Maria.
Das etwa fünfjährige Mädchen mit den blonden Zöpfen und den rosa Haargummis guckt fasziniert an Maria hoch.
»Ich heiß Anna … Bist du blind?«
Ich atme tief ein.

Das Wort Urlaub leitet sich ja von ›Die Erlaubnis erhalten, sich zu entfernen‹ ab. Leider scheint es sich in vielen Fällen zu ›Sich ohne Hirn viel erlauben‹ weiterentwickelt zu haben.

Der Kellner kommt mit den Nudeln. »Attenzione. Caldo.«
Ich räume die störenden Dinge auf dem Tisch zur Seite. Auch die Patschhände des Kindes.
»Ach, das Essen.« Maria wirkt, als sei ihr alles zu viel.
»Kannst du denn dann gar nichts sehen?«, fragt das Kind unbeirrt weiter.
»Nein. Gar nichts«, lächelt Maria tapfer.
»So, jetzt gehst du mal schnell wieder zurück an deinen Platz«, befehle ich, »und richtest deinen Eltern schön aus, dass ich ihnen auch die Blindheit an den Hals wünsche. Dann könnten sie nämlich nicht den ganzen Abend so dämlich zu uns rüberstarren.«

»Okay«, antwortet das Mädchen und rennt davon.

»Josch! Das war nicht ... Das sagt man nicht.« Maria schwankt zwischen Empörung und Amüsement.

»Und da willst du Kinder? Kaum zu fassen!«

»Das hat doch jetzt überhaupt nichts ...« Maria wird vom heraneilenden Kellner trällernd unterbrochen.

»Et le vin rouge, il vino rosso.«

Das Kind ist jetzt wieder da, wo es hingehört und knabbert fröhlich an seiner Pizza, während seine Eltern weiter debil in unsere Richtung glotzen.

Nach Café und Tiramisu verlassen wir Arm in Arm das Restaurant. Wie ein junges Liebespaar. Ich mag Maria.

Vielleicht könnte ich wieder lieben. Sie lieben. Mit ihr zusammen sein. Für sie da sein. Wer weiß.

Wenn Dr. Sauer mich jetzt hören könnte, würde er wahrscheinlich diesen selbstgefälligen, allwissenden Ton von sich geben. Dieses Analytiker-Murren. Dieses Darauf-wollte-ich-hinaus- und Schön-dass-Sie-selber-darauf-gekommen-sind-Murren. Ihn mochte ich nie.

Dann sag doch, was du weißt! Tu nicht so wichtig! Du wirst fürs Helfen bezahlt, nicht fürs Abwarten! Dafür, dass du mir sagst, was mit mir nicht stimmt. Selber kann ich auch alleine!

Maria fühlt sich jetzt offenbar wieder wohl. Sie geht ganz leicht neben mir. Hält sich an meiner Hüfte fest und hat ihren Kopf auf meine Schulter gelegt. Sie atmet mich ein.

»Was ist das?«, fragt sie und bleibt abrupt stehen. Schnuppernd dreht sie sich um und tastet sich an der Mauer neben ihr entlang. Ich führe ihre Hand zu der Kletterpflanze.

»Mondwinde. Kennst du die nicht?«

Ich reiße eine der Blüten ab und gebe sie ihr in die Hand.

»Nein. Die riecht ja wahnsinnig intensiv. Wie Parfüm.«

»Und weißt du, was: Die gehen erst abends auf und schließen sich morgens beim ersten Sonnenstrahl wieder. Eine wunderschöne Blüte.«

»Wie wir. Wir sind auch wunderschön, man sieht es uns nur nicht auf den ersten Blick an«, sagt Maria zufrieden, riecht an der Blüte und hakt sich wieder bei mir unter.

»Boah, ey. Wir sind echt zwei Kitschlappen. Aber von der allerschlimmsten Sorte«, lache ich.

Im Hotel angekommen, lieben wir uns.

Wie ausgetrocknete Schwämme, die nach jedem Tropfen Wasser gieren.

27.

Wenn ich an meinen Vater denke, sehe ich ihn tot vor mir liegen. Dabei sieht er da gar nicht mehr aus wie er. Die Gesichtszüge fahl, starr, seelenlos. Dieser Körper ist mir fremd. Wie eine schlecht gemachte Wachspuppe.

Obwohl ich seinen Anblick kaum hatte ertragen können, war ich unfähig gewesen zu gehen. Etliche Male hatte ich mich von ihm verabschiedet. Mehrere Vaterunser gebetet. Dabei glaube ich noch nicht einmal an Gott. Mein Vater hatte es auch nicht getan.

Hatte sich da etwas bewegt? Hatte sich sein Gesichtsausdruck verändert? Ich war mir nicht sicher gewesen. Komisch, dass er jetzt nicht einfach aufwacht, hatte ich damals noch gedacht. Vielleicht hätte ich einfach lauter sprechen müssen? Vielleicht hätte er dann ja ein Auge aufgemacht und sein verschmitztes Lächeln aufblitzen lassen.

Seit über einer Stunde sitze ich im Auto vor Louis' Zuhause und habe nicht den Mut auszusteigen.

In meiner Vorstellung kommt er gleich zur Haustür raus, schwingt sich auf sein Fahrrad und radelt los. Ich würde ihm folgen, ihn beobachten, mich an seine Statur gewöhnen, mich an seine Bewegungen, seine Mimik, seine Gestik erinnern. Irgendwann würde ich ihn überholen, an der nächsten Straßenecke rechts ranfahren, aussteigen und ihn ansprechen, sobald er auf meiner Höhe wäre.

Nicht, weil ich feige bin, das steht außer Frage, aber wir würden dann beide auf freier Strecke stehen. Zu flüchten wäre dann schwieriger als zu bleiben.

Doch Louis schwingt sich nicht aufs Rad, er kommt nicht einfach so aus dem Haus. Den Gefallen tut er mir nicht.

Stattdessen will mich die Mittagssonne aus meinem Verschlag treiben, denn wieder einmal verwandelt sich Reginas deutscher Mercedes in eine finnische Sauna.

Das Kopfkino projiziert Bilder meines toten Vaters. Ich kann ihn förmlich spüren. Seine Haut fühlt sich kalt an. So kalt, wie ich es bisher nur von Gegenständen kenne. Darf ich ihn überhaupt berühren? Muss ich mir jetzt gleich die Hände waschen wegen irgendwelcher Viren? Der Leichnam meines Vaters liegt vor mir und ich mache mir Sorgen über Hygiene. Was stimmt nicht mit mir?

Ich will hier raus. Aus meinem Kopf, aus dem Auto. Aber die Bilder drücken mich in den Sitz.

Ich sehe seine Wimpern. Nach der kräftezehrenden Chemo gerade erst wieder nachgewachsen. Nicht so lang und dicht, wie vorher, aber dennoch eine schöne Erinnerung daran.

Meine schwitzende Hand verschmiert das glänzende Chrom des Türöffners.

Irgendjemand wird mir aufmachen. Vielleicht Louis selbst, das wäre am einfachsten. ... Was, wenn er mich im ersten Moment nicht wiedererkennt? Er hat ja sicher kein Foto von mir auf dem Nachttisch stehen. ... Blödsinn. Natürlich weiß er, wer ich bin. ... Trotzdem muss ich es sein, der als Erster redet. ... ›Hallo, Louis. Du bist mein Sohn. Ich bin dein Papa‹ ... Kitschige Scheiße. ...

Ich hatte nicht gewusst, was ich meinem Vater noch hätte sagen sollen. ›Also, tschüss ... Mach's gut‹ – Das waren dann schließlich meine letzten Worte an ihn gewesen. Daran kann ich mich erinnern. Ich erinnere mich nicht, was ich zu Louis gesagt habe, als wir uns das letzte Mal voneinander verabschiedet haben. Ob er sich noch daran erinnern kann? Ob er es gerne tut? War es wenigstens ein: ›Also, tschüss ... Mach's gut.‹?

Ich bin völlig durchgeschwitzt. In der Therme wäre ich nie so rumgelaufen. In meinem Spind hatte ich immer Ersatzkleidung parat.

Sobald ich aussteige, höre ich wieder nichts als den Puls in meinem Ohr. Während ich auf die andere Straßenseite gehe, versuche ich so fest wie möglich aufzutreten. Armeeschritte. Das treibt mich voran, lässt mich nicht innehalten, nicht zurückweichen.

Ich habe nichts zu verlieren.

Der Türrahmen ist neu gestrichen worden. Ein hellerer Farbton. Glänzend. Ich gehe davon aus, dass jemand zu Hause ist. Ein Wagen steht im Carport. Ein neuer Wagen. Nicht der, für dessen Reparatur ich Monat für Monat, eineinhalb Jahre lang, jeden Cent abgetreten habe, den ich erübrigen konnte.

Obwohl ich in dieser Nacht stark betrunken gewesen bin, kann ich mich an fast alles erinnern. Wie er wankend dagestanden hatte, dieser zügellose, armselige Vollidiot, in meinem Körper.

Ich habe nichts zu verlieren.

Ein Fenster in der oberen Etage ist geöffnet.

Ein neues Türschild. ›Duranger‹ steht drauf.

Bevor ich mir weitere Fragen stelle, habe ich bereits geklingelt.

Ich muss erbärmlich aussehen. Egal. Das passt zu dem Bild, das sie ohnehin von mir haben.

Jetzt gibt es kein Zurück mehr.

Ich habe nichts zu verlieren.

Durch die Milchglasscheibe der Eingangstür sehe ich jemanden auf mich zukommen. Früher konnte ich schon an der Silhouette erkennen, wer mir Louis wieder abnehmen würde. Meine Ex oder Fabien, ihr Mann.

Mit ihm waren die Übergaben erträglicher.

Die Silhouette, die nun auf mich zukommt, kann ich niemandem zuordnen. Eine kleine, untersetzte Person öffnet die Tür.

»Oui?«

»Ähm …? Excusez-moi, Madame, mais …? Je cherche la famille Béchet. Louis … Louis Béchet? Mon fils.«

Die fremde Frau lächelt mich nur fragend an.

Eine Stunde später sitze ich mit Maria auf einer Parkbank an der Uferpromenade.

»Was hast du jetzt vor?«

Maria ist blass. Sie drückt meine Hand. Mehr weiß sie im Augenblick wohl auch nicht zu tun.

Die Sonne lässt die gelben und roten Fassaden der Altstadthäuser golden glänzen. Linker Hand der Kirchturm und darum herum, dicht an dicht, ein architektonisches Wirrwarr in Hanglage. Die meisten Fenster sind hinter alten Holzläden versteckt. Manche sehen aus wie Augen, die einen partout nicht ansehen wollen. Wie die von Maria.

Irgendwo dahinter ist Louis.

Ich fühle mich leer, aber nicht schlecht. Auf der Rückfahrt zum Hotel hatte ich noch gedacht: ›Ja, jetzt muss er doch kommen, der Zusammenbruch. Das ist einfach zu viel. Das muss doch das Fass zum Überlaufen bringen.‹ Ist aber nicht passiert.

»Ich werde ihn finden, Maria. Das habe ich vor. Das ist der Plan. Ganz einfach.«

»Okay …« Sie sucht vergebens nach der Enttäuschung in meiner Stimme.

»Vielleicht ist das jetzt 'ne Prüfung, weißt du? Ich muss was tun. Das Ganze fordert jetzt mehr Einsatz von mir. Es soll mich was kosten. Ich mein … wie bescheuert bin ich eigentlich …? Ich kann doch nicht ernsthaft davon ausgehen, dass ich kurz mal hier runterfahre, an der Tür meines Sohnes klingele und alles ist wieder gut. Nee, so einfach kann das nicht sein …«

Maria atmet tief durch. Sie atmet oft tief durch. Sie atmet statt zu reden. Das nervt mich an ihr. Sie will ihren Kopf auf meine Schulter legen, aber sie legt so oft ihren Kopf auf meine Schulter. Im Moment ertrage ich das nicht. Ich will mich bewegen. Nicht entspannen. Mich nicht zurücklehnen.

»Ich habe so viele Jahre verpasst, Maria. So viel Zeit habe ich damit vergeudet, auf irgendwas zu warten, ohne zu wissen, was es ist. Jetzt weiß ich, was ich suche, und jetzt kann ich auch ruhig noch etwas Geduld aufbringen.«

»Gut.« Maria drückt meine Hand ein wenig fester.

»Glaubst du mir denn nicht?«, frage ich, löse mich aus ihrem Griff und küsse ihre Hand.

»Doch. Aber ich hätte auch nichts gegen die Alles-ist-wieder-gut-Variante einzuwenden gehabt.«

Vor lauter Palmen sieht man kaum das Wasser.

»Kannst du laufen?«, frage ich.

»Wie, ob ich laufen kann?«

»Na, joggen? Also, laufen halt.«

»Ähm, theoretisch ja. Jahrelang nicht mehr gemacht.«

»Ich auch nicht. Also wird's Zeit. Auf!«

Wir packen unsere Schuhe in ihren hässlich pinkfarbenen Rucksack, gehen zum Strand hinunter, und Hand in Hand laufen wir los.

Ihr werdet ihn nicht vor mir verstecken können, denke ich, als ich zum Häuserpanorama hinaufblicke.

Die Familie ist umgezogen. Okay. Das ist kein Problem. Dass ich nichts davon wusste, ist nicht okay, aber es macht keinen Sinn, sich darüber das Hirn zu zermartern. Ich werde Louis schreiben, werde ihm klarmachen, wie wichtig mein Kommen ist. Und dann wird er sich melden. Er wird sich mit mir treffen. Ganz sicher. Und weil ich das weiß, geht es mir gut.

Maria ist genauso wenig in Form wie ich. Wir quälen uns, und nach einer gefühlten Ewigkeit, die wahrscheinlich keine zehn Minuten dauert, lassen wir uns erschöpft in den Sand fallen.

Meine Kleidung ist völlig durchgeschwitzt. Schon zum zweiten Mal heute. Andere Länder andere Sitten. Der Sand klebt an meiner Haut. Ich hasse das.

Unser Atem geht schnell. Meiner geht schneller.

»Es zieht sich immer mehr zu … Vielleicht … vielleicht regnet es heute Abend«, keuche ich schmerzverzerrt vor lauter Seitenstechen. »Lustige Wolken sind das. So … so dicke …

flauschige Dinger ... Ich bin mir sicher ... wenn du sie sehen könntest ... würdest du jetzt wahrscheinlich so was wie ... ›Tiere in den Wolken erkennen‹ spielen wollen oder so.«

»Ja, das kann sein, du lakonischer Zyniker.«

»Ich glaube, die Menschen machen so was nur, weil sie sich nicht erklären können, was hinter den Wolken ist ... Weil sie hinter den Wolken ... ihr Vertrauen, ihr ... Urvertrauen verlässt. Weißt du, was ich meine?«

Ich bin euphorisch. Auch der Schmerz lässt langsam nach.

»Deswegen versuchen sie in den Wolken Dinge zu sehen, die sie an etwas erinnern, was sie kennen ... Etwas, was die Wolken, die Weite ein Stück näher an sie heranbringt ... Bescheuert, oder?«

»Ja, kann sein. Klingt aber plausibel«, sagt Maria.

Sie nimmt ihre Sonnenbrille ab und wischt sich den Schweiß vom Gesicht.

»Als ich als Kind zum ersten Mal geflogen bin, habe ich über den Wolken nach Gott Ausschau gehalten«, sagt sie und eigentlich möchte sie über ihre Erinnerung lachen, aber dafür reicht die Luft noch nicht.

»Ich habe noch nicht einmal einen einzigen, blöden Engel gesehen. Ich war so enttäuscht. Meine Eltern konnten sich meine Niedergeschlagenheit gar nicht erklären. Ich hab ihnen nichts davon erzählt, denn ... in dem Moment war mir meine eigene Naivität selbst zu kindisch. Seitdem bin ich eigentlich nie wieder richtig gerne geflogen. Wegen dieses Minitraumas eben. Auch bescheuert, oder?«

»Ich hab Hunger«, sage ich.

»Und ich schrecklichen Durst«, ergänzt sie.

»So ein Mist.«

»Wieso?«

»Na, jetzt müssen wir den ganzen Weg zum Auto wieder zurücklaufen.«

»Es gibt Schlimmeres.«

»Du musst auch immer das letzte Wort haben«

»Ja«, sagt Maria und grinst dabei.

Irgendwie ist doch alles gut, denke ich und will nichts mehr von Wolken wissen.

28.

Heute ist der dritte Tag, an dem ich meine Aufenthaltsorte von den verfügbaren WLAN-Netzen abhängig mache.

Die Stimmung spricht nicht für ausgelassene Sightseeing-Touren. Der armselige Ausflug mit dem kleinen Touristenzug durch die Altstadt von Menton war ein kostspieliger Reinfall. Maria half mir, es mit Humor zu nehmen.

Gestern waren wir ein paar Stunden in Cannes, außerdem verbrachten wir einen Nachmittag an der ligurischen Küste, wo ich Maria Unmengen Eis und ein Paar Schuhe gekauft habe, aber im Grunde genommen bringt uns die Rumfahrerei nicht weiter.

Es ist schön und beruhigend, dass wir nicht alleine sind. Aber so gerne ich mich auch intensiver mit Maria befassen würde, ich bin einfach zu sehr mit mir selbst beschäftigt. Wenn ich nicht an Louis denke, an die Chancen, die Möglichkeiten und die Momente, die ich verpasst habe, an all meine Fehler, an die Jahre des Stillhaltens, der Bewusstlosigkeit, dann macht mir meine Perspektivlosigkeit zu schaffen. Keinen Job, kein Geld, keine Wohnung. Ich weiß noch nicht mal, ob ich zurzeit krankenversichert bin. Und natürlich ist da noch die Trauer. Trotzdem versuche ich Leonie so wenig Macht wie möglich über meinen Alltag zu geben. An sie zu denken lähmt mich.

Maria hat gestern gesagt: »Ganz anders, als wenn man unserem See beim Dahinplätschern zuhört. Das Rauschen des Meeres hat viel mehr Tiefe. Hinter jeder noch so kleinen Welle, die bricht, verbirgt sich immer auch ein Grollen.«
Das stimmt. Hier wirkt alles viel intensiver.
Die meiste Zeit sitze ich auf der Mauer neben dem Strandrestaurant an der Promenade du Soleil. Da die Kellner bemerkt haben, dass ich mit meinem Laptop ihr Netz benutze, bestelle ich hin und wieder einen Kaffee oder eine Kleinigkeit zu essen.
Maria liegt dann ein paar Meter weiter, unter dem blau-weißen Sonnenschirm, den ich ihr im Supermarkt gekauft habe. Es soll ihr an nichts fehlen. Handtücher, Bastmatte, Sonnencreme, Luftmatratze, Getränke, frisches Obst. Ob sie sich wohl fühlt? Sie sagt, ja.
Ich habe sie darum gebeten, nicht zu tief ins Wasser hineinzugehen. Ich habe Angst, dass sie von einer Welle hintergezogen werden könnte und dann die Orientierung verliert. Sie hält sich daran. Meistens wartet sie aber ohnehin auf mich und geht dann mit mir gemeinsam ins Wasser.
Kennengelernt habe ich sie, wie sie jauchzend vom Fünf-Meter-Turm gesprungen ist, heute traut sie sich nicht mal mehr allein ins Wasser, weil sie Angst davor hat, jemandem auf die Füße zu treten.
Ob sie sich langweilt? Kann sein.
Ob sie sich alles anders vorgestellt hat? Da bin ich mir ziemlich sicher, doch gefragt habe ich sie nicht danach.
Einige Bedienungen in den Straßencafés und ein paar Verkäuferinnen der kleinen Läden in der Fußgängerzone nicken uns mittlerweile schon freundlich zu.
Die Blinde mit dem unrasierten Typen, ein ungewöhnliches Paar. Wir fallen auf.

Bei einer 25 000-Seelen-Stadt wie Menton, und selbst wenn man alle Touristen noch obendrauf zählt, wäre es nicht verwunderlich, wenn wir Louis eines Tages zufällig über den Weg laufen würden. Ob es dann wohl einfacher wäre? Ich weiß es nicht.

Ich bin in Menton, Louis. Ihr seid umgezogen?! Ich muss dich sehen. Es ist wichtig. Sehr wichtig!! Bitte melde dich. Lass uns treffen. Ich bleibe hier und warte auf deine Antwort.

Es ist das dritte Mal, dass ich diese Zeilen in das Eingabefeld des Chats kopiere. Jeden Tag die gleichen Sätze. Solange, bis er darauf reagiert. Gelesen hat er sie schon vorgestern. Das System hat mir das gemeldet.
Ich lasse uns noch ein wenig Zeit.

Seit ein paar Tagen kommen mir immer wieder die Bilder vom Anfang in den Sinn. Wie alles begonnen hat. Mit Louis. Ich versuche, Hinweise in ihnen zu finden, warum jetzt alles so ist, wie es ist.

Bei einer Routineuntersuchung stellte man fest, dass seine Mutter vorzeitige Wehen hatte. Zur Sicherheit wurde sie ins Krankenhaus geschickt, wo sich wenige Stunden später ein junger Internist über ihre exorbitant hohen Leberwerte wunderte. Das war der Startschuss zu einem unvergesslichen Martyrium. Keiner der zu Rate gezogenen Ärzte wollte hinnehmen, dass der Körper einer Schwangeren auch mal ungewöhnliche Signale von sich geben kann. Man wollte auf Nummer sicher gehen und sah sich deshalb gezwungen, vier Wochen vor dem errechneten Termin, umgehend die Geburt einzuleiten.
Und als wäre das nicht schon Aufregung genug, kam nun

auch noch Murphys Gesetz voll zum Einsatz. Alles, was hätte schiefgehen können, ging schief. Die PDA wurde verstochen, weshalb Christianes Beine anstelle ihres Unterleibs betäubt wurden. Dazu kam die Tatsache, dass der Muttermund sich partout nicht weiter öffnen wollte und der Wehenschmerz ihr den Verstand raubte. Gegen Ende spuckte sie nur noch grünliche Gallenflüssigkeit in die grauen Einwegschalen aus Pappe.

Sie hatte so sehr gekämpft. Trotz der Hilflosigkeit, trotz der Angst, war die Löwin in ihr nicht unterzukriegen. Dafür hat sie sich bis heute meinen allergrößten Respekt verdient. Hinterher hatte sich jedoch herausgestellt, dass ihre Qualen völlig umsonst gewesen waren, denn als die Herztöne unseres Kindes immer schwächer wurden, blieb den Ärzten keine andere Alternative als der Notkaiserschnitt. Nach dieser kräftezehrenden, frustrierenden Tortur ging auf einmal alles rasend schnell. Vorbei das sanfte Streicheln, kein beruhigendes Das-wird-schon-noch der Stationsschwestern mehr. Stattdessen wurde nun der Wehentropf kompromisslos aus der Armbeuge gerissen und sie mit entschiedenen Handgriffen eilig für den Eingriff präpariert.

Ich durfte sie noch in den Aufzug begleiten, Türen zu unfreundlichen Gängen wurden aufgestoßen, und schließlich wurden wir zu einer schnellen Verabschiedung gedrängt.

›Bis gleich. Hab keine Angst. Ich liebe dich.‹

Christiane bekam eine Vollnarkose, und ich wankte wie in Trance in das leere Patientenzimmer zurück.

Louis kam zur Welt und niemand, der ihn liebte, war für ihn da.

Später wurde uns gesagt, dass es Komplikationen gegeben hatte. Auf genauere Auskünfte verzichtete man und wir waren zu geschockt, um weitere Fragen zu stellen.

Es hieß nur, dass er nicht von selbst hatte atmen wollen.

Als ich ihn zum ersten Mal in den Armen einer Ärztin sah, war er schon knapp eine Stunde alt gewesen.

›Das ist Ihr Kind‹, hatte es geheißen.

In derselben Nacht hatte Louis' Atmung zwei weitere Male ausgesetzt. Ich war dabei gewesen, als sie ihm die Brust massierten, um die Lungen zu motivieren.

Seine Mutter hatte ihren Sohn erst am nächsten Morgen gesehen. Er lag im Brutkasten. Keiner hatte uns gesagt, dass wir ihn streicheln durften. Also haben wir ihn an seinem ersten Lebenstag nur angesehen. Tags darauf hatte ich eine Ärztin der Neonatologie gefragt, ob er durch die Probleme bei der Geburt Schaden genommen haben könnte. ›Ich kann Ihnen nicht garantieren, dass er Abitur macht, aber eigentlich dürfte nichts passiert sein.‹

Während der kommenden drei Wochen, in denen wir im Krankenhaus bleiben mussten, wurde der nervtötende, fiepende, ständige Alarm des Monitors, der die Sauerstoffsättigung in Louis' Blut anzeigte, zum Bestandteil unserer Träume.

Louis fühlte sich nicht wohl. Er hatte nicht geholt werden wollen.

Sobald er wach war, schrie er uns an. Über ein halbes Jahr lang. Es schien, als seien für ihn die Umstände seiner Geburt unverzeihlich gewesen. Dann änderte sich das, und er entwickelte sich glücklicherweise zu einem friedlichen und durchweg ausgeglichenen Kind.

In Extremsituationen funktioniert man. Man nimmt Informationen auf und reagiert. Die Emotion, das Trauma kommt später.

Ich habe Louis die ersten Tage seines Lebens nur ›das Kind‹

genannt. Vielleicht wollte ich mich schützen, falls er wider Erwarten doch nicht überleben würde.

Was mache ich jetzt? Auch jetzt funktioniere ich. Reagiere auf Gegebenes.

Alle Mails landen ungelesen im Papierkorb. Billigflugangebote, Spam- oder sonstige Werbemails, sowie eine Mail von Ute mit der Betreffzeile ›Ich will, dass du dich meldest‹ oder eine ›Ermahnung‹ von Herrn Bender von der TrustInkasso. Günther, mein Arbeitskollege aus der Therme, hat auch geschrieben. Seine Mail habe ich gelesen. Wo ich denn stecke, und dass er hoffe, dass es mir gutginge, und dass er bedaure, dass die Chefin mir fristlos gekündigt habe. Er kenne aber viele Badeanstalten in Süddeutschland und falls er etwas für mich tun könne, solle ich es ihn wissen lassen.

Die Onlineausgabe unserer Zeitung berichtet, dass auf Leonies Beerdigung an die zweihundert Leute gewesen seien.

Ob ihr das gefallen hätte? Wahrscheinlich schon.

Ab und an versuche ich, Maria Gesellschaft zu leisten.

Sie fragt dann »Und?«, und ich muss dann sagen »Noch nichts«.

Die Stimmung zwischen uns ist eher mittelmäßig.

Was das angeht ist ihr Blindsein hilfreich. Normalerweise hätte man sich einfach nur angeschwiegen. Mit Blinden ist das aber nicht so einfach. Man kommt kaum drum herum, ihnen alles zu beschreiben, jede Befindlichkeit zu verbalisieren. Im Grunde bin ich ganz froh darüber, denn ich bin mir im Klaren, dass so manche Lüge mit einem Schweigen beginnt, und was ich nicht will, ist Maria anlügen.

Dennoch, sie wird meine ironische Bemerkung über die Innenausstattung unseres Hotelzimmers nie verstehen, den feinen blauen Strich auf den Kacheln im Badezimmer nicht sehen können. Nicht die gelben Punkte auf dem blauen Teppichboden, nicht die Patina auf den Türbeschlägen, nicht den kitschigen Klatschmohn auf den orangefarbenen Vorhängen. Gegenüber vom Bett, an der hinteren Wand, steht der Kleiderschrank. In der verspiegelten Front kann ich uns beim Liebemachen zusehen. Ich habe ihr nichts davon gesagt.

Das Blindsein und das Mit-Blindsein überfordern mich. Es kostet mich irrsinnige Kraft, das Allumfassende daran zu akzeptieren.

»Siehst du, wenn du träumst?«
»O ja.«
»Wie groß ist die Sehnsucht, die Dinge zu sehen, wenn du wach bist?«
»Groß ... Ziemlich groß.«

Aus dem Discounter habe ich eine Kochplatte, eine reduzierte Teflonpfanne, Pappteller und Plastikbesteck besorgt. Abends koche ich, und wir essen auf unserem kleinen Hotelbalkon. Maria findet es romantisch. Vielleicht ist es aber auch nur die Erinnerung an den Trompetenbaum und die Geranien, an ihren Balkon, an ein Stück Sicherheit.

»Gebratene Tintenfische mit Reis. Pass auf, ist heiß«, sage ich, als ich den Teller vor sie stelle. »Ich kann auch noch etwas Zitrone darüberpressen, wenn du magst.«
»Tintenfisch, gebraten ... Okay? Bin gespannt. Kenn ich so noch gar nicht. Nur als Ringe und frittiert vom Spanier«,

sagt sie und bewegt sich dabei noch zwischen Skepsis und Ekel.

Vorsichtig tastet sie mit Messer und Gabel den Teller ab, um herauszufinden, was es da zu schneiden gibt. Sie probiert und es schmeckt ihr. »Hmm ... Gut. Ganz schön viele Beinchen, aber ... gut.«

Ich kann in ihr lesen wie in einem offenen Buch.

»Willst du wieder nach Hause?«, frage ich.

Und bevor sie antwortet, schluckt sie, und ich habe das Gefühl, ein Stein fällt ihr vom Herzen.

»Ich weiß es nicht, Josch. Es ist so ... viel. Weißt du, du hast so eine große Aufgabe vor dir. Du hast so vieles hier und ich ... ich habe nichts. Ich kann mich noch nicht einmal verständigen. Ich bin völlig von dir abhängig, das mag ich nicht. Das fühlt sich nicht gut an. Dieses Gefühl macht Heimweh.«

»Ich weiß. Das hätten wir uns aber auch vorher denken können, oder nicht?«

»Vielleicht, vielleicht auch nicht. ... Wovon ich aber nicht ausgehen konnte ist, dass du hier noch einmal viel unzugänglicher sein würdest als zu Hause.«

»Aha?«, sage ich und merke, wie ich innerlich die Arme verschränke.

»Ja, im Grunde möchtest du doch ganz vorne mit dabei sein. Du willst einer von den unkomplizierten, umgänglichen Menschen sein. Einer, den deine Exfrau akzeptiert hätte. Einer, zu dem man aufschauen kann. Aber wenn man dich in sein Herz schließt, wenn man ›Ja‹ zu dir sagt, dann ziehst du dich zurück. Weißt du, was ich meine, Josch? Du versperrst dich mir. Du kannst irgendwie gar nicht annehmen, was ich dir zu geben bereit bin. Warum ist das nur so bei dir, Josch?«

»Ich weiß es nicht.«

»Stimmt das denn überhaupt, was ich da sage?«

»Ich denke schon, ja.«

»Weißt du …« Sie stochert in ihrem Reis herum. Lässt sich Zeit. Nimmt einen Bissen. Setzt an, unterbricht sich wieder. Blind sieht sie in die Ferne. Das erinnert mich daran, dass sie neulich behauptet hat, sie könne weiter aufs Meer hinausblicken als ich. Sie müsse sich nur dazu entscheiden. Ich habe keine Ahnung, wovon sie da spricht.

»Weißt du … alles wäre nicht so dramatisch, wenn ich mich nicht in dich verliebt hätte.«

»Sag das doch nicht. Das hat doch nichts mit Liebe zu tun«, platzt es aus mir heraus.

»Bitte …? Geht's noch, Josch? Das ist verletzend und … und hässlich, was du da sagst.«

»Nein, ich meine, man muss die Dinge doch nicht immer gleich beim Namen nennen, ich meine …« Ich versuche zurückzurudern, sitze aber längst auf dem Trockenen.

»Doch, Josch, doch! Vielleicht müssen wir endlich mal ein paar Dinge beim Namen nennen. Weißt du? Vielleicht hilft dir das ja mal weiter. Wie kannst du nur die Unverschämtheit besitzen, mir vorzuschreiben, wie ich meine Gefühle zu benennen habe?«

»Will ich doch gar nicht …«

»Und überhaupt, wie nennst du das denn, was wir da haben? Hm …? … Sag was!«

Ich sage nichts.

»Du schläfst mit mir … Jede Nacht … Wir sind zusammen. Ich gehe mit dir, wohin du willst. Ich verbringe meine Lebenszeit mit dir. Wie nennt man so etwas? Sag du es mir. Wie nennt man das in Joschs Welt?«

»Keine Ahnung … Du bist für mich … eine Alternative.«

»Eine Alternative zu was, Josch?«, fordert sie aggressiv.

»Eine Alternative zu allem, was mich ausmacht.«

Sie trinkt einen Schluck Wein. »Du manipulierst mich«, sagt sie ganz leise, nachdem sie einen kurzen Moment gebraucht hat, um sich wieder zu beruhigen.

»Ich tue was?«

»Ja. Und du machst das auch ganz bewusst. … Du manipulierst mich, Josch. Durch deine Wortkargheit, deine Berührungen, deine Liebe, deinen plötzlichen Liebesentzug, durch alles, was du machst und sagst, bestimmst du meine Reaktion auf dich. Du erkennst meine Schwächen und nutzt sie hemmungslos aus … Und genau so machst du es mit meinen Stärken, wenn sie für dich von Vorteil sind. Du weißt genau, was du sagen musst, damit du mich bei dir hältst, Josch. Genauso wie du weißt, welche kleine Spitze, welches noch so unbedeutend erscheinende Wort die Kraft hat, mich völlig aus der Bahn zu werfen.«

Ich schließe meine Augen. Ich sehe nichts. Geschweige denn etwas in der Ferne.

»Selbst wenn das stimmen sollte …«, sage ich vorsichtig, denn ich will sie weder verletzten, noch will ich sie manipulieren und erst recht nicht will ich, dass sie geht. » … ich glaube, da gehören doch im Zweifelsfall immer zwei dazu, oder nicht? Maria … wenn du das Gefühl hast, du machst dich von mir abhängig. Wenn du wirklich glaubst, dass du dich von mir manipulieren lässt … bitte verstehe mich richtig … dann ist das doch vor allem … dein Problem.«

»Dann versteh du mich richtig: Wenn du so ein Arschloch bist, ist das vor allem dein Problem.«

Auf dem Nachbardach sehe ich ein paar Möwen sitzen. Ihnen würden unsere Tintenfische bestimmt schmecken. Erstaunlich, dass die Möwen hier mindestens doppelt so groß sind wie die, die wir von unserem See kennen.

»Ich gehe noch mal zum Café runter und guck, ob Louis geschrieben hat. Soll ich dir das Essen noch mal warm machen?«
»Nein, danke«, sagt Maria tonlos.
»Brauchst du noch was aus dem Supermarkt? Was Süßes? Irgendwas zu trinken? Wein oder so?«
»Nein, ist noch alles da.«
»Okay, dann bis später. Ich bin in einer Stunde wieder zurück.«
»Lass dir Zeit.«
»Ja.«
Ich küsse sie nicht, ich streichle sie nicht. Nicht, weil ich es nicht wollen würde. Die Situation lässt es nicht zu.
Im Café bestelle ich Pastis, klappe meinen Laptop auf, logge mich ein und lese die Nachricht meines Sohnes.

29.

Wir sind an einem Parkplatz oberhalb von Nizza verabredet. Nahe der Endhaltestelle der Buslinie. Am Rande eines Nobelviertels.

Entweder die Familie ist hierhergezogen, oder er will mich weit weg von seinem Zuhause treffen, weil er mich näher nicht erträgt.

Nizza beheimatet knapp eine Millionen Menschen. Hier gibt es bestimmt eine ordentliche Auswahl an weiterführenden Schulen. Mehr Jobs, mehr Perspektiven. Hierher zu ziehen war sicher eine vernünftige Idee. Die Familie hat bestimmt nur vernünftige Ideen.

In Louis' Nachricht stand lediglich der Ort, das Datum, die Uhrzeit und ›Bis dann‹. Mehr nicht.

Was soll er auch Romane schreiben, hatte ich enttäuscht gedacht. Wichtig war, dass er sich überhaupt gemeldet hatte und sich mit mir treffen wollte. Das ist das Einzige, was zählt. Alles andere kommt, wenn es darauf ankommt.

Während der Fahrt zum Treffpunkt reden wir nicht. Im Radio läuft ein spanisches Lied, in dem ›corazon‹ das meistgesungene Wort ist. Auf einer Werbetafel am Straßenrand lese ich ›Je te tiens. Dieu‹, was ich mit ›Ich halte dich. Gott‹ übersetze. Wir brauchen eine gute halbe Stunde. Tunnels. Maut-Station. Industriegebiet. Hafen. Serpentinen. Das Navigationsgerät sagt zweimal ›Bitte wenden‹, dann irgendwann ›Sie haben Ihr Ziel erreicht‹.

Ich mache den Motor aus. Immer noch Tunnelblick.

»Ich freu mich für dich, Josch. Alles wird gut, da bin ich mir sicher«, sagt Maria plötzlich in die Stille hinein und tastet nach meiner Hand.

Bevor ich sie ergreife, wische ich meine am Hosenbein trocken.

Heute Morgen saß ich bereits um kurz nach sechs auf unserem Hotelbalkon und beobachtete die Umgebung beim Aufwachen. Ein herrenloser Hund rannte kläffend um den Pool. Er schien davon besessen zu sein, an den Gummischwan heranzukommen, der seelenruhig in der Mitte des spiegelglatten Beckens schwamm. Nach anfänglicher Sympathie für den Hund, ging mir seine debile Uneinsichtigkeit immens auf die Nerven. Mit Gekläffe allein kommt man nicht ans Ziel.

»Maria ... Wenn's für dich okay ist, würde ich erst mal allein mit Louis sprechen wollen. Ich würde dich dann dazuholen, ja?«

»Na, klar. Anders habe ich mir das auch nicht gedacht.«

»Es tut mir leid«, sage ich.

»Was?«, fragt sie bemüht ahnungslos.

»Dass du dich so unwohl fühlst ... bei mir. Das ... also das, was du gestern gesagt hast und so. Ich sehe das auch so wie du. Du hast recht. Ich bin ... unbeholfen ... ich ...«

»Schau, Josch. Darum geht's jetzt nicht, okay? Konzentrier

dich jetzt auf dein Gespräch und dann wird sich alles Weitere ergeben, ja? Das ist jetzt das Wichtigste.«

»Ja.«

Ein Motorrad biegt auf den Parkplatz ein. Der Fahrer in Lederkluft steigt von seiner Maschine. Das Visier seines Helms ist dunkel eingefärbt. Ich meine zu glauben, dass er kurz verstohlen in unsere Richtung sieht. Ich bin mir nicht sicher, aber ich denke, es könnte Louis sein. Andererseits bezweifle ich, dass man hier mit 15 Jahren schon so eine schwere Maschine fahren darf.

»Ist er das?«, fragt Maria nervös.

»Weiß nicht. Er hat noch den Helm auf.«

Ganz schön groß wäre er geworden. Groß und breit.

Ich steige aus, auf ihn zugehen will ich aber nicht. Eine blöde Situation, denn ich weiß nicht, ob ich grüßen soll, rufen, lächeln, so lange wegsehen, bis er den Helm vom Kopf gezogen hat. Ich mache gar nichts. Ich stehe nur da, wie bestellt und nicht abgeholt.

Der junge Mann dreht mir den Rücken zu, öffnet seine Lederjacke, nimmt den Helm vom Kopf. Kurzes Haar. Louis' Kopf sieht anders aus. Bevor er im angrenzenden Waldstück verschwindet, wo Holzbänke stehen, von denen aus man den Blick bis hinunter zum Hafen von Nizza und über das offene Meer genießen kann, dreht er sich noch für einen kurzen Augenblick zu mir um.

Ich öffne die Autotür.

»Er war's nicht«, sage ich zu Maria.

Bei ihrer Gesichtsfarbe könnte man meinen, sie hätte vor lauter Anspannung die Luft angehalten. Das rührt mich fast schon wieder. Ich lächle. Das entspannt.

Ein Audi fährt auf den Parkplatz. Silbermetallic. Den Wagen kenne ich.

»Maria, jetzt ... jetzt geht's los. Ich weiß nicht, ich glaube, er ist mit seiner Mutter oder mit seinem Stiefvater gekommen, keine Ahnung. Ich hol dich dann, ja?«

»Ja ... ja. Viel Glück.«

Obwohl hier nur zwei weitere Autos geparkt sind, kommt der Audi erst gute 50 Meter weiter weg zum Stehen. Als würde man einen Sicherheitsabstand wahren wollen. Ich gehe auf den Wagen zu. Kalter Schweiß rinnt mir den Rücken hinunter. Die Fahrertür öffnet sich. Fabien, Louis' Stiefvater, steigt aus. Gut sieht er aus. Erholt, wohlhabend. Wie immer. Fast am Auto angekommen, kann ich schon sehen, dass er alleine hergekommen ist. Ich spüre ein Loch in meinem Magen, so als ob man seit Tagen nichts gegessen hätte. Der Wagen ist leer. Kein Louis.

»Fabien, hallo ... was, ähm?«

»Hallo, Josch. Ça va?« Er reicht mir die Hand. Drückt fest zu.

»Ja, weiß ich nicht ... Ich dachte eigentlich, ich treffe mich hier mit Louis ... Ist was passiert?«

»Ja, es ist was passiert. Du bist hergekommen.«

Seine selbstgefällige Rhetorik raubt mir mit einem Schlag den Atem.

»Was machst du hier, Josch?«

»Hä ... Wie, was ich hier mache?«

»Josch, je t'en pris. Ist es denn so schwer?«

»Was denn?«

Ich merke, wie ich emotional werde. Komisch emotional. Als müsste ich gleich anfangen zu weinen. Ich versuche zu schlucken.

»Lass den Jungen in Ruhe, Josch. Die letzten Jahre liefen so gut.«

»Ja, für euch vielleicht ...«

»Er ist ruhiger geworden. Er hat sich gut entwickelt. Er ist jetzt besser in der Schule. Was willst du, Josch ...?«

»Du, Fabien ... Ich weiß gar nicht, ob ich dir das jetzt so im Einzelnen alles erklären will, weil eigentlich ...«

»Weißt du, Josch«, unterbricht er mich, »bevor man etwas tut, sollte man erst einmal alles durchdenken. Das Problem ist, dass die meisten Menschen nicht über die Dinge nachdenken, die sie tun. Und du hast das leider auch nicht getan. Zum wiederholten Male.«

Ich muss wegsehen. Ich schaffe es nicht, mich ihm zu stellen. Auch wenn ich es will, ich kann ihm nicht in die Augen sehen, und das macht mich immens wütend.

»Bitte, Fabien. Bitte jetzt kein Akademiker-Geschwätz«, warne ich ihn, denn gerade spüre ich nach langer Zeit wieder einmal diesen bedrohlichen Druck in meiner Halsschlagader.

»Wir haben einen Anruf bekommen ...«, sagt er und zieht dabei vornehm arrogant an den Hemdärmeln, die aus seinem braunen Cordjackett herausragen.

»Ja ...? Und?« Er reizt mich so sehr.

»Von Martin. Deinem Freund Martin von der Bank.«

»Wo hat der denn eure Nummer her?! Fuck, ey.«

Es strengt mich an, nicht laut zu werden. »Ich mein, ich hab eure Telefonnummer nicht. Ich werde nicht informiert, dass ihr umgezogen seid ... Ich weiß nichts, aber der Typ kann euch einfach mal so anrufen?! Ich fass es nicht ...!«

»Jedenfalls hat er Christiane von deiner Situation erzählt. Deiner finanziellen Situation. Dass du völlig überschuldet bist und ... er hat auch das von dem toten Mädchen erzählt ...«

»Ja, gut … Dann kannst du dir ja denken, warum ich hier bin?«

»Nein, Josch, das kann ich eben nicht. Wir können uns überhaupt nicht denken, warum du hier bist. Was willst du, Josch? Willst du Louis in deine Scheiße mit reinziehen? Bist du deswegen hier?«

Warum schüchtert mich dieser Schlag Mensch nur so ein? Er ist nicht intelligenter als ich, keinen Deut weiser. Wie schafft er es nur, dass ich mich in seiner Anwesenheit so klein fühle?

»Ich … ich will … Ich will Louis sehen. Ich will mit ihm sprechen … Meine Güte, das ist doch nichts Ungewöhnliches.«

»Wer ist dieses Mädchen da im Auto?«, fragt Fabien.

»Das ist kein Mädchen, sondern eine Frau. Sie heißt Maria und sie ist meine Freundin.«

»Und warum hat sie dir nicht von dieser sinnlosen Reise abgeraten? Oder hast du ihr nicht erzählt, wie du so drauf bist?«

»Fabien, bitte. Ich will Louis sehen. Es ist mir wirklich … wirklich sehr, sehr wichtig.«

Fabien guckt mich mitleidig an. Ein Blick, der mich noch ein Stück weiter nach unten zieht.

»O Mann, komm, Fabien. Warum bringst du uns jetzt nur in so 'ne Scheißsituation? Das ist doch erbärmlich. Ich kann doch jetzt hier nicht den Stiefvater meines Sohnes anbetteln, oder? Jetzt ernsthaft, was soll ich machen? Willst du, dass ich vor dir auf die Knie gehe? Willst du das wirklich?«

Es kostet mich keine Mühe mehr, mich vor ihm fallen zu lassen und ihm bittend meine Hände entgegenzustrecken.

»Und jetzt, bitte, gib mir seine Nummer. Bitte. Er hat doch bestimmt ein Handy … Komm, bitte. Ich muss ihn sehen.«

»Hör auf, Josch. Das ist theatralisch. Unwürdig ist das. Was soll denn deine Freundin von dir denken. Steh auf.«

Doch ich sehe ihm genau an, dass er seine Überlegenheit genießt. Er bemüht sich zwar, es zu verbergen, aber ich kann es sehen.

»Dann gib mir bitte seine Nummer«, sage ich, stehe auf und weiß, dass es so einen wie Fabien stört, wenn ich mir jetzt nicht den Staub von den Knien klopfe.

»Ich habe lange versucht, Verständnis für dich aufzubringen. Wirklich, Josch. Ich habe dich sogar manches Mal vor Christiane verteidigt. Aber wenn man zu lange wartet ... weißt du ... irgendwann ist es zu spät für die zweite Chance.«

Ich will nicht hören, was er da sagt.

»Komm, wir rufen ihn gemeinsam an, jetzt. Ja? Jetzt, wir zwei.«

»Louis will nicht.« Fabien kommt auf den Punkt.

»Was will er nicht?«

»Was glaubst du, warum ich hier bin und nicht er?«

»Ich ...? Ich weiß es nicht. Sag du es mir.«

»Louis will nicht mit dir sprechen, Josch. Er will nicht ... Er hat es seiner Mutter gestern erzählt. Er wollte so tun, als wäre er von der ganzen Sache nur genervt, aber in Wahrheit haben ihn deine Nachrichten verstört. Dabei war uns völlig neu, dass ihr überhaupt Kontakt zueinander habt.«

»Haben wir ja auch nicht.«

»Jedenfalls will er dich nicht sehen. Louis ist jetzt fünfzehn. Ein junger Mann, mitten in der Pubertät. Er hat genug mit sich selbst zu schaffen. Er kann so etwas jetzt nicht gebrauchen.«

Fabien will gehen.

»Wie so etwas? Bin ich jetzt eine Sache, oder was? Ein lästiger Zustand?«

»Louis lässt dir ausrichten, dass er hofft, dass es dir bald wieder besser geht, und er wünscht dir, dass du bald wieder zur Ruhe kommst. Das sollst du aber bitte bei dir zu Hause machen, nicht hier.«

»Das hat er nicht gesagt. Das kommt nicht von ihm.«

»Dein Freund Martin hat sich schon gedacht, dass du hier aufkreuzen wirst. Und uns hat es auch nicht sonderlich überrascht. Du bist berechenbar, Josch. Und du hast eine Menge Probleme. Lass Louis da raus. Fahr nach Hause.«

»Wo wohnt ihr jetzt?«

»Pass auf, Josch. Hier.«

Fabien zieht einen dicken Briefumschlag unter seinem Jackett hervor und drückt ihn mir in die Hand.

»Das sind dreißigtausend Euro. Die geben wir dir, damit du wieder auf die Beine kommst, okay? Zahl deine Schulden zurück und du kannst von vorne anfangen.«

»Was …?«

»Wenn du dir aber nicht zutraust, das Geld … nach Hause zu bringen, dann nehme ich es wieder mit, und wir zahlen es heute Nachmittag auf das Konto von Louis ein, von wo es dann auf dein Konto nach Deutschland überwiesen wird. Das ist dann eine Schenkung vom Sohn an den Vater. Die ist bei dieser Summe steuerfrei, und im Nu hast du eine Menge Probleme weniger. Sieh es als eine Art Geschenk an. Ein Abschiedsgeschenk.«

Ich merke, dass mir der Mund offen steht.

»Nimm dein … verficktes Geld und verschwinde«, schreie ich.

»Josch?«, ruft Maria, die jetzt aus dem Wagen steigt.

»Ja. Alles gut. Ich komme gleich«, rufe ich ihr zu. »Steig wieder ein!«

»Was ist mit ihr? Ist sie blind oder …?«

»Ja, ist sie.«

»Oh, Josch«, sagt Fabien abfällig.

»Was? ... Was schüttelst du denn da den Kopf? Hast du sie nicht mehr alle!?«, fahre ich ihn an. Ich stehe jetzt so dicht vor ihm, dass ich seinen Atem spüren kann.

»Okay, Josch, ich hab jetzt keine Lust mehr.«

Mit einer Hand schubst er mich wieder ein paar Zentimeter von sich weg. »Nimm das Geld und fahr heim. Lass meine Familie in Ruhe.«

»Steck dir dein Geld sonst wohin. Fick dich. Ich lass mich nicht auszahlen, du arrogantes Arschloch. Ihr habt sie ja nicht mehr alle. Was denkt ihr euch eigentlich?«

»Wie du willst, Josch«, sagt Fabien und wendet sich von mir ab.

Ich muss an mich halten, dass ich ihn nicht wieder herumreiße.

»Gib mir jetzt endlich Louis' Nummer. Ich bin sein Vater.«

Fabien steigt in sein Auto. Ich schlage gegen das Seitenfester.

»Gib mir seine Nummer! Gib sie mir.«

Er sieht mich nicht an.

»Ich hau dir in die Fresse, Alter ... Ihr Schweine.«

Fabien startet den Motor, löst die Handbremse, fährt an. Ich schreie.

»Ihr seid so scheiße!! Ihr seid so scheiße! Warum seid ihr nur so scheiße? Was hab ich denn getan? Was hab ich euch denn nur getan?«

Aber Fabien kann mich nicht mehr hören. Ich drehe mich um. Maria steht wieder neben der offenen Beifahrertür. Sie wirkt verunsichert.

»Mann, ich hab doch gesagt, ich hol dich dann dazu!«, brülle ich zu ihr rüber.

»Sprich nicht so mit mir«, brüllt sie zurück.

Ich suche etwas, auf das ich einschlagen kann. Ich habe das Gefühl, meine Haut platzt gleich auf. Dann merke ich, dass sich meine Hand immer noch in den Umschlag voller Geld krallt.

30.

Ich tippe:

30 000 € ist es Deinen Eltern wert, dass ich Dich nicht mehr belästige.
Fabien hat mir gestern 30 000 € in die Hand gedrückt. Sie haben es mir unter dem Vorwand gegeben, helfen zu wollen. In Wahrheit wollen sie Dich freikaufen.
Sie wollen sich meine miese Lage zunutze machen.
Fabien war gestern so schnell wieder verschwunden, mir blieb gar nicht genug Zeit, ihm diesen widerwärtigen Umschlag zurückzugeben.
Ich will dieses Geld nicht.
Ich werde es Dir geben. Mach damit, was Du für richtig hältst.
Ich verschwinde. Ich werde Dich endgültig in Ruhe lassen, wenn Du das so willst.
Aber ich werde weder dem nachkommen, was Deine Mutter will, noch dem, was Fabien von mir erwartet.
Wenn, dann richte ich mich nur nach Dir.
Da ich davon ausgehe, dass Ihr in Nizza wohnt, mache ich folgenden Vorschlag: Morgen, 16 h, am Ende der Promenade, am Aufgang zur Aussichtsplattform.

Wenn ich nichts von Dir höre, werde ich dort sein und auf Dich warten.
Wir regeln das unter uns, Louis.
Wir sind keine Feiglinge.
Dein Josch.

Ich drücke auf Senden.

31.

»Maria? Schläfst du …?« Ich habe Angst.

»Maria? He, Maria … Wach mal auf!«

Ein paar Traumgestalten waren eben schon vor mir aufgetaucht. Aber in der Sekunde des Einschlafens habe ich das Gefühl, ertrinken zu müssen. Ich schnappe nach Luft und bin im selben Moment hellwach. Mein Herz hämmert laut gegen den Brustkorb. Seit Stunden geht das schon so. Immer und immer wieder.

»Was ist …? Wie viel Uhr ist es?«, fragt Maria schlaftrunken.

Im Dunkeln greife ich nach meiner Armbanduhr auf dem Nachttisch.

»Kurz vor vier.«

»Warum …?«

»Ich glaube, ich hab was am Herzen«, unterbreche ich sie und erzähle, was los ist.

»Scheiße, Maria, ich glaub, ich muss sterben.«

»Das musst du nicht. Zumindest nicht jetzt. Das ist eine Panikattacke, Josch.«

»'ne Panikattacke?«

»Ja.« Maria stützt ihren Kopf auf, tastet nach meinem Gesicht. »Du bist ja völlig verschwitzt.«

»Ich wollte dich nicht wecken. Aber jetzt hab ich echt Angst.«

»Brauchst du nicht. Beruhig dich. Das kommt von der Psyche. Ganz sicher. Das ist nichts Organisches. Ich hatte das auch schon mal. Mit deinem Herzen ist alles in Ordnung.«

Um sicher zu gehen, legt sie ihre Hand auf meine Brust.

»Alles gut, glaub mir«, versucht sie mich zu beruhigen.

»Warum hab ich denn jetzt plötzlich Panikattacken?«

»Ach, Josch. Dein Leben krempelt sich um. Du verlässt deinen gewohnten Rhythmus. Du hast keine Komfortzone mehr. Da kann es schon mal passieren, dass das Herz hinterherstolpert.«

»Geht das wieder weg?«, frage ich und bin gleichzeitig genervt von meiner armseligen Kindlichkeit.

»Mal an deinem Bild weiter, Josch. Dann kannst du auch wieder schlafen.«

Maria legt jetzt auch noch ihren Kopf auf meine Brust und es ist mir unangenehm. Es fühlt sich schwer und unbequem an. Ich entscheide mich, es zuzulassen, und erstaunlicherweise wird es augenblicklich ein wenig leichter.

Wenn es nur mit allem so wäre. Eben mal die Haltung zu etwas verändert, schon ist es grundlegend anders – besser.

»An was für einem Bild soll ich denn rummalen?«, flüstere ich.

»Na, an dem von dir selbst. Weißt du nicht mehr? Bei dem wirren Abendessen bei Regina neulich? Da hast du mir doch von dem Bild erzählt, was du von dir hast, und wie du gerne sein würdest, wie du gerne wirken würdest. Mal daran weiter, mal es bunt aus. Du wirst sehen, das wird dich beruhigen.«

Gestern Nachmittag habe ich eine knappe halbe Stunde gebraucht, bis ich mich wieder hinters Steuer setzen konnte. So aufgewühlt war ich nach dem Treffen mit Fabien.

Wir saßen auf einer der Holzbänke mit Blick auf das offene Meer und nach ein paar Atemzügen kam alles raus. Ich kann mich nicht daran erinnern, wann mir so etwas zum letzten Mal passiert ist. Es dauerte bestimmt zehn Minuten, ich konnte einfach nicht aufhören. Ein fürchterlicher, für mein Empfinden würdeloser Zustand. Maria versuchte mich gar nicht erst zu trösten. Ganz ruhig saß sie neben mir. Als ich mich wieder ein wenig beruhigt hatte, sagte sie, dass es ziemlich dumm von mir gewesen sei, Fabien zu drohen, und dass wir ihm eigentlich hätten hinterherfahren müssen.

Die Sonne ging unter, Maria fröstelte im kühlen Wind, und wir stiegen wieder in den Wagen, um nach Menton zurückzufahren.

Vorher jedoch kreuzte ich leer und müde noch ein wenig durch die Innenstadt von Nizza.

Dort standen überall Platanen herum. Viel mehr noch als in unserer Stadt. Nur scheinen diese Bäume nicht beschnitten und gestutzt zu werden wie bei uns. Hier können sie sich freier entfalten.

Maria und ich haben vor allem eins gemeinsam – wir haben beide diesen lästigen Hang zum Metaphorischen.

Makel in Bildern auszudrücken ist nichts anderes als Schönmalerei.

»O Mann … Maria. Ich … Ich hab keine Ahnung mehr, was auf diesem … Bild drauf ist. Ich hab nicht immer so Zeug parat wie du. So Sprüche. Ausreden. Versteh mich bitte nicht falsch. Echt, ich bewundere, dass du das alles kannst. Dass du dir mit Hilfe von Binsenweisheiten dein Leben erträglicher malst. Ich kann so was eben nicht so gut. Und dann kannst du, oder wer auch immer, mir tausendmal erklären, dass jeder seines Glückes Schmied ist. Ich kapiere es ja. Wirklich, ich weiß es.«

»Also?«

»Ja, ich kann deshalb trotzdem nicht einfach losziehen und so tun, als wäre ich am rumschmieden.«

»Josch, man muss aber einfach auch mal mit etwas beginnen.«

»Oh, das ist so ein Psycho-Gelaber. Echt jetzt. Tut mir leid, Maria, aber es bringt mir nichts, wenn du sagst, dass ich an die Dinge glauben soll und dass sie erst dann in Erfüllung gehen können. Dieser ganze Gute-Energien-Quatsch ist doch pseudo-psychologischer Kinderkram. Genauso heute Abend, beim Essen, als du gesagt hast, Glück und Gesundheit seien Dinge, die man erst spürt, wenn sie nicht mehr da sind. Ja, Maria, klar. Da hast du, wie immer, vollkommen recht. Ich weiß das. Ich brauch aber gerade keinen Lebenscoach, ich brauche einen ganz konkreten Fahrplan. Wie komme ich von A nach B. Wenn du mir das sagen kannst, bist du meine Heldin. Wenn nicht, kann ich dein Bilder-Gerede nicht mehr ernst nehmen. Tut mir leid.«

»Ach, Josch. Weißt du, ich wäre froh, wenn ich selbst nur ansatzweise das leben konnte, wovon ich so rede. Ich bin auch nicht so einfältig, wie du denkst.«

»O Mann, Maria ... Das denke ich doch auch gar nicht.«

»Doch, tust du. Dabei gehe ich mit meiner Intelligenz einfach nur etwas respektvoller um.«

»Ja ... ja, stimmt. Ja ... tut mir leid. Du hast ja recht«, seufze ich, nehme sie in den Arm und ziehe die dünne Decke über uns beiden glatt.

»Ist es eigentlich zu früh für einen Spaziergang?«, fragt sie versöhnlich.

»Zu früh? Weiß nicht? ... Ich bin wahnsinnig müde, ich hab das Gefühl, ich hab noch gar nicht geschlafen.«

»Kennst du das, Josch?«, fragt sie, nachdem wir einen kurzen Moment den Grillen bei ihrem frühmorgendlichen Zirpen zugehört haben. »Wenn man alleine im Supermarkt neben dem Kühlregal steht und ... die Kühle und das Surren der Aggregate einen so schwer machen und einlullen. Und dann, für einen kurzen Moment, fällt einem plötzlich kein Grund mehr ein, warum man weitergehen soll?«

»Häh? Nee. Ich weiß nicht, wovon du sprichst.« Und nachdem ich nachgedacht habe, sage ich: »Ach so, du meinst ... ja. Du meinst das Gefühl, wenn man am Morgen aufwacht und die Wohnung sieht noch genau so aus wie in dem Moment, als man am Abend zuvor das Licht ausgemacht hat.«

»Ja. Das Gefühl alleine auf eine Familienfeier zu gehen. Den Gedanken, wie lange es wohl dauern würde, bis jemand bemerkt, dass du tot in der Wohnung liegst. Das Bedürfnis, sich einen schönen Abend machen zu wollen, und dann sitzt man doch nur mit Wein vor dem Radio und masturbiert lustlos an sich rum.«

Ihre Unverblümtheit bringt mich zum Lachen.

»Ja, das kenn ich.«

»Schön. Weißt du, Josch. Obwohl ich von mir behaupten würde, dass ich mit beiden Füßen auf dem Boden stehe, obwohl ich mir ziemlich genau ausmalen kann, wie mein Leben im schlechtesten und wie im besten Fall aussehen wird, rede ich so positives Zeugs, weil mir nichts anderes übrigbleibt. Und weißt du, was, Josch, auch du wirst damit beginnen müssen. Da bin ich mir ganz sicher. Du musst über den Beckenrand gucken. Es sei denn, du willst untergehen.«

»Bist du deswegen bei mir? Weil dir nichts anderes übrigbleibt? Soll ich etwa derjenige sein, der mit dir zur Familienfeier geht? Der dich befriedigt, damit du es dir nicht mehr selbst machen musst?«, schmunzele ich.

»Ja, sicher ... Ich will mit dir zusammen sein, damit ich nicht mehr so viel mit mir alleine sein muss.«

»Dafür kannst du aber jeden nehmen.«

»Ich hab mir aber dich ausgesucht«, sagt sie mit irritierender Sachlichkeit.

»Und das nennst du dann verliebt sein? Für mich klingt das so, als wäre das schlichtweg der Ausweg aus der Langeweile. Die letzte Ausfahrt vor der Depression.«

»Ja, vielleicht auch das«, sagt sie, nachdem wir beide einen Moment über das Gesagte nachgedacht haben.

»Außerdem will ich ein Kind.«

»Von mir?«

»Ja. ... Vielleicht. Warum nicht?«

»Du spinnst ja. Glaubst du, das hilft mir jetzt gegen meine Panikattacken?«, lache ich und freue mich darüber, dass sich den Stunden der quälenden Schlaflosigkeit doch noch etwas Heiteres abgewinnen lässt.

»Nein, wahrscheinlich nicht, Josch«, antwortet Maria.

»Ähm ... Meinst du das jetzt ernst?«, hake ich noch mal nach, denn gerade traue ich ihr alles zu.

»Du hast es doch gestern selbst gesagt. Ich bin die Alternative zu all dem, was dich ausmacht. Da haben wir es doch ganz gut miteinander getroffen, oder? Den perfekten Partner gibt es nicht. Und gerade du bist alles andere als perfekt. Du machst mir Angst. Das Unkontrollierte an dir, deine Ausbrüche.«

»Ich würde dir gegenüber niemals ...«

»Das weiß ich«, unterbricht sie mich. »Ich kann deine cholerischen Anfälle trotzdem nicht ausstehen.«

»Gut, dann komm ... Dann lass uns mal 'n bisschen gemeinsam an meinem Bild rummalen.«

»Jetzt versuch erst mal ein bisschen zu schlafen«, sagt sie und wischt mir mit der Hand freundschaftlich über das Gesicht.

»Ich weiß nicht, ob das geht.«

»Ich bleibe wach und pass auf dich auf, okay?«

»Meinst du das ernst? Ich meine ... Kannst du dir ernsthaft vorstellen, ein Kind mit mir zu bekommen?«, frage ich noch einmal.

»Ich denke schon, ja.«

»Okay ...?«

»Übermorgen werde ich wieder heimfliegen müssen. Das weißt du, oder? Ich muss wieder zur Arbeit.«

»Ja, ich weiß.«

»Kommst du mit?« Sie kennt die Antwort.

»Solange ich nicht weiß, was mit mir und Louis ist, muss ich hierbleiben«, antworte ich befangen.

»Ja, gut. Hab ich mir gedacht. Dann ... schlaf gut, Josch.«

»Ich versuch's.«

32.

Kurz nach halb vier bin ich am Treffpunkt.

Ich hatte nicht erwartet, dass hier so viel los ist.

Alle Bänke sind besetzt, auch auf der Mauer sitzen die Leute, Kinder toben herum, Inline-Skater üben das Bremsen, junge und alte Paare flanieren Arm in Arm an mir vorbei, Touristen blicken beseelt über das Mittelmeer, einheimische Senioren halten Schwätzchen.

Das Wiedersehen, wie ich es mir vorgestellt habe, kann hier definitiv nicht so stattfinden. Ich ärgere mich über meine Wahl, bin aber auch mindestens genauso nervös. Wird er kommen? Ich kann es nicht einschätzen. Dazu kenne ich ihn einfach zu wenig.

Dieses Mal ist Maria im Hotel geblieben. Sie will packen, sich ausruhen. Ihr Rückflug ist gebucht. Ihre Mutter, die ihr fast täglich auf die Mailbox gesprochen hat, um sie vor mir zu warnen, wird sie am Flughafen Zürich erwarten. Heute haben wir kaum miteinander gesprochen. Morgens waren wir noch auf dem Markt, um Fleisch und Gemüse für das Mittagessen zu besorgen. Dann in einem Café, anschließend haben wir gekocht, gegessen, sie hat sich eine halbe Stunde hingelegt und danach haben wir uns an den Pool gesetzt.

Mir kam zum ersten Mal der Gedanke, dass wir uns vielleicht ausgesprochen haben könnten.

Kein Text mehr. Alles schon gesagt.

Irgendwann fing sie an zu weinen. Leise, damit ich es nicht bemerke. Ich ließ sie in dem Glauben.

Ich setze mich auf die Mauer, neben mir geht es gut zehn, fünfzehn Meter steil hinunter. Das müsste reichen, denke ich. Das Meer ist unruhig, ich bin zu schnell im Kopf, der Stadtstrand ist übervoll, hier will man nicht Schwimmmeister sein, ich bin müde, wie lange braucht ein toter Körper, bis er sich zu zersetzten beginnt, länger keinen Raben mehr gesehen, die Frau rechts lacht zu laut, überall wird fotografiert, es wird Deutsch gesprochen, ich höre Französisch, Englisch und einen Motor, der aufheult, und ein Kind, das weint.

Ich will mich konzentrieren, ruhig werden, bei mir bleiben, und plötzlich klopft mir jemand auf die Schulter. Ich drehe mich um.

Mein Sohn steht vor mir.

Das gleiche Gefühl, wie wenn man aus dem Schlaf schreckt.

»Hey ...« Er sieht so anders aus. »Mann ..., das ...«

»Salut.«

Im ersten Moment stehen wir etwas befangen voreinander, dann küsst er mich. Rechts und links auf die Wange.

»Ça va?«

Er ist so groß wie ich. Flaum auf seiner Oberlippe, unruhige Haut, lange Haare, ein halbstarker Jugendlicher.

»Schön, dass du da bist«, sage ich.

»Ja.«

Mit zusammengepressten Lippen lächelt er und nickt dabei. Das mache ich auch immer, wenn ich mich auf etwas einlassen muss, von dem ich noch nicht weiß, was ich davon halten soll.

»Kannst du denn überhaupt noch richtig deutsch? Hm? Sprecht ihr zu Hause mehr deutsch oder französisch?«, lache ich unsicher.

»Ich spreche mehr französisch, meine Eltern aber eher deutsch.« Er antwortet ruhig und wirkt dabei unerwartet gelassen.

»Ah, okay.«

Ich kann mich gar nicht an ihm sattsehen. Ich staune, möchte aber nicht, dass es ihm unangenehm wird.

»Ja ... ähm, weißt du, Louis, hier ist ganz schön viel los ...«

»Ja, hab ich mich sowieso gewundert, warum du den Platz hier ausgesucht hast. Hier kommen alle her. Ist immer voll«, sagt er und mir fällt auf, dass dies jetzt schon der längste Dialog gewesen sein muss, den wir seit Jahren miteinander geführt haben.

Ich habe nicht das Gefühl, dass er sich besonders freut, mich zu sehen.

»Dann ... ja, lass uns ein bisschen spazieren gehen, oder? Was denkst du?«

»Okay, gut.«

Wir gehen die Straße hinunter, biegen rechts durch einen Torbogen in Richtung Altstadt ab.

»O Mann, ich finde das so toll, dass du gekommen bist, Louis. Wirklich. Geht's dir denn gut?«

»Ja ... Ja, doch. Geht gut. Und ... Wie geht's Oma Ute so?«

»Gut ... Ich meine ... also, sie ist gesund.«

Wir gehen nebeneinander, wobei Louis ein wenig schneller ist als ich. Immer wieder muss er seinen Schritt verlangsamen, damit ich zu ihm aufschließen kann.

»Und wie läuft's im Schwimmbad?«

»Gar nicht mehr.«

»Oh ... okay.«

Weder seine schwarze Basecap, die weiten Hosen, noch seine Hände in den Taschen helfen ihm dabei, so cool zu wirken, wie er es gerne wäre.

»Ist das komisch für dich, wenn du mich jetzt so siehst?«, frage ich.

»Geht so. Bisschen vielleicht.«

»Fühlt es sich gut an, oder ist es eher doof?«

»Ja, weiß nicht, so mittel, halt ... normal«, antwortet er scheinbar unberührt.

»Okay.«

Wir kommen auf einen schlauchförmigen Platz, auf dem ebenfalls viel Trubel herrscht. Die Restaurants und Cafés haben ihn zu beiden Seiten mit Tischen und Stühlen gepflastert und in seiner Mitte stehen in einer langen Reihe die Verkaufsstände eines Blumenmarkts.

»Hast du 'ne Idee, wo wir hingehen sollen? Wo es ein wenig ruhiger ist? Um uns besser unterhalten zu können?«

»Ja, ich glaub schon. Komm mit«, antwortet Louis und geht voraus, wobei er sich immer wieder nach mir umsieht.

Am liebsten würde ich glauben, dass es die Angst ist, mich gleich wieder zu verlieren, die ihn ständig nach mir schauen lässt. Als wir den Platz überquert haben, biegen wir in eine schmale Seitengasse. Hier ist es ruhig und sofort werden wir beide langsamer.

»Mann ... Über vier Jahre ist das jetzt her, oder? Wahnsinn«, sage ich und klopfe ihm unbeholfen auf die Schulter. Ich kämpfe.

»Du hast dich ganz schön verändert. Bist 'n Mann geworden. Groß, stark, deine Stimme ist anders ... Gut, dich zu sehen. Sehr gut.«

Wieder dieses Nicken und Lächeln mit zusammengepressten Lippen.

»Ja ... könnte ich mir gut vorstellen, dass das jetzt öfters vorkommt ... Oder? ... Was denkst du? ... Kannst du dir auch vorstellen, mich öfters zu treffen oder so? Hm? Also, ich mein, ja ... ganz ungezwungen natürlich. Klingt jetzt irgendwie blöd, ich weiß ...«

»Ich glaub, eher nicht«, unterbricht er mich und klingt dabei erschreckend entschieden.

»Aha ... Und ... Ja ... warum nicht?«, lächle ich ihn an und vergesse beinahe weiterzugehen.

»Es ist halt kompliziert. Ich mein ... Warum auch? Du warst jetzt ja auch ganz lang nicht mehr da und ...«

»Und du hast mich in der Zeit auch nicht wirklich vermisst«, vervollständige ich seinen Satz.

»Ja, eigentlich nicht wirklich.«

»Ist ja auch gut so. Du hast ja 'ne Familie.«

Wenn etwas ist, wie es ist, dann ist es eben so, versuche ich mir augenblicklich einzureden.

»Ja, klar ... klingt jetzt scheiße, aber was soll ich tun?« Louis wird nun doch zunehmend nervöser.

Ich möchte ihn nicht manipulieren. Also wäge ich jeden Satz, jedes Wort, jede Pause, die ich mache, ab.

»Nichts sollst du tun. Ist ja auch alles völlig okay. Wir haben uns ja auch erst vor fünf Minuten nach so langer Zeit wiedergetroffen, da muss ich ja auch nicht gleich mit der Tür ins Haus fallen. Ich bin ja auch bescheuert. Entschuldige. Das war blöd von mir.«

Ich möchte die Situation wieder etwas entspannen, bekomme aber dieses peinlich berührte Grinsen nicht aus dem Gesicht.

»Ja, ich meine, ich fand's cool, dass du dich noch mal gemeldet hast, und ich find's auch ziemlich cool von dir, dass du die Kohle von Fabien nicht behalten willst ... Wobei wir auch halbe-halbe machen können, wenn du magst.«

»Nee, ist schon okay so«, sage ich und schlucke.

»Aber, he, ich mein, du weißt ja auch gar nichts von mir. Wir kennen uns ja auch gar nicht.«

»Ich kenne dich seit deinem ersten Tag, Louis.«

»Ja, klar, aber du weißt nicht, was bei mir jetzt so läuft, was für Interessen ich hab, kennst meine Leute nicht, weißt nicht, was abgeht und so.«

»Deswegen mein ich ja, wäre es vielleicht schön, wenn wir unseren Kontakt wieder 'n bisschen intensivieren könnten.«

»Aber du wolltest in den letzten Jahren ja auch nichts intensivieren, oder?«

Ich kann nicht richtig einschätzen, was Trotz und was wirkliches Desinteresse ist.

»Das stimmt nicht, Louis, ich hätte gerne mehr von dir erfahren, liebend gerne wüsste ich alles von dir. Ich war nur ... ja, wie blockiert, ich ... ich habe mich auch viel geschämt und versucht, vieles zu verdrängen.«

»Ich hab dich auch 'n Stück weit verdrängt«, sagt Louis leise und mehr für sich.

Ich weiß nicht, was ich sagen soll, möchte aber auch nicht so tun, als hätte ich es überhört. Ich sage »Ja.« Der Kloß in meinem Hals ließe ohnehin gerade nicht viel mehr zu.

Ich bin froh, dass die enge Gasse ein Ende nimmt und sie uns auf einen versteckten, kaum bevölkerten Platz führt. In der Mitte steht eine Statue, die von kleinen Marmorbänkchen gerahmt wird. Wir suchen uns eines auf der Schattenseite aus und setzen uns.

Nach einer kurzen Weile des Schweigens, nachdem Louis nicht mehr auf seine gefalteten Hände sieht, den Kopf wieder hochnimmt, ich wieder ruhiger atme, sagt er »Weißt du, Josch, ich mein … ich bin jetzt fast mein ganzes Leben hier. Weg von dir. Du bist halt mein deutscher Papa, klar. Mein biologischer Vater, aber Fabien ist mein richtiger Vater, so im Leben. Und auch wenn wir uns gar nicht so geil verstehen und auch meine Mutter die meiste Zeit nur am abnerven ist … trotzdem wohn ich noch bei denen und sie sind meine Familie und irgendwie habe ich halt noch in Erinnerung, dass du … nicht so cool warst. Du hast echt viel Scheiß gebaut.«

»Ich weiß, ja.«

Louis sieht wieder auf seine Hände, vielleicht weil ihm so das Sprechen leichterfällt.

»Und immer, wenn du dann mal da warst, als ich noch kleiner war, da dachte ich manchmal sogar, du bist mein Babysitter. Da dachte ich echt, ich bin nur irgendwie bei dir, weil meine Eltern gerade keine Zeit für mich haben. Voll krass eigentlich. Gib dir das mal!« Er lacht peinlich berührt, und um zu prüfen, wie ich darauf reagiere, sieht er unsicher zu mir rüber.

Ich presse die Lippen aufeinander, nicke und lächle.

»Außerdem gab es immer nur Stress wegen dir. Ich mein, klar, du hast immer gute Geschenke geschickt und so. Und eine Zeitlang hast du dich ja auch echt gekümmert. Wir hatten ja auch Spaß und alles. Aber umso mehr glückliche Momente ich mit dir hatte, umso beschissener war die erste Zeit, nachdem du dann wieder weg warst. Das war megascheiße.«

Louis lacht, schüttelt den Kopf. Schüttelt es von sich ab. Und trotzdem spüre ich einen Anflug von Aggression.

»Für die ganze Familie warst du echt 'n bisschen wie 'ne fiese Krankheit, weißt du? So eine, die kommt, stärker wird, alle schlapp und müde macht, sich aber irgendwann doch wieder verzieht. Und schließlich werden alle wieder langsam normal. Klingt voll mies, ich weiß. Muss echt kacke sein, wenn man so was zu hören kriegt, oder? Aber ... ich wollte dir das halt auch mal sagen, weißt du?«

»Okay. Ja, klar. ... Das ist gut, wenn du das mal ausspricht. Das ist gut, ja.«

»Is' scheiße jetzt, ne?«, sagt er und traut sich ganz kurz, mir ins Gesicht zu sehen.

»Das hört keiner gerne.«

»Tut mir leid.«

»Muss es nicht, Louis. Alles gut. Wirklich.«

»Okay ... cool«, sagt er.

»Schau mal, da drüben gibt's Eis. Willst du eins?«, frage ich ihn.

»Nee ... du?«

»Nee.«

Damals waren wir oft Eis essen. Louis und ich.

Schweigend sitzen wir nebeneinander.

Minutenlang.

»Du ... Du hast doch von dem Geld gesprochen? Das von Fabien, mein ich.«

»Ja.«

»Hast du es dabei?«, fragt er etwas verschämt.

»Ja ... hier.«

Ich ziehe den Umschlag aus meiner Umhängetasche und gebe es ihm. »Hier. Da ist es.«

»Danke.« Er zieht sein T-Shirt hoch und steckt den Umschlag vorne in seinen Hosenbund.

»Und was machst du jetzt damit?«

»Du wirst nicht noch mal mit Fabien oder Mama deswegen sprechen, oder?«

»Ich habe überhaupt nicht vor, mit ihnen zu sprechen, nein.«

»Und du willst wirklich nicht deine Schulden damit bezahlen?«

»Nein. Für mich ist das schmutziges Geld.«

Louis lacht. Wahrscheinlich denkt er, ich mache einen Scherz.

»Papa, also Fabien hat mir gesagt, dass er dir Geld gegeben hat, aber es hat sich so angehört, als hättest du ihn danach gefragt. Cool, dass es nicht so war.«

»Ja.«

»Und dass du krass ausgerastet wärst und dass du gefährlich geworden wärst, hat er auch gesagt.«

»Das kommt schon eher hin … Gibst du Fabien das Geld zurück?«

»Vielleicht. … Mal sehen.«

»Wenn nicht, dann sieh es als vorgezogenes Geburtstagsgeschenk von mir«, sage ich.

»Gute Idee, mach ich … Danke.«

Wir sind uns fremd geworden. Zwei Fremde und 30 000 € in bar. Ich habe mir das alles ganz anders vorgestellt.

»Ich wollte dir noch was erzählen, Josch. Wir … also wir waren letzten Herbst in Stuttgart.«

»Aha …? Wie, du warst in Stuttgart?«

»Ja, beim achtzigsten von Oma. Also von Mamas Mutter.«

»Wow … Das ist … Ja, schade, dass du da nicht mal vorbeigeschaut hast. Da wäre der Weg bis zu mir ja nicht allzu weit gewesen.«

»Ja. Aber da war auch echt viel Programm und so. Und es waren nur 'n paar Tage.«

»Trotzdem.«

»Aber das ist es ja eben, was ich noch sagen wollte. ... Weißt du ... Klar, lag das in der Luft und ich hab auch danach gefragt, echt jetzt. Aber das war, als ob ich einen Zünder betätigt hätte. So für 'nen Blindgänger, der die ganze Zeit vor einem rumliegt.«

»Blindgänger ist gut«, sage ich leise vor mich hin.

»Ja, voll. Ich mein, kaum fällt irgendwie dein Name, wird die Luft dünn. Und natürlich geht das in erster Linie von Mama aus. Aber sie ist eben meine Mutter, und da lass ich das dann halt lieber wieder ... Das mit dir.«

»Ich habe mir überlegt, hierzubleiben, Louis«, sage ich und merke, dass ich jetzt derjenige bin, der trotzig wird.

»Hier? In Nizza?«

»Ja, vielleicht. Oder drüben in Menton.«

»Wie? Für wie lang? Für immer jetzt, oder was?«

»Na ja. Zumindest für 'ne längere Zeit. 'n Job suchen, eine Wohnung und so.«

»Würde ich nicht machen«, kommt es wie aus der Pistole geschossen.

»Warum?«

»Was versprichst du dir denn davon?«

»Weiß ich nicht. Ein anderes Leben.«

»Mach das nicht. Das ist nicht ... vernünftig. Ich ... ich glaube nicht, dass du hier glücklich wirst.«

»Zu Hause ist aber auch nichts, was mich wirklich glücklich macht.«

»Hier aber erst recht nicht. Du kannst ja noch nicht mal richtig Französisch. Dann geh lieber ganz woanders hin.«
Und wieder tritt die Stille zwischen uns.
»Gibst du mir deine Telefonnummer?«
»Hm ... ja. Von mir aus.«
Verwundert, dass ich kein Handy habe, will er mir sie auf einen Zettel schreiben. In der Eisdiele besorge ich mir ein Stück Papier. Als ich mich umdrehe, denke ich für einen kurzen Moment, Louis sei gegangen, ohne sich von mir zu verabschieden. Aber dann bemerke ich, dass er immer noch an derselben Stelle sitzt und ich mich nur in der Bank geirrt habe. Mein Herz schlägt mir bis in den Hals.

In einem Elektromarkt habe ich für den heutigen Tag extra noch eine billige Digitalkamera gekauft.
»Würde es dir was ausmachen ... Ich mein ... meinst du, wir können mal 'n gemeinsames Foto machen?«
»Ja ... Ja, klar.«
Wir fotografieren uns mit ausgestrecktem Arm.
Es wird Zeit. Es ist genug.
»Komm her.«
Ich nehme mein Kind in den Arm. Um diesen Moment nicht noch unerträglicher zu machen, mobilisiere ich all die Energie, die mir gerade noch zur Verfügung steht. Ich halte ihn und will ihn nicht wieder loslassen.
»Danke für die Telefonnummer.«
»Klar.« Louis steht auf.
»Ich meld mich mal.«
»Okay.«
»Vielleicht chatten wir ja auch mal?«
»Können wir machen, ja.«
»Keine Angst, Louis, ich werd dich schon nicht nerven.«

»Ja«, sagt er lächelnd. »Mach's gut ... Papa Josch.«
Louis geht.
Er scheint erleichtert zu sein, es scheint ihm gutzugehen.
»Gut, dass wir uns gesehen haben, Louis«, rufe ich ihm hinterher.
Dann verschwindet er in derselben engen Gasse, durch die wir auch gekommen sind.

Das war's.

33.

Sie sieht so schön aus, und das obwohl sie wieder einmal so herzzerreißend geschmacklos angezogen ist. Ein schrecklich buntes Kleid mit viel Orange, darüber eine mausgraue Strickjacke und gelbe Schuhe. Keiner geht so ins Konzert. Keiner außer Maria.

Im Foyer hat sie wieder einmal alle Blicke auf sich gezogen. Mittlerweile kenne ich sie alle – die befremdeten, die respektvollen, die freundlichen, die bemitleidenden, die schmunzelnden, die bewundernden und natürlich auch die, die so tun, als hätten sie sie nicht gesehen. Ich bin stolz auf Maria und ich freue mich über jeden gemeinsamen Moment, der uns bleibt.

»Ein klassisches Konzert?«, hatte sie erstaunt gefragt, als ich wieder ins Hotel zurückgekehrt war und ihr erzählt hatte, wie gut das Gespräch mit Louis gelaufen wäre, und dass ich zufällig am Konzerthaus vorbeigekommen war und mich in der ersten Euphorie zum Kauf der Karten hatte verleiten lassen.

»Ich wusste gar nicht, dass dir so was gefällt. Ich freu mich. Sehr sogar, aber ... aber das ist doch bestimmt sehr teuer.«

»Egal. Heute gibt es was zu feiern.«

»Ich freu mich so sehr für dich, Josch. So schön, dass ihr wieder zueinander gefunden habt.«

»Ja.«
»Bist du glücklich, Josch?«
»Ich bin glücklich, ja.«

Rachmaninov, Klavierkonzert No. 3, Opus 30 in d-Moll.

Es ist überwältigend. Ich habe zuvor noch nie ein klassisches Konzert besucht. Das Orchester bereitet den Teppich, auf dem der Solist seiner Leidenschaft nachkommen kann. Während ich ihm zusehe und seinem Spiel lausche, zweifle ich keine Sekunde daran, dass dieser Mann gerade ausschließlich im Hier und Jetzt ist. Nur die Musik zählt, nichts sonst. Nur der Moment. Voller Gefühl. Und plötzlich bin ich mir sicher, dass dieser Mann, der von allen bewundert wird und dennoch nur bei sich und der Musik zu sein scheint, Liebe verspürt.

Maria und ich halten unsere kalten Hände. Wir streicheln uns nicht, wir sind nicht zärtlich. Wir halten uns nur gegenseitig fest.

Wir lauschen ergriffen.

Der Musik, die einen sanft zu wiegen weiß, bevor sie einen rücksichtslos umherwirbelt.

Leonie hatte mich einmal gefragt, warum ich eigentlich Schwimmmeister geworden bin. In den letzten Tagen habe ich mir immer wieder darüber Gedanken gemacht.

Im Wasser bleibt man immer nur Gast. Der Wunsch, mit dem Wasser zu verschmelzen, bleibt lächerliche Utopie. Die Zeit, die man darin verbringen kann, ist begrenzt. Früher oder später spuckt es einen immer wieder aus oder man ertrinkt darin.

Wie Leonie.

Hat man aber genug Luft, kann einem das Wasser vorübergehend die Schwere nehmen. Von oben betrachtet, weiß niemand, wie tief es ist.

Seine Oberfläche kann in der Sonne glänzen und in allen Farben schimmern. Wolken können sie ermatten lassen. Sie kann schwarz und düster wirken, sogar gefrieren. Man kann im Wasser schwimmen, tauchen, auf ihm fahren, es durchkreuzen. Doch bei alledem bleibt das Wasser, das große Ganze, undurchschaubar. Man wird es nie völlig ergründen, nichts davon wirklich besitzen können. Neben den Gefahren, die es in sich birgt, und den faszinierenden Welten, in die es einen zu entführen vermag, ist und bleibt es ein Mysterium.

Warum ich mein Leben lang nicht vom Wasser weggekommen bin?

Weil es mir so sehr ähnelt. Ich habe täglich auf das Wasser sehen können und ein Empfinden für mich selbst gehabt. Ich habe sehen können, wie fremd ich mir war und vermutlich auch immer bleiben würde. Das Wasser ist die beste Definition für mein Leben gewesen, die ich finden konnte. Es mag albern klingen, aber das Wasser in meiner Nähe zu wissen, hat mir auch irgendwie immer das Gefühl gegeben, einen Zwilling zu haben.

Als Kind bin ich auf dem Rücken geschwommen und habe meiner eigenen Stimme gelauscht. Ich habe vor mich hin geredet, und das Wasser in meinen Ohren hat den Schall nicht zugelassen.

Damals habe ich gedacht, dass es so klingen könnte, wenn man tot ist. Wenn man ausschließlich in sich und für sich ist. Wasser in meinem Ohr, nur mich selber hören, das hat mich enorm beruhigt. Das hat mir eine Art Urvertrauen gegeben. Vielleicht habe ich mich in diesen Momenten aufgehoben, geliebt gefühlt. Vielleicht war das meine Chance, das Jetzt zu erfahren.

Auf der Fahrt zur Konzerthalle hat Maria mich plötzlich gefragt, ob es überhaupt Sinn macht, auf mich zu warten.

Ich habe ihr geantwortet, dass es doch nur eine Frage der Zeit sei, bis ich einen Überblick über mein neues Leben bekommen und es sicher eine gute Lösung geben würde.

Sie hat mir zugehört und dann noch einmal gefragt, ganz ruhig.

»Hat es Sinn, auf dich zu warten?«

»Ich glaube nicht«, habe ich ihr geantwortet.

Maria hat gelernt, lächelnd zu weinen.

Wir sind beide irgendwie Gefangene unserer selbst.

Erstaunlich, dass wir innerhalb unserer Mauern so enorm freiheitsliebend sind. Und in der Zeit, die wir zusammen verbracht haben, habe ich mir so viel Freiheit herausgenommen, dass für Maria schlussendlich nichts mehr davon übrig geblieben ist. Und selbst wenn wir gemeinsam zurückkehren würden, wenn ich mich bemühte, wir vielleicht sogar tatsächlich ein Kind bekämen, es würde sich nichts daran ändern.

Mich würde immer das Gefühl beschleichen, ihr ihre kostbare Zeit zu stehlen. Umso länger ich sie für mich in Anspruch nehmen würde, umso mehr Angst hätte ich vor dem Tag der großen Enttäuschung.

Mit ihrem morgigen Rückflug kürzen wir all das ab.

Ich will keine Krankheit für jemanden sein.

Sie wird jemanden finden, der verantwortungsvoller mit ihr umgehen kann. Wenn sie erst wieder in ihrem gewohnten Umfeld ist und sie ihre Sicherheit und ihr Selbstbewusstsein zurückerlangt hat, dann wird sie auch wieder leuchten.

Und dieses Leuchten wird einen anderen an den Beckenrand ziehen. Jemanden, der sie, so wie ich, dafür bewundert, wie angstfrei und jauchzend sie ins Ungewisse springt. Jemanden, der anders als ich, mit ihr umgehen kann.

Den wird sie sich genau so krallen, wie sie sich mich gekrallt hat. Aber es wird anders ausgehen.

Ich bin sicher, sie wird das Glück finden. Einen Teil davon hat sie schon in sich.

Es kann eine zweite Chance geben. Ganz bestimmt.

Was ich in diesem Moment begreife, ist aber, dass man erst einmal herausfinden muss, wo man sie zu suchen hat.

Bei Louis kann ich sie nicht finden.

Und ich bin mir sicher, dass Maria sie bei mir nicht finden kann.

Sie ist in sich und der Musik versunken, atmet ruhig und tief.

Heute konnte sich Louis endlich seine Gefühle von der Seele reden. Und dennoch spüre ich, dass es nur ein Bruchteil von dem war, was er mir noch zu sagen gehabt hätte. Die Härte, die Klarheit seiner Worte haben gezeigt, dass er nichts fürchtet.

Das tat weh.

Ich bin meinen Schritt gegangen, wenn er will, kann er auch seinen gehen. Dann, wenn es für ihn an der Zeit ist.

Was ich nun als Nächstes mache, wohin ich gehen werde – ich weiß es nicht. Vielleicht fahre ich einfach weiter in Richtung Süden. Spanien. Portugal.

Fremde Sprache, fremde Menschen.

Nach dem Gespräch mit Louis heute verspüre ich zwar wieder das Bedürfnis nach festen Abläufen, dem Beschaulichen, dem Berechenbaren, den gewohnten Gesichtern, nach all dem, was ich in der Therme hatte – aber das ist ein Trugschluss.

Vielleicht muss ich ja doch eine weiße Leinwand spannen.
 Wie Chagall. Ein völlig neues Bild erschaffen.
 Transparente Fensterscheiben im Sonnenlicht.
 Versuchen, wie Chagall mein Leben zu einem Meisterwerk zu machen. Völlig neu beginnen, um es schließlich glanzvoll enden lassen zu können.
 Das ist eine gute Idee.

Das Konzert ist zu Ende.

Tosender Schlussapplaus.
 Die Menge jubelt.
 Maria ist gerührt, und ich bin mir sicher, dass ihr während des Konzerts nicht weniger Gedanken durch den Kopf gegangen sind als mir.
 Ich streiche ihr übers Haar und flüstere ihr ins Ohr.
 »Hat es dir gefallen?«
 »Ja, Josch. Alles. Es hat mir alles … alles sehr gefallen«, und sie hört auf zu klatschen und lächelt, und beide wissen wir, dass unsere gemeinsame Reise vorüber ist.